西风渡

贾文成 著

内蒙古出版集团
内蒙古人民出版社

图书在版编目(CIP)数据

西风渡 / 贾文成著. -呼和浩特 : 内蒙古人民出版社,
2014.9

ISBN 978-7-204-13117-4

Ⅰ. ①西… Ⅱ. ①贾… Ⅲ. ①长篇小说-中国-当代
Ⅳ. ①I247.5

中国版本图书馆 CIP 数据核字(2014)第 234246 号

西 风 渡

作　　者	贾文成
选题策划	马燕茹　王　静
责任编辑	王　静　马东源
责任校对	王　霞
封面设计	马东源
封面绘画	艾妮莎
出版发行	内蒙古出版集团　内蒙古人民出版社
地　　址	呼和浩特市新城区中山东路 8 号波士名人国际 B 座 5 楼
网　　址	http://www.nmgrmcbs.com
印　　刷	内蒙古爱信达教育印务有限责任公司
开　　本	710×1000　1/16
印　　张	11.25
字　　数	190 千
版　　次	2015 年 4 月第 1 版
印　　次	2015 年 4 月第 1 次印刷
印　　数	1—4000 册
书　　号	ISBN 978-7-204-13117-4/I · 2574
定　　价	29.80 元

图书营销部联系电话:(0471)3946299　3946300

如发现印装质量问题,请与我社联系。联系电话:(0471)3946120　3946169

第一章

1923年，晋西南。在那个偏僻并且沟壑纵深的山坳里，有一个不足三十户人家的小村落。晨曦初现，牛虻与飞虫起得比人早，嗡嗡地盘旋在村道和院子里，轻淡的雾霭在村子与田地间环绕荡漾。一身黑衫的金柏坤推开黑漆的大门，背着手，晃着脑袋，悠闲地行走在村道上，走出村口，举目眺望远处半山坡上绿油油的庄稼，脸上挤出幸福而满足的笑意。

金柏坤凭借父亲金溪山置下的三十亩土地，以他的精明和像父亲一样对土地的狂热，在父亲金溪山过世后，通过不断地购买土地，使金家成为西垣村唯一拥有一百多亩土地的大财东。随后，金柏坤在旧院的旁边，重新建起一座青砖琉瓦的大院落。那院落，高墙青瓦，矗立在一片破败的普通农民的房舍间，如鹤立鸡群般显眼。这样的建筑，别说在西垣村，就是在县城，也算得上是让人眼热嫉妒的富足之家。在这座院子的偏房，住着七个长工，经年累月地为金家种田做活，而等到农忙时，金家还要再雇十几个短工，才能把那些长势茂盛的小麦和谷物杂粮收入粮垛。那七个粮垛，让金柏坤对未来的生活充满连绵无尽的希望和遐想。但是，探寻金家的发家历史，却和塞外一个叫西风渡的地方密切相关。

西风渡是黄河北岸的一个渡口，属于山西和绥远省的交界地，行政区域上又归绥远省管辖，这儿离著名的杀虎口有五十多公里。杀虎口是由山西进入西北关外的要冲，自古战火不断，不仅是兵家必争之地，也是商旅之人到塞外淘金发财的通道，也是走西口人由水路越过黄河走向边塞的关口。金溪山就是踩着从杀虎口通向西风渡的露水和泥土，经过近十年的打拼，为金家积攒下今天的土地和家业。然而命运的巨掌焕发出来的神奇力量总是让人不可思议，金柏坤做梦都没有想到，若干年后，居然还是那个成就金家发家梦想的西风渡口，再一次改变了儿子金浦达的命运，也改变了这个家族的运行轨迹。

金浦达十九岁那年，考入了省城太原的一所新式学校，也因为儿子考入学堂这件事，五十九岁的金柏坤的心里，好长一段时间被成就和满足的幸福感塞得满满的。在他看来，自从革命党进了县城，剪了辫子，金柏坤再也没有听到过考举人中状元之类的事儿了。他琢磨着，金浦达考上省城的新学，那就和中举差不多，等儿子把学业完成，就在县城甚至省城太原的衙门里谋个做官的差事。所以金柏坤这个久居乡下，见识并不算多的乡下地主，认为儿子此举，也如中举一般。只要把这新学读完，回到县上，那就可以和县长平起平坐，这样就能撑起金家的门面，光宗耀祖。

但没有过多久，他的梦想就被一个叫赵满堂的人给击碎了。赵满堂不是别人，正是金柏坤的妹夫，在县上开了一家瓷器铺子。金柏坤不怎么看得起赵满堂，当初金家妹子嫁给赵满堂时，如不是父命难违，作为兄长，他是不大看好这门亲事的。原因是他认为开铺子总不如手里有土地活得踏实。这开铺子的日子，就像夜里的月亮，有盈有亏；就像河里的水，有涨有落；就像赵家瓷器铺子里货架上的花瓶，掉到地上，很容易破碎的。可事实上，赵妹夫的日子不仅没有碎，倒是一天比一天殷实。据说，为了进货，赵妹夫去过太原，去过西安，还去过江西的景德镇，赵妹夫倒腾那些坛坛罐罐，倒显得见多识广，所以就觉得这乡下财主简直就是一个土得掉渣的暴发户。

这天，金柏坤进了县城，赵满堂备下酒饭，款待妻兄，酒桌上，除了他俩，也没有别人。酒是汾酒，坛子装的，看样子封存了多年。喝到兴处，金柏坤满脸潮红，微闭双眼，用食指有节奏地磕着桌子，无比骄傲地说起了儿子金浦达。赵满堂也是有些喝大了，涨红了脸，晃着大脑袋，摇了摇手说："哥，你错了，浦达侄子是做不了知县的，只能做个教书的先生。"

"啥？教书先生！"金柏坤忽地瞪大了眼睛，面孔瞬间像冻冰的河面，同时感觉像被人当众吐了口水，立刻显出了不悦，沉下脸，辩驳道："你是小看我们乡下人？浦达怎么做不了官，浦达上的是太原的新学，那跟过去中举不是一样的吗？"

赵满堂摆摆手道："哥呀，你有所不知，浦达贤侄读的是省立太原师范，这书读出来只能做个教书的先生。"

金柏坤眼中透出一丝茫然，满脸狐疑地睁大了眼睛问："你说什么？他读的是太原师范？"

接着又问："那'师范'两字怎么讲？"

赵满堂露出一脸的诧异："哎呀，浦达上的什么学，从来就没给你讲过吗？"

金柏坤迷茫地摇摇头。

赵满堂岔开五指，刻意地向脑后拢了拢乌黑发亮的头发，颇有见地地解释说："师范学校是个新名词，说穿了，就是给大大小小的新学堂里培养教书的先生。"

金柏坤更加迷茫了。他无法理解，自己花了大把的真金白银，到头来儿子只是个教书的先生！他的眼前马上出现了村子里教私塾的徐先生。那徐先生是一副怎样的尊容金柏坤再熟悉不过了。徐先生整日一件破旧的长衫，一副圆框子的眼镜，一把攥的油亮的木头尺子，难道，儿子金浦达的未来就是这样的一副尊容吗？

"不可，万不可以。"说这话时，金柏坤后背一阵阵地发冷。

但他转念一想，或许钱能改变这一切。就又小心地探问道："我花钱给儿子捐个做官的差事，你看如何？"

他没敢说出想捐县长。因为他不知道捐个县长该出个什么价。

赵满堂慢腾腾呷了一口酒，说："你这想法也有道理，我看倒也可以一试，但是花钱买官也是有风险的，再说，那得花很多钱。"

金柏坤举棋不定，大概是心疼钱，犹豫了一会儿，狠狠心说："为了老金家能在西垣村出人头地，就这么干了，我回去卖几垧地，再把家里的黄金条子取出来，你赶明儿出去打听一下行市，看需要多少钱，你在县城里熟人多，这件事就拜托你了。"

赵满堂沉吟着说："这事儿急不得，另外还得看浦达侄子自己是怎么想的。"

金柏坤觉得多此一问，大手一摆，气呼呼地说："只要我还有一口气，这金家的事儿就得听我的。"

赵满堂装了一袋水烟，呼噜噜地吸了半天，想了一袋烟的工夫，才说："当初选择报考师范，难道不是浦达自己的意思吗？"

金柏坤不屑地撇了撇嘴，说："那是他欺我不懂师范是啥，要是早些知道，何至于白白浪费那些银洋。"随即又把怨气撒在赵满堂身上，"当初，你该提醒我的。"

"哦，这反倒是我的不是了，当初，你也没找我商量呀。"赵满堂一脸的委屈，也是碍于金柏坤是他妻兄，只好再次提醒道："我在太原见过浦达，也是个犟脾气，你我的话，他也不一定听得进去。"

最后，两人商量的结果是：由金柏坤先给金浦达写封信，让赵满堂择日去一趟太原,亲手把信交到金浦达,另外也要赵满堂伺机看看金浦达对这件事的反应和态度。

一个月后,赵满堂便专程赶到西垣村,告诉金柏坤一个足以把肺气炸了的口信,金浦达给金柏坤的答复是:“好男儿志在四方,请尊重我自己的选择。”

金柏坤先是赌气说,如此不孝之子,没有也罢。但说完这话,又英雄气短。金家不可以无后,儿子怎么能说不认就不认了。再说,这儿子也来得确实不易。当初,金柏坤和老婆一口气生了四个孩子,前三个都是闺女,到了第四个,终于是个儿子。女人生下金浦达不到一年,就死了。为了再生一个儿子,头房女人死后不到半年,金柏坤随即又娶进了第二房女人。这第二房女人跟金家有祖辈的渊源,这小女人是在口外草地做毛毡子的毡匠的妹子,长得眉清目秀,也许是跟着毡匠哥哥走南闯北,日子过得饥一顿饱一顿,营养不良,身材瘦弱,个子也长得矮了些。毡匠的父亲和金柏坤的父亲曾经是一对搭档。俩人是在走西口的路上认识的。毡匠的父亲是河南人,姓邱,叫邱镇原,金柏坤的父亲是山东人,叫金溪山。山东人本来是往东北走,去闯关东,可金溪山有些古怪,或者说思维和想法异于常人,独辟蹊径,走了向西去的一条路,越过河北,跨过黄河,一路到了山西。

到了山西,本想找个落脚之处,可偏偏山西也遭了灾,山西人也往外走,拖家带口、成群结队地向西北走,越过杀虎口,到草地垦荒种地,那里有的是蒙古王爷大片闲置的土地,或者也有人选择到草地贩马、贩驴、贩羊皮。

两人在路上看准了在口外贩卖羊皮挣钱的生意。但既是贩,既要做生意,手里便要有足够的周转资金,金溪山没钱,邱镇原也没钱。但金溪山儿时练过几天武艺,会几下拳脚,邱镇原会唱,嗓门高。会拳脚的和会唱豫剧的,就在一个叫西风渡的码头合伙耍把式卖艺,类似于在北京天桥练杂耍。拳脚和唱戏本不搭界,俩人组合到一块儿,因为新鲜,倒吸引了不少的看客,三个月下来,居然攒了些钱。半年后,俩人还是组合,但不要把戏不卖唱了,改贩卖羊皮。他们从草原牧民手里收购羊皮,雇一辆马车,运回山西卖了,这一倒手,钱就算挣了。俩人行走在黄土高原的沟沟坎坎和草原之间,贩了五年的羊皮,手里有了一笔还算丰厚的积蓄,有了积蓄,俩人便有了分歧,说不到一起了。邱镇原想的是用这笔钱把生意做大,除了贩卖羊皮,还要把生意扩展到贩马贩驴。金溪山却另有打算,他想买几块田地,过安稳的日子。既然说不到一起,便只好分道扬镳。五年积攒下的钱财,对半平分,然后俩人喝了一顿散伙酒,就各奔东西。金溪山沿着返回山西的路,一直走到西垣村。那时西垣村还没几户人家,地也都是些难长青苗的薄地，而且不少都是荒地。金溪山以这些年贩卖羊皮的经验和眼光，认准了就在这里扎根，于是倾其所有，买下了山坡下所有的荒地，雇了些没有土地的长短工，倒硬是把荒地开垦了出来。一直到金柏坤十五岁那年，金家突然来了一个人，这人比金柏坤大一点，头发蓬乱，衣衫褴褛。金柏坤他娘给了几个馒头，撵他走。这人说，我来你家不是冲着馒头，是为见人，要见你家老爷。

金溪山刚睡足了午觉，踱着步子出来问："你认识我吗？"

"我爹认识你。"

金溪山又细细地打量了一番，从这个衣衫褴褛的小叫花子的眉宇间似乎看到一个熟悉的影子，便试探地问道："你爹姓邱吗？"

"是，我爹叫邱镇原。"小叫花子哭了。

"你叫什么名字？"

"邱海。"

金溪山震惊了，他几乎不敢相信这是事实，这是真的，他趔趄了一下，急忙上前搂住邱海的肩膀，两行热泪顺着脸颊滚落下来。

金溪山吩咐自己的老婆端来热水，又找出干净的衣服，让邱海换洗掉那身破衣裳，让佣人胡婆子赶紧下厨房做饭。他从邱海嘴里得知，邱镇原和他分道扬镳后，邱镇原也不贩羊皮了，改为贩马。当然，走西口做生意的人都知道，利润越大的买卖风险就越大，做贩马生意，很容易成为土匪抢劫的目标。邱镇原和金溪山结伴闯荡了五年，尤其是金溪山走后，他要独自承担风险，所以每次贩马的数量都不会超过 10 匹，连走了两年，虽有过几次遭劫的险情，但总能化险为夷。

尽管生意做得还算平稳，但邱镇原终于厌倦了这种提心吊胆的日子，也打算照着金溪山的样子，买些田地，过安稳的日子。他用家中全部的积蓄，一次赶了 50 匹马。这几乎是一次孤注一掷的博弈，所以他昼行夜宿，一路小心翼翼，总算过了最危险的杀虎口。多少年来，贩马人只要能过了凶险的杀虎口，后面的路就算是安全了。马队走到一片林子间，赶马的马夫本来就已饥肠辘辘，疲惫不堪，见到枝繁叶茂、绿树成荫的大片林子，说什么也不走了。邱镇原明白，这里虽然是歇脚的好地方，但丛林稠密也是劫匪容易出没之处。邱镇原呼喊着，让马夫们起来赶路，说："过了这片林子，前面不远就是一座县城，到了城里，请你们下馆子，大碗吃肉，大碗喝酒。"

马夫们说："别蒙我们了，这路，我们一年要走多少回，闭着眼睛都能走下来，蒙谁呢，前面哪来的县城？"

邱镇原无计可施，垂头丧气地靠着一根树干坐下，摸出烟袋，装满一袋烟点燃，刚吐出几口烟雾，林子里便传出嘈杂的叫喊声，那声音犹如霹雳，从天滚落，邱镇原急忙磕掉烟斗里的烟灰，转过脸来，一队人马已经冲出了林子，邱镇原先稳住自己，而后大声地呼叫马夫们，让他们不要惊慌，护住马队，可那些马夫平日里吹牛还成，一旦真遇上土匪，早吓得尿了裤子。邱镇原知道，这一抢就意味着这些年所有的辛苦和奋斗都将付之东流，他绝望地扑向匪徒，做最后的一搏，可土匪手中的枪声一响，邱镇原就只剩下了半条命。眼睁睁地看着那些马匹被土匪们赶走，剩下五个没有跑掉的马夫还算念及过去的旧情，凑钱租了一驾马车，把邱镇原拉回了西风渡。邱镇原临终前告诉儿子，你到山西的西垣村找一个叫金溪山的大伯。

金溪山叫来两个女儿，指着邱海说："他从此就和你们一样都是我的儿女。"

但是邱海无意留下来，只说："借我些钱就成了。说好了，这钱是借，我会还的。"

金溪山沉下脸说："你这叫什么话，什么借，我有一口吃，就有你一口，你留下吧。"

邱海固执地摇摇头，金溪山只能无奈地叹了口气，目送着邱海消失在村口。然而直到金溪山去世，也没见着邱海再来西垣村。

又过了十几年，邱海来了。金柏坤从邱海的打扮看出，邱海过得不如意，不是还钱来的，但照例吩咐老婆和佣人下厨做饭，好酒款待，边饮边聊。果然，邱海的日子过得十分窘迫，本来想用从金家借来的钱做些小本生意，可邱海不是做生意的料，到最后，赔光了借来的本钱，跟一个毡匠学了给人做毛毡子的手艺，走家串户，勉强度日。金柏坤不提钱的事儿，邱海倒没忘，说："那钱，我现在还不上你家，再等几年吧。"

金柏坤笑了笑说："不急，没有就莫还了。"

邱海认真地说："还的，一定要还。"

到了金浦达出生，邱海的钱还是没能还上。他这次来时，金柏坤的老婆去世没多久，邱海指着身后的女子说："这是我的妹子，家父去世的时候，她还不到两岁，你把她娶了做老婆吧。"

金柏坤忙说："你不要说笑话。这可做不得。"

邱海哈哈一笑说："你以为我还不了你家的钱是拿妹子顶账呢。不，不是，我是不想让她跟着我过颠沛流离的日子，好歹让她有个家，有个栖身之处。"

说完，邱海捶打着自己的脑袋哭了。

金柏坤看了眼邱海身后的女子，沉默了好久，才缓缓地说：“只要妹子不觉得委屈，就留下吧。”

也许是跟着哥哥颠沛流离，也许是在外面见多了风雨。这小女人不像金柏坤头一任妻子那么呆板懵懂，甚至毫无生气，尤其是夜里。新婚头一夜，临睡前，金柏坤照旧先到旁边的厢房里，去看一眼儿子金浦达，没娘的孩子，让他牵挂。其实他只是看看，盯着儿子酣睡的样子，瞅一瞅，掩一掩被角，但这又是他每天必做的。等回到自己的房子里，小女人早已经脱掉衣褂钻进了被窝等着他。待他掀开被子时，小女人伏起身，张开两条有力的手臂，像蛇一样地缠住了他，丰满的奶子贴到他的胸脯，对男女之事谙熟的金柏坤，却羞怯慌乱地像不懂事的孩子，整个过程都似乎在被动和盲从中度过。而此时，被子里，以至于整个屋子里被一种奇异的芬芳体香溢满了，这种体香是金柏坤从未嗅到过的，这体香让他在膨胀中堕入迷茫，也让他体会到了从未有过的快感和舒畅。

接下来的日子，地主金柏坤白天守在地头，看那些佃户长工们耕种除草，期待着收割的欢喜；夜里金柏坤也守在另一片天地里，忙碌着，期待着耕种的希冀。

头一年，金柏坤摸着小女人平滑的肚皮，叹了口气说：“白忙活了一年，这地里颗粒无收。”

小女人嫣然一笑：“是你的身体不行了，怎么能怪着地呢。”

金柏坤根本不信，自己已有三女一男，足以证明他的生殖能力，可是后来见小女人一切都很正常，便开始怀疑自己是不是真的出了问题。不久，他偷偷地进了一趟县城，找中医夏先生给摸了脉。夏先生是县城的名医，有时都不需要摸脉，打眼一瞅，便知道你的病兆出在哪里，提笔写个药方，到后面的柜上照方抓药，照方服用，果然能药到病除。夏先生瞅了瞅金柏坤，没敢直接提笔写药方，让金柏坤伸出手腕，夏先生搭上手指，闭着眼睛，仔细地摸了脉，又让金柏坤伸出舌头，查看了舌苔，然后捻着花白的胡子说：“依先生这个年纪，还是节制为好，不过，倒也不是什么疑难杂症，补些日子，会见效的。至于别的病我看并无大碍。”

金柏坤羞窘难言，不必夏先生再多言，他已明白不结果的原因了。回去后，金柏坤每日煎药服药，晚上也不和小女人睡在一起，跟儿子睡在西厢房。这样过了半个月。一天夜里，金柏坤迷迷糊糊地刚有了睡意，一只冰冷的手伸进了被窝，并准确地攥住了他的那个羞于见人的地方，他被攥疼了。睁开眼睛，头顶上方是一双哀怨的眼睛。金柏坤二话不说，跳下地，随着小女人回了上房。说来也怪,就这一次,小女人怀孕了。一年后,小女人死于难产,大人孩子都没保住。

后来金柏坤又娶进了第三个女人。这个女人是山后一个佃户的女儿,跟他生活了八年,直到女人死了,他也记不起女人到底给他留下了什么。

所以,金柏坤也就只有金浦达这么一个儿子。现在儿子要造老子的反,要反叛老子去选择自己的道路,这怎么能成。

可眼下的现实是,儿子金浦达偏偏不听他的话。

金柏坤隐隐地感到了事态的严重。

而就在这时,金浦达倒托人捎来一封信。信先是送到了赵满堂的瓷器铺,隔了两天,赵满堂亲自跑到乡下来,把信递到了金柏坤手上,金柏坤看罢来信,立刻就慌了,急迫地说:“要出大事了,这兔崽子要去当兵。”

金浦达在信中没直接写当兵。但金柏坤读懂了。信是这样写的:

父亲大人在上:

恕儿不孝。儿说过要去选择自己的路。当下,军阀割据混战,民不聊生,读书教书,依然解决不了劳苦大众的苦难境况。我决定到河套去投奔冯将军,走中华革命之路。

儿:浦达

金柏坤抖了抖信纸,气急地问赵满堂:“你说,这河套在哪儿?冯将军又是哪个人?”

赵满堂凑过来,瞟了一眼说:“这河套在哪儿,我也说不好,至于冯将军,我想就是冯玉祥,我听说这冯玉祥驻扎在西北口外,扯了个什么旗号,叫革命军。”

金柏坤心急火燎地说:“先不说这冯将军是不是冯玉祥,再说,冯玉祥是谁我也没听说过,你刚才说他去的那地方是口外?哦,毡匠邱海就在口外,我也听父亲在世时说过,口外荒得很。”

当夜,金柏坤把妹夫赵满堂挽留下,又急忙派出长工把已经出嫁了的三个女儿全找回来,紧急磋商,想来想去,总算想出了一个办法,那就是迅速进城,到太原把金浦达找回来。大女儿不知是心疼弟弟,还是觉得这一招并不能解决根本问题,就说:“人心野了,找回来能做什么呢。”

大女儿说的也不无道理,危机时刻,见多识广的赵满堂说出了一个令大家信服的意见:“一边找人,一边找个媒婆,择日给浦达成亲,有了家,有了媳妇,不怕拴不住他的心。”

定下了这个方案,立即分头行动。赵满堂带着金柏坤的三个女婿到太原找人。金柏坤再三叮嘱，就是绑也要把金浦达绑回西垣村来。留在家里的金柏坤也开始行动，他和三个女儿出去四下里探问，看谁家有年龄合适的闺女，门户大体相当，最关键要模样端庄，否则，也拴不住金浦达的心。

四乡五邻看金柏坤心急如火的样子，怀疑金家出了什么鬼怪妖事，谁还敢把闺女向金家的火坑里推，一连寻访了三天，后来又动员了五个媒婆，依然毫无结果。

这天中午，北里堡的王仙菊走进了金家，主动上门来提亲。正在炕上犯愁的金柏坤，顿时来了精神，趿着鞋，下了炕，一边跟王仙菊客套，一边指使大女儿斟茶倒水。

王仙菊走得急，也是累了，北里堡离西垣村至少十几里路，且都是崎岖不平的山路。王仙菊接过茶杯，一口气豪饮而尽，抹了抹嘴巴说：“这人不是咱本地人，是我家的一个远房亲戚，男人是奉军的一个营长，前些日子打仗在前线阵亡了……”

不待王仙菊说完，金柏坤便直摇头，沉下脸来，打断了王仙菊的话：“说了半天，你介绍的是个寡妇，不成，不成。”

王仙菊说：“我还没说完呢，我说的不是营长的老婆，是营长的妹妹，也就是我那亲戚的小姑子，不到二十岁，是个黄花大闺女。”

金柏坤愣了一下，埋怨说：“你咋不说清楚了？”

王仙菊摆起了架子：“你也没让我说完就打断我的话了。你和你家儿子同意这门亲事吗？”

金柏坤说：“那姑娘模样如何呢。”

王仙菊吞了一口茶水说：“那女子的模样俊着呢，像城里人。名字取得也好，叫温玉儿。”

金柏坤听着“城里人”这仨字，心里踏实了。在这个问题上，金柏坤还是有远见的。他想，儿子在省城读了几年书，眼光高得很，所谓心高气傲。所以那些乡下女子肯定瞧不上，这个在王仙菊嘴里像“城里人”的女子，或许倒能打动儿子的心。

金柏坤马上应了这门亲事。王仙菊又说：“姑娘是没得挑，但人家有个条件，要带着嫂子一起出嫁，也就是说那营长老婆在改嫁前，要你们金家管吃管住。”

金柏坤有些不悦，在心里合计了几个来回，他想娶一个媳妇，再外搭一张吃闲饭的嘴，不但要管吃住，甚至还得管买衣物，这叫娶什么儿媳妇。王仙菊看出了金柏坤的心思,就说:“如不愿意,也不勉强,那么俊俏的姑娘,也不愁找不到好人家。”

老地主金柏坤狠了狠心说:“就依着你这条件,亲事就这么定了。日子就定在我儿子回来那天,什么时候我儿子回来,什么时候到你家娶亲。”

王仙菊说:“那怎么行,得选个黄道吉日。”

金柏坤把水烟袋往桌子上一撴,说:“我儿子到家就是吉日。”

王仙菊有些不放心,又追问道:“你儿子啥时回来,有个准日子吗?”

金柏坤笑了一下,说:“就这两三天。你回家让他们准备去吧。”

第二章

湖边，清澈的湖水，似一面镜子，映出一张白净的脸庞和结实匀称的身躯。那脸色，显得安逸而沉着，但是这安逸的背后，却是一场蓄势待发的危机，只是，我们的主人公金浦达，对于即将发生的危机却浑然不觉。

金浦达坐在湖边的石墩子上等傅知章。他的手里抓着一绺青草，那草被他掐得一截截的，散落了一地，火辣辣的日头毫无遮拦地照射在青石铺成的湖边小路上。午休时间，寂静的湖边，除了金浦达，再没有别人。

金浦达和傅知章在同一间宿舍里度过了三年的学生时光。和金浦达不同，傅知章常常自诩为哲学家，崇拜黑格尔。这三年，他在研究黑格尔的《辩证法》上下了很大的功夫，日夜在辩证法的精神世界里游走。有时，金浦达对傅知章这种木讷呆板的痴迷劲儿很反感，但绝不影响两人的友谊和感情。

毕业在即，学生们已无心读书，都在谋划着自己的选择和未来的目标，我们的金同学和傅同学也不例外。前些日子，傅知章听父亲的朋友，那个在省政府做办事员的人讲，省政府决定在学生中招募一批文员，以充实各个文员不足的机关部门。据说，这次招募文员秘书，连最高长官阎主席都亲自过问了。

傅知章征询金浦达的意见："浦达兄，不如，我们也去凑个热闹，试一试去？"

金浦达摇摇头说："燕雀安知鸿鹄之志。"

傅知章吃了一惊："莫非你想追随陈胜，也要造反吗？"

金浦达讪讪一笑："我已经造了我爹的反了。"

傅知章下意识环顾了一下四周，天真地追问："你真要造反不成？"

金浦达又摇了摇头："造反不可能啊，但教书先生我是不打算做了。眼下，军阀割据，你打过来，我打回去，这平静的世界就这么被搅和得乌烟瘴气，民不聊生，我看，教书育人，那是天下太平之后的事了。”

傅知章迷茫地望着平静的湖水，陷入了沉思，脸上显出了忧郁和困惑。他好像是冲着金浦达，也似乎在自言自语：“文员不做，到学校里做先生的选择也放弃了，可我们的出路在哪里呢？”

金浦达从口袋里摸出一张报纸，说：“你看看这个。”

傅知章接过报纸，前前后后，大概浏览了一遍，皱着眉头说：“不知你讲的是哪一件事？”

金浦达伸出指头，点着一段标题说：“就这段。”

傅知章读完，仍然懵懂地望着金浦达，问：“冯将军在五原誓师，说起来也是一件令人振奋的好事，可跟我们有什么关系呢？”

金浦达挥舞着手臂说：“投奔冯将军去做军人，响应南方革命军的北伐，到前线去打仗，彻底铲除那些旧军阀，这个国家才有希望。”

傅知章不无忧虑地说：“冯将军会要我们这样的读书人吗，打仗要的是生龙活虎的剽悍之人，要的是敢于冲锋陷阵的勇士，像我们这些戴着一副眼镜，手无缚鸡之力的人，军队里能要我们吗？”

金浦达信心十足地说：“一定会要的。韩信也算是读书人吧，后来不也做了将军，诸葛亮隆中对，也是读书人从军的典范。乱世之秋，哪里安放得下一张读书的课桌，听我的，投奔革命军吧。”

傅知章动心了。见已经说服了傅知章，金浦达便立即给父亲写了一封告别信，至于回西垣村，他想，只能等从军以后，待木已成舟之后再回去了。因为他十分明白父亲金柏坤对这件事的想法和态度。可是，傅知章是要回去告别的，而且不回去都不行，一路上的盘缠路费还没有着落呢！

傅知章的祖上曾做过清朝的举人。到了他爷爷这一代，开始做茶庄的生意，从福建把茶叶运回太原，然后再批发出去。那时的傅家茶庄已经控制了太原的茶叶市场。茶庄交到傅知章父亲手上后，傅家茶庄的生意不仅把福建的茶叶运回来，还把茶叶从太原运出去，运到包头和绥远等口外地区，很快成为太原的富足之家。而且傅知章的父亲也精通四书五经，《论语》、《大学》也读过数遍，甚至可以把《劝学篇》倒背如流。金浦达见过傅知章的父亲，老先生举手投足之间，透出一股温文尔雅的气势。他认定傅知章的父亲是知书达理之人，但会不会支持儿子参军呢？金浦达等到日头西斜，也没见到傅知章的影子。等不到傅知章，金浦达失望地回到宿舍，心灰意冷地躺在床上，出神地望着屋顶，思索着怎么能把傅知章从深宅大院子里搭救出来。然而，搭救傅知章的办法还没想出来，他自己也陷入了绝境。这时，赵满堂带着他的三个姐夫已堵在了宿舍门口。四个人不容分说，架起金浦达的胳膊就走，为了把金浦达顺利带回西垣村，赵满堂买通校工，把马车停在了宿舍门口。

因为担心节外生枝，赵满堂没让车夫在路上停留，一口气把金浦达拉回了西垣村。到家，已是半夜。一轮明月高悬在晴朗的夜空，漫天的星斗闪动着清冷的光泽，明天就是农历六月十六，这样的日子也是再好不过。金柏坤站在马车前，大笑一声说："看看这月色多好，这就是天意呀，小子，我告诉你吧，自古就没有儿子替老子做主的。"

金柏坤嘱咐二姑爷和三姑爷，什么也别做，专司看管金浦达之责，其余众亲戚和下人们也睡不了觉了，按照金柏坤的吩咐着手去作准备，等天亮后迎娶新娘温玉儿。

太阳刚从地平线上升起，一声唢呐便撕碎了寂寞的村落。噼啪的爆竹声，惊扰得整个村子里的狗狂吠不止。

西垣村最富足的人家迎娶新娘，那动静和豪奢华丽怎么也得拔个头彩，可喜事办得有些突然，本该复杂的程序只得简化处理。比如租轿子，金柏坤早在金浦达进城读书的时候，就暗自打算，等儿子结婚时，要把县城里最大的花轿租来为儿子迎娶新媳妇。可现在由于时间的紧迫和事件发生的突然，只能就近在村子里租一顶四人小轿。

娶回温玉儿的同时，阵亡营长的遗孀满棠红也一同来了。满棠红没坐轿子，主家也没备下轿子，她只好骑着马。一路走来，人们没有看到温玉儿，倒先目睹了满棠红的丰姿绰约的气度。如不是温玉儿头上的红盖头，以至于乡邻们差点分不清哪个是金家娶回来的新娘子。

唢呐和鞭炮声，犹如出征的战鼓，彻底搅乱了金浦达的心境。他犹如一头困兽，在房间里打转。接下来，他完全变成了一具被人牵制着的木偶，被姐姐和姐夫等众亲戚簇拥着走出房子，然后被强行披戴上袍子、红花、礼帽等等的装束，又被拉扯到一个蒙着盖头的女子面前，鞠躬时的身子是被人像饮牛似的强按着头，腰像弓似的弯了下去。金浦达被动、呆板、极不情愿的神情和动作，蒙着盖头和紧张慌乱的新媳妇全然不知，但有一个人把这一系列细微的细节看得一清二楚，她似乎隐隐地预感到了这一婚姻的危机和不幸，也预感到了接下来将要出现的种种枝节和变故。满棠红作为此时的旁观者和后来这个家庭的主角，冷静地思索着这一桩婚姻背后的怪异与离奇。

一开始远方姑姑王仙菊天花乱坠的陈述，本来就让满棠红心生疑窦。按照王仙菊的介绍,金家殷实富足,男方上过新学,模样又英俊,拥有这样出众的条件,人家娶媳妇还不是由着心意千挑万选,怎么可能如此急切匆忙,并且答应连她一起养活呢?这会儿,她似乎明白了。尽管她忧心忡忡地开始考虑小姑子温玉儿将来的日子,也许会是痛苦和不幸,然而更多的在思考她的何去何从。

太阳落山之后,两只红烛照亮了临时拾掇出来的洞房。温玉儿一声不响地坐在炕上,金浦达则静静地坐在椅子上。蜡烛顶端的灯捻不时发出“噗噗”的声音,那蜡烛上的火苗也随着摇曳摆动,除了这不间断的噗噗声,屋里沉闷得几乎窒息了。金浦达的目光从温玉儿的身上移到了裤管下面的脚尖,那一对掉在炕沿边上的不大不小的脚尖,金浦达猜到这女子绝非一般的乡下女人。他有些好奇,毕竟这已是他的妻子,毕竟是一个被红盖头蒙着的充满新奇的异性。他有些迷失,想掀开那盖头,看个究竟,可是他也知道,这盖头掀开之后,梦想和抱负,便会就此止步,也许将是另外一种生活和选择。

这时,房门竟有几声很轻,但很奇怪的响声,金浦达竖起耳朵,仔细地听了听,那声音越来越响,随即房门被人轻轻地推开,一个人快速闪了进来。

“傅知章?!”金浦达惊呼道。

傅知章立即示意金浦达噤声。然后合上房门说:“我也是偷跑出来的,偷了管家的钥匙,从账房里带了些银子,我想,这些钱足够咱俩走到河套的。”

说着,傅知章的目光盯在了温玉儿身上,然后又转向金浦达,那眼神的意思是,你还走吗?

金浦达笑了笑说:“谁也阻挡不住我实现梦想的道路,走,事不宜迟,赶快走吧。”

一直沉默着的温玉儿突然说:“你要走,我也不挡着你,你能掀开盖头,让我看你一眼你再走行吗?也让我知道,我嫁给的男人是个什么样子的男人。”

金浦达一下愣住了。

沉默了一会儿,金浦达木然地立在那里,屋子里登时变得死一般沉寂。无奈之下,心灰意冷,绝望的温玉儿呼地掀去了蒙在脑袋上的红盖头,她举目顾盼,先是望到了傅知章,接着才看到了自己的男人金浦达。也不是她的眼光多么犀利,是金浦达那一身新郎的装束还未褪去,温玉儿看一眼就明白了。

四目相对,金浦达望着烛光下的女人是那么的秀丽可人,那么的玲珑剔透,她的容貌绝不亚于城里的大家闺秀,甚至可以与太原城里的深宅大院里的女子相媲美。金浦达深吸了一口气,他的意志和梦想因为目睹了女人而一点点地动摇。傅知章拽了拽他的衣角,提醒说:“该走了。”金浦达这时才回过神来,狠下心来,褪去身上的新郎的袍子,毅然决然地拉开房门走出了属于他的洞房。这时,金浦达转过头来望了眼红烛映红了的窗棂,然后转回头来,大踏步地向前走了。

此时,年轻的傅知章和金浦达已超越了同学的关系,他们即将成为志同道合的兄弟和患难与共的战友。

两个年轻人走了。沿着无数走西口人走过的道路向前走了。乞丐、商人、马帮、驼队、手艺人,还有挑担的货郎,都涌向了这条路,他们各自怀揣着不同的梦想,向大西北的关口涌来。

天亮时,金柏坤知道自己败了,败给了固执而倔强的儿子。

除了呆坐了一夜的温玉儿,一大早,金家上下已乱作一团。凡是能跑能动,独自出去还能找回家的,一个个都被派了出去,连三个女儿也不例外。这时,偌大的宅院里,显得空荡而寂静。金柏坤背着手在地下来回踱步,忧心忡忡。赵满堂本来自告奋勇地要求出去找人,但金柏坤的三个女儿放心不下老爹,让赵满堂留在家里陪着老爹,同时,也期望能帮他拿个主意。满棠红和温玉儿呆坐在那间所谓的洞房里。温玉儿期期艾艾,一脸泪痕,满棠红几次想劝一劝,想问明白昨天洞房里到底发生了什么,或者没发生什么。满棠红现在的心境,倒希望昨晚什么都没发生,可转念一想,即使什么都没发生,凤冠霞帔,明媒正娶,唢呐炮仗,洞房都入了,发生什么,或者没发生什么,都已经毫无意义。这会儿俩人的心情,一会儿像掉进了寒气逼人的冰窖,一会儿又像跌入了熊熊燃烧的烈火,尝遍了进退两难的火煎油烹。

中午时分,满棠红坐不住了。她站起身,走出这间布满凄婉幽怨的屋子,奔厅堂而来。

金柏坤正坐在椅子上低头叹气,赵满堂也是一筹莫展。两人在煎熬中度过了一个上午,那些出去找人的,到现在还没有一点讯息。看到满棠红进来,金柏坤自知理亏,“养不教父之过”,儿子的逃婚,这里姑且说成逃婚,或者说,走到现在这一步,责任全在他身上,金柏坤从心里主动承揽了出现眼下这一变故的责任。金柏坤清了清嗓子,以一副长者的口气说:“温太太,我已经派人去追浦达了。请你们再耐心地等一等。”

满棠红偏又做出一副生气的样子,质问道:“这不是找不找人的事儿,是你们家太不厚道,这不明摆着欺我们是没有男人做主,又无依无靠的外乡人吗?”说着,几乎要伤心地落下眼泪来。她掏出一块手巾,擦拭着眼睛,那举止动作,金柏坤又看着十分眼熟。

“不，以前肯定没见过的。”金柏坤先是在内心里暗问自己。接着，仍然绅士般地极力克制着。他是一个讲道理之人，深知此事显然是错在自己家，所以只能和颜悦色，好言相劝，但又不失富足大户的威严。

金柏坤端起茶碗，慢腾腾地送到嘴边，呷了一口，放下茶碗，抓起茶杯旁边的一块白手帕，擦了擦嘴角，尔后才慢条斯理地说：“浦达这些年读书在外，我也确实疏于管教，才使他落得如此的任性固执。至于你说什么外乡人之类的话，你的小姑，已经是我们金家的儿媳，那就是我们金家的人，那你一样，和我们也是一家人了，你说出如此之言，岂不是让人笑话，以后莫再有如此之说辞。”

满棠红被这乡下财主半文半白的话说得窃窃一笑。见满棠红露出了笑意，金柏坤也总算松了一口气。昨天杂乱忙碌，没来得及细细打量满棠红，这会儿仔细一瞅，这女人的确别有风韵，瓜子脸，柳叶眉，顾盼之间，又有几分妩媚之态，比之温玉儿，更多了几分成熟的气质，尤其那眼神，很撩拨人的。而且那眼睛，又很有点像他的第二房女人——已故的邱海的妹子。但此时，金柏坤并未想入非非，他已经被浦达的离去搞得焦头烂额了。赵满堂也被满棠红的容貌倾倒了，但这里毕竟是妻哥家，不敢造次。

晚上，出去搜寻金浦达的各路人陆续返回。这些人，除了一脸的倦意，丝毫看不出一点的兴奋和喜悦，显然是白白浪费了一天的功夫。

赵满堂问金柏坤：“明儿还接着找吗？”

金柏坤毫不犹豫地说：“找呀，明天请些乡邻，多些人手去找，今儿大伙儿都累了，早点歇了吧。”

众人便退下去，各自歇息了。

金柏坤睡不着，走出了厅堂，到了院子里。夏秋之际，晋中的夜晚，透出淡淡的寒意。不经意间，打了一个激灵。这时他突然想到了儿子金浦达，几乎是下意识地抬起头来，仰望着深邃的天际，他准确地找到了北斗星的位置，目光也向西北移去。他努力地搜寻着西北方向那密密麻麻的星宿，他断定，那移动着的星星就是儿子金浦达，在西北的荒原上匆匆地赶路，他看得专注，看得痴迷，同时在这痴迷、专注中，金柏坤感到了苍老和孤独。他感觉自己在随着星宿和月亮，随着世界在旋转。

连日来的疲惫和这一整天的心急如焚，金浦达新婚之夜的出走，对金柏坤来说，确实是一个不小的打击。在他倒地之前，那还算清醒的意识中，隐约地觉得有一只手搀扶住了他，那只手绵软而温热，同时又那么的有力。

这是满棠红。

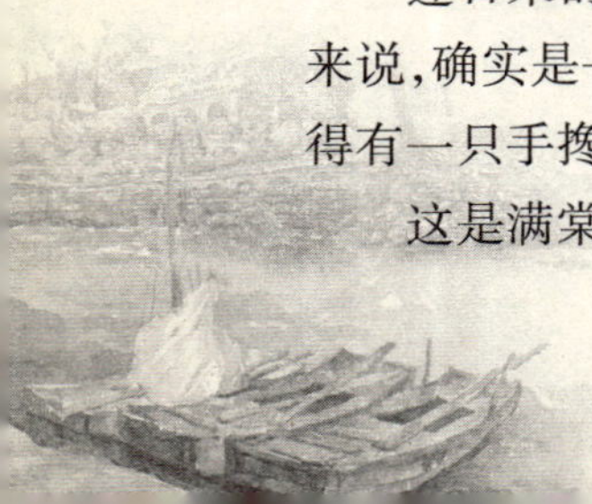

满棠红是出来解决内急，本来是小解，不出屋也可以。可是屋子里聚了金浦达的三个姐姐，这三人受父亲的指示，来陪温玉儿。路过院子，恰好看见金柏坤站在院子里举头仰望，也是出于好奇，满棠红也仰起脸来，向高远深邃的天际望了一眼，她望了望，没发现和平常有什么异样，便准备回到屋子里去。这时，金柏坤像失去了重心，向一边倒了。满棠红顾不得男尊女卑，授受不亲，下意识地紧走几步，伸手抻住了金柏坤的胳膊。但金柏坤还是倒地了。一同倒在地上的还有满棠红，金柏坤的头几乎枕在了满棠红的身子上。这时，金柏坤也清醒了，他嗅到了一股久违的体香，还有一股乡下女人身上闻不到的奇异的香味。

这种场景，两人都很尴尬，金柏坤先匆忙爬起来，几乎不敢再回头看满棠红，慌张地逃了。

那一刻的慌乱和那种熟悉又陌生的气息，很长时间都在金柏坤的脑子里盘旋。

第二天，天刚蒙蒙亮，赵满堂就早早地起床了，他大声吆喝那些睡懒觉的长工们，吩咐他们赶快把早饭吃下，骑着骡马继续出去找人。为了加快追赶的速度，金柏坤又从邻村的几个地主家借来五匹骡子，加上自己家的三匹快马，四个长工、三个女婿和一个乡邻，正好八个人，吃罢早饭，又备了些干粮饮水，向北面的官道走了。

这天晚上，寻人的马队没有回来，大概是走远了。金柏坤吃过晚饭，半躺在炕上，头抵着墙壁，猜测和预想着种种可能，到后来金柏坤不想去想了，听天由命吧。

“就当没这个儿子。”金地主咬牙切齿、愤愤地自语。

他在这件事上觉得羞愧难耐，父亲金溪山独自从山东走到这里落下脚来，置下眼下的光景，如果金浦达找不回来，这一大家的田地产业，等他死后，交给谁，又能交给谁呢？越想，金柏坤越伤心，越气馁，以至于整个精神世界都在崩溃瓦解，随即那张布满皱纹的脸上，竟落下一行老泪。

他想到了另一个可以补救的办法和措施，就是再娶一房女人。有了这个念头，更奇怪的是，昨天晚上的气息和香味，再次像塬上冲刷下来的洪水一样涌进他的脑海。年近六十的金柏坤，突然觉得这个念头是多么的滑稽可笑，且不说，满棠红是否愿意嫁给他这个垂暮的老头，论辈分，满棠红是温玉儿的嫂子，温玉儿是自己的儿媳，到时候，他们怎么去相处称呼，这不是一件足以让人笑掉牙的事吗？

转眼到了冬天，西垣村的山前屋后，被一层厚实的白雪覆盖着。金浦达的离去，使这座青砖环抱的大宅院子里，少了许多的生气和活力。温玉儿以这座院子里大少奶奶的身份，享受着孤寂无聊而又衣食无忧的生活。有时，她又常常拿着自己和嫂子比，父母去世后，已经当上营长的哥哥，把她和嫂子一起接到了军营外面的一处房子里。这处小四合院是哥哥租的，为的是一家人能住在一起。哥哥是军人，军人就要出征打仗，不会在一个地方久住。嫂子享受着哥哥的爱抚，他们曾经的那段生活是快乐和恩爱的，这些温玉儿都看在眼里。可她的婚姻呢？那男女之间的欢悦对她而言仍然是一片空白，她和那个叫金浦达的男人，只是在昏暗的烛光下对视了一眼，那男人果然温文尔雅，像她在城里见过的读书人一样。还有那个跟男人一样的读书人，她越来越恨那个唤走她男人的人。假如没有那个人的出现，她的生活也许会是另外的一番情景，可现实就呈现在这残酷的日子里，承受现实吧，也许这就是她的命。

那个阵亡的奉军营长的遗孀满棠红，每日都觉得自己过着一种寄人篱下的生活。但她的年龄和经历，自然要比温玉儿成熟，而且颇有心计。不知从何时开始，也许是两个月，或者是三个月之后，金柏坤坐在客厅里，脸上仍然是一股子威严的气势，而且今天又似乎显得很庄重，他把三个出嫁的女儿和女婿以及下人等叫到客厅后，环视了一下，见没有温玉儿和满棠红，便转过脸吩咐用人胡妈："把少奶奶和温太太叫到这儿来。"

温太太是金柏坤对满棠红的称呼。他用一个"温太太"的称谓，也就确定了满棠红从走进金家后，在这个家中的位置和与金家的关系。胡妈下去，把温玉儿和满棠红引进了厅堂。

少奶奶的脸上没有多少表情和生气，似乎是这个家庭里的旁观者和局外人，这里的人和物，这里的一金一银，一砖一瓦，一草一木，好像都和她没有丝毫的关系。满棠红冷静而机敏地观察着厅堂里的每一个人，尤其是端坐在正中，面色凝重的金柏坤，房子里的气氛有点儿沉闷压抑，每个人似乎都各怀心思，在揣摩，在猜测，在预知着这座大宅院的走向和未来。

金柏坤见人已到齐，清了一下嗓子，又慢腾腾地端起茶碗，呷了一口茶水，尔后又沉静着停顿了数秒，才说："今儿把你们叫来，并请满堂妹夫作证，从明儿个起，这个家的大小事务，收入和支出等一应俱事，都由温太太来管理统辖。"

此话一出，厅堂里立即叽叽喳喳，像成群的蜜蜂飞过头顶一样，瞬间被嘈杂的议论声给淹没了，连赵满堂都神色诧异、目瞪口呆。

但金柏坤主意已定，谁也休想改变他的想法。其实，金柏坤绝不是头脑发昏，一时冲动，他观察了满棠红仨月，甚至随时都在观察她的一言一行、一举一动。到满棠红掌管金家的财政大权之前,金家没有聘过管家,大小事务,一应开销,全由金柏坤一人掌管,所以金家到底有多少金条银子,有多厚实的家财,只有金柏坤一个人心里有数。

一天,金柏坤取出一摞子银圆,交给满棠红说:“你陪少奶奶进趟县城,买些换季的衣物,原想等浦达回来后再办这些事,可眼瞅着天凉了,该买了。”

满棠红瞟了眼红木桌子上的银圆,说:“买几件换季衣物,也用不了这些钱。”

金柏坤说:“不是给少奶奶一个人的,也包括你在内,金家答应的事就得兑现。”

满棠红说:“我不用,我的衣服够穿了,再说,你们金家能给我一口饭吃,给一个安身之地,我已经很知足,很感激了。”

金柏坤一扬手,大气地说:“金家供你几套衣服,还是供得起的,你就陪少奶奶去吧,我已经让长工崔福套车,送你们去县城。”

满棠红没再说什么,知趣地把钱揣起来,转过身出去了。

从县城回来,长工崔福解下辕套,把马牵进马棚,就奔金柏坤住的正房去了。

崔福进去时,手里拎了个包袱。在金柏坤面前展开,说:“这是温太太和少奶奶在城里给您买的衣服,说是看您穿着合适不,要不合适,我再进城去换。”

这衣服是一件外面是绸缎,里面是细羊羔皮的皮袍,一顶水貂皮做的紫红色帽子,还有两件日常穿着的短褂和长裤。

金柏坤问崔福:“她们都买了些啥?”

崔福说:“只给少奶奶买了几件衣物,温太太什么都没买,哦,好像买了一小罐胭脂膏。”

金柏坤没再说什么。等崔福走了,把衣服套在身上,这些衣服,虽然不是十分的熨帖,但基本还算合体。金柏坤褪下衣服,坐在椅子上沉思了良久。不过,促成金柏坤拿定主意,要把管家的权力交给满棠红的原因,是因为金家来了土匪,在女儿女婿东躲西藏的时候,满棠红竟挺身而出,挡住了土匪的抢劫。

十一月的西垣村,夜里开始寒气逼人。长工只留了崔福和王才,其他人都回家去了。睡到半夜,金柏坤被院子里一阵嘈杂声惊醒,听动静,院子里足有十几个人。金柏坤刚慌张地套上衣裤,门就被人撞开了。

金柏坤哆嗦着手打着火镰,战战兢兢地把油灯点着,这才看清了那些人,每个人手里都拎着一把一尺多长的鬼头刀,寒光闪闪,领头的是一个络腮胡子,手里还握着一支盒子枪，那络腮胡子还真有些像戏台子上的张飞。

“你们是胡子?”金柏坤问话的声音有些发颤。

“爷爷就是胡子。”络腮胡子摸着下巴说，“山上的弟兄们没吃的了，跟你借二十石粮食，也好让弟兄们把冬过了。”

金柏坤镇定了一下情绪：“分明是打劫，怎么说借呢。你们还真打算还呢?”

络腮胡子冷笑了笑：“嘿嘿，你也好不懂人情，说是借无非是跟你客气，免得兄弟们动起手来伤着了你，你把粮食拿出来，兄弟们挑走就是。”

金柏坤喊了一声：“崔福、王才，抄家伙呀。”

崔福、王才没动地方，早抖作一团了。

络腮胡子又冷笑了一下，发怒了，抬手对着金柏坤的头顶“啪”的一枪，击碎了放在木架子上的一个瓦罐，罐子破裂，一些散碎的银子和铜钱，连同瓦罐的碎片，“哗”的一声，洒落下来。

枪声一响，金柏坤便感觉自己的裆部有一股热气。

这时，一个女人的声音传出：“马六子，你放下你那根烧火棍，赶快滚蛋。”

络腮胡子听着声音耳熟，却不知道人在哪里，急忙转回头，才看见了身后的满棠红，惊讶地叫道：“嫂子怎么是你?”

满棠红又问：“你怎么落草做了土匪。”

马六子说：“营长死了，我们那个连被打散了，没办法就只能走这一步了。”

满棠红说：“你还是回部队做你的官军吧，在山上落草为寇，这过的是什么日子呀。”

马六子凄然地一笑说：“那一仗，我丢了一只胳膊，回去，他们还能要我吗?”

这时，满棠红才看清马六子左臂的袖管是空的。满棠红伸手扯住空荡的袖管，潸然泪下。

马六子是满棠红那个阵亡丈夫手下的一个连长。营长活着的时候，马六子常到他家喝酒。马六子是营长在行军路上捡来的，那时，营长还只是个小排长。这一排兵随同连部驻扎在一个小村子里。那天伙房开饭，桌子上的铁盆里放了两只刚炖熟的鸡，士兵们刚操练，正在洗脸。这时，一个小叫花子偷偷地溜进院子里，抓起一只鸡便跑，而且跑得飞快，士兵们便操起枪，打算一枪撂倒这个胆大包天的小叫花子，敢在当兵的嘴里夺食，真的是活腻了。排长喝令那些士兵放下枪，然后牵出连长的马，翻身上马，像鹰抓小鸡似的，把小叫花子拎到马背上，策马回到院子里。排长把小叫花子丢在院子里，那小叫花子抱着脑袋，蜷缩成一团，瑟瑟发抖。排长动了恻隐之心，对小叫花子说你吃吧。大概是小叫花

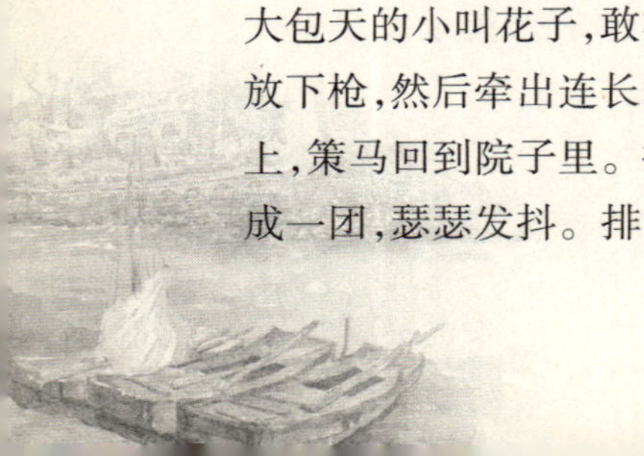

子猜到必死无疑,或者不想做个饿死鬼,抓起鸡狼吞虎咽,一口气吃掉了大半只鸡,而后仰起脸看着马上的排长说,给口水喝吧。排长被小叫花子逗乐了,说你吃了就走吧。小叫花子舔了舔油腻的嘴唇,盯着排长说,你带我走吧,我不怕死。那小叫花子就是马六子。

马六子看着满棠红,皱起眉头问:“你怎么在这儿?”

满棠红说:“这是我家。”

马六子愣怔了一下,陷入了迷茫,他瞅了瞅金柏坤,又看了看满棠红,似乎觉得太不般配,他误认为满棠红嫁给了这个干巴老地主。这也不能怪马六子,满棠红的话本来说的就模棱两可,连金柏坤听了,也理解满棠红是故意对马六子这么说,否则,不把关系讲明白了,马六子能给她面子吗?金家又能躲过这场劫难吗?!

马六子双手抱拳,说:“嫂子保重,兄弟多有得罪。告辞了。”

满棠红说:“等一等,兄弟们既然来了,也不能空着手回去,崔福、王才,你俩个称五石谷子,给弟兄们带上,多了嫂子也没有。”

满棠红俨然一家之主的口气,但崔福和王才明白,她满棠红也是寄人篱下,兴许还不一定比他们在老爷面前有分量,因为地里的活计是他们干出来的,而且在金家的年头也不短了,所以俩人没动窝,金柏坤发话了:“崔福、王才,你俩个耳朵聋了,快去称五石谷子。”

崔福和王才这才喏喏地低下头出去称谷子去了。

“谢谢东家。”马六子没向满棠红表示,而是走到金柏坤面前,又一次抱拳施礼,随后从腰间摸出一把匕首说:“以后有别的胡子来,你就拿出这把匕首,他们看到这把匕首就不敢对你们如何,怎么也得给我独臂王一点面子。不过,这是看在我嫂子的面子上。”

“你就是独臂王?”金柏坤惊呼道。

“正是。”

说完,马六子转身走了,满棠红也跟了出去。

到了院子门口,马六子一语双关地说:“嫂子要没地方落脚,就到青龙山来找兄弟们,温大哥不在了,但兄弟们不能让嫂子受委屈。”说着,拽过一个小胡子,又说:“这原来也是大哥手下的兵,跟我上山做了胡子,我以后会常让他下山来看你的。”

满棠红听了这话,百感交集,这是丈夫阵亡之后,她第一次见到丈夫的兄弟们,她再也控制不住自己内心的情感了,捂住嘴巴,哭了起来。

马六子不忍再目睹，转身带着人顶着风雪走了。

这件事后，金柏坤一直琢磨把这个家交给满棠红。他认为满棠红是一个他可以信赖的女人。金柏坤觉得他累了，该把管家的事儿交给别人来管了，但这个人又必须是他认为最可信赖的。

第三章

金浦达和傅知章正走向去杀虎口的路上。三个月的风吹日晒，在他们身上已看不出学生的模样，倒像两个做生意的年轻的商人，他们也是刻意这样打扮的。他们打听到，冯玉祥的一个团正在杀虎口打一场大仗。1926 年 9 月，五原誓师以后，变成革命军的冯玉祥部队，决心改变一下部队的形象，给老百姓做几件实事。做什么呢？担水、劈柴、扫院子，显然仅仅做这些是不够的。于是冯将军盯着墙上的军用地图，叫来他的副官，用手指点了一个地方——杀虎口。

副官心领神会。他知道冯将军是要对活动在杀虎口的土匪马大棒子动手了。杀虎口作为边关要塞，自明清以来，一直有重兵把守，那时匪患并不十分猖獗，即使有小股土匪袭扰，也绕开杀虎口，在离杀虎口很远的地方，乘机打劫一下，便快速逃离。但自从军阀开战后，杀虎口的守卫，一段时期由阎锡山的晋军管辖，一段日子又被西北军控制。西北军中，冯玉祥最得意的部下韩长官，接管了杀虎口的防务。这位韩长官也是一员猛将，一度令土匪闻之色变。

两个热血青年，行进在由山西通往绥远的官道上。傅知章从太原出来时，在出城的骡马市场买了两匹马。出来的时候，太阳刚升到半空，他骑着一匹，牵着一匹，顺着去西垣村的路，一路打听，赶在天黑前到了西垣村。那时，金家的客人还没有散尽，有几个乡邻正和赵满堂等人坐在厢房里饮酒。傅知章先把马拴在林子里，步行走进了村子里，他蛰伏在金家宅院对面的一个麦草垛子里，观察着金家的动静。一直等到院子里安静下来，傅知章从草垛子里钻出来，走向宅院的大门。那天也是巧合，金柏坤叮嘱崔福看好金浦达，并把洞房的门从外反锁了，然后把钥匙交给了崔福，本来平时这些长工里，最勤快也最忠实的就是崔福，在金家已做了多年的长工，可这天也是那些长工门欺崔福实诚，让崔福多贪了几杯酒，锁了洞房门，竟把锁宅门的事儿给忘了，衣服都没脱，就倒头睡在了炕角。傅知章闪进院子里来，又把宅门掩上，而后从崔福的口袋里摸出钥匙，走到那间作为洞房的东厢房，打开房门，和金浦达一起走出了这座在黑夜里显得突兀的宅院，疾步走到林子里，解开马缰绳，翻身上马，向北走了。

一路上，两人绕开官道，选择崎岖的小路。两家都派出人追赶，尤其傅知章家的伙计多次走过从太原到杀虎口的官道，可谓轻车熟路。走了一夜，两人到了一个村子口，金浦达饿了，说一天没怎么吃东西了，傅知章说你好歹还吃了晚饭，我是一口水没喝呀。金浦达骑在马上，望了眼村子，想了想说："天将降大任于斯人也，必先劳其心智，饿其体肤。"

傅知章摆着手说："你别之乎者也的了，现在光有精神食粮是不够了，我实在太饿了。"

金浦达皱起眉头说："人家会给咱吃的吗？"

傅知章也心里没底，只说："试一试吧。"

两人便骑马走进村子，到了一家院落较为整齐的房门前，两人互相望着，等待着对方主动下马，凝视了片刻，两人相视一笑，金浦达先跳下马，上去敲门，开门的是一个眼角布满眼屎的干巴老头，有气无力地问："你们找谁？"

金浦达说："我们不找人，是想买些吃的东西。"

老头打量了一下两人，露出一嘴的黄牙，说："有板子吗？"

两人面面相觑，不知所云地摇摇头，问："什么是板子，我这里只有袁大头。"

老头失望地摇摇头："你们连板子都不知道，就是大烟板子。咳，你还是到别处吧，我这里哪还有吃的。"说着便冷漠地把两人关在了无声无息的门外。

遭遇了碰壁，傅知章的情绪变得有些低落。原本是抱着一腔理想之情，投身军营，走改变国家命运的从军之路，现在，却连最基本的吃饭都成了问题。这时，崇拜黑格尔的傅知章，手中牵着马缰绳，一边走，一边思索着生存与生计的难题。他想，生存是要放在整个社会来思考的，生计指的是个体，是个人和家庭。生存和生计的关系，是个人和家庭的生计，必须要有合适的生存环境，一个饱经战火、动荡的社会，怎么能维持个体生计的需要呢，生存都难，何谈生计。百姓活在风雨飘摇的社会，百姓存在于贫病、饥饿、动荡，朝不保夕的生存环境里，就只能像现在看到的这番凄惶景象。或许这山沟里的人，远离了生活的视野，成了一群被边缘化了的群体。他们还不同于山里的土匪，那些土匪，山对他们来说，只是一块生存的屏障和栖息之地。他们的生存天地比大山要广阔得多。

走出村子，骑马走了一个时辰。两人终于看到了一个独处山腰的酒家。那飘动的番儿上，写了一个大大的“酒”字。金浦达和傅知章喜出望外。

金浦达下意识地吁了口气，说：“就在这儿了。”

傅知章说：“不会是孙二娘开的吧。”

金浦达还把这话当真了，勒住马，犹豫不决地望了一会儿，说：“孙二娘早死了，现在就是孙二娘再世，观音菩萨显灵，我也得进去瞧瞧。先把肚子填饱了，就是真死了，也不冤了。”

傅知章感叹说：“是呀，后面的路还远着哩。”

酒店的柜台后面果然是一个老板娘，一个店小二。两人都趴在桌子上打盹。酒家不算很大，两张方桌，几把长条凳。金浦达和傅知章走进去，径自坐下，金浦达喊道：“有什么吃的呀？”正睡得懵懵懂懂，老板娘和店小二被金浦达的喊声吓了一跳，支起脑袋，先是一怔，再仔细打量了一下两人问道：“二位客官，想吃什么？”

金浦达故作老练地努了努嘴巴问：“有什么呀？”

老板娘慵懒地瞥了一眼金浦达，又再次打量了一下傅知章，漫不经心地说：“天上飞的，地上跑的，你要什么吧。”

金浦达笑了一下，故作老成地说：“那我就要地上跑的吧。”

老板娘说：“刚宰了一只獾子，你们要吗？这可是山里的特产。”

傅知章一听是獾子，胃口就没有了，忙摆着手说：“我们不要，留着卖给别人吧。”

老板娘说：“别的没有。”

金浦达说：“青菜，馒头，这些该有吧。”

老板娘懒得再搭理这两个刚出道的家伙，转过脸对店小二吩咐道：“他们要的听清了吗？上菜吧，规矩点。”

店小二把毛巾搭在肩上说：“听清了。”

等着上菜的工夫，老板娘没话找话地问：“二位不像是生意人。”

金浦达说：“我们真是生意人，是要到口外去贩马。”

老板娘笑了笑，白了金浦达一眼说：“哼，瞧你俩也不像，别贩马不成，让人家把你俩给卖了。”

傅知章插话问：“你这生意好像有些冷清，怎么没客人呢？”

老板娘不悦了，用鼻子“哼”了一声，反问道：“你们不是人吗？”

傅知章忙辩解说：“我没别的意思，随便问问。”

老板娘叹了口气说:“平日里客人倒也不算少,这几天不行了,这不,杀虎口那边打起来了,走西口,做生意的人都不敢过去了,生意当然就冷清了,可别再打了,再打下去,就真要饿死了。”

吃过饭,两人结了账出来,正要牵马继续赶路,傅知章突然看到远处山坡下也有两个骑马人向这边走来。因为地形的原因,傅知章能看清那两个人,他们却看不到傅知章和金浦达。傅知章惊讶地喊了声:“不好,那俩人是我家的伙计。”

金浦达一听也慌了,一时都不知所措。情急之中,金浦达拽了傅知章的胳膊,折回酒家里,对老板娘说:“下面有两个人在抓我们,请你帮帮我们。”

老板娘一惊,问道:“是官府的?”

金浦达一指傅知章说:“是他家的伙计。”

老板娘也许信了,一指店小二说:“把这俩人藏在地窖里。”

店小二说:“那马呢?”

老板娘说:“顾不了马了,先把人藏起来。”

店小二把两个人藏到后院的地窖里,刚回到前面,傅家的两个伙计就进来了。其中一个问:“店家,可曾见到一个戴着眼镜的年轻人吗?”

老板娘懒懒地摇摇头:“前面打仗,好些天没人来了。”

两伙计似乎不信,瞅了眼外面的两匹马问:“那马是谁的?”

因为有傅知章前面的介绍,老板娘知道这两人不是官府的人,只是两个伙计,便敷衍地说:“那马是我的,你信吗?”

两伙计不知说什么了。领头的伙计想了想,摸出十块袁大头,推到老板娘面前说:“我家的小少爷丢了,你要是知道,就帮我们找找。”

老板娘盯着十块银白的大洋,有些心动,但似乎又想到了比大洋还重要的东西,把大洋推向对方,说:“你别费劲了,我还真想要你这钱,可我确实没看见呀。”

领头的伙计收起大洋,带着同伴走出酒家。

老板娘以为他俩走了,探头一看,俩人竟在酒家的门外坐下了,一副要跟老板娘耗到底的样子。

老板娘想了想,把店小二叫到柜台边,耳语了几句。店小二走出去,解开金浦达骑的那匹马,走了。

但那两个伙计像吃了秤砣,铁了心地要跟老板娘,不,其实是要和金傅二人对抗到底,依然是不动窝地坐着。这下苦了地窖里的俩人。他们在漆黑潮湿的地窖里，一直挨了两个多钟头。

两个钟头后，店小二骑马带来了两个人。这两陌生人进了店里，先喝了一碗茶水，而后站起身，走出去，到了那俩伙计的面前，问："二位知道这是什么地方吗？"

两伙计笑了笑说："这就是有名的马架子坡。"

"知道就好。"那人说。

接着又问："那二位是打算吃饭呢？还是想砸店呢？"

领头的伙计赔着笑脸说："等人。"

那人突然从怀中拔出手枪，顶着伙计头的脑门子，厉声喝道："滚吧！"

两伙计很知趣地悻悻走了。

但那人似乎还不放心，又吩咐店小二下山看了，确信已经走了，才返回来，把金傅俩人从地窖里放了出来。

金傅两人拜谢了老板娘和店小二，准备上马赶路，那店小二，拽了马缰绳说："我送你们一段吧，这里的路我熟。"

两人担心有诈，几乎异口同声地说："谢谢，不必了。"

店小二执意要送他们，也上了一匹马。金傅两人见此，只好跟在了店小二的后面。店小二带他们走的是山后的一条小路。异常地僻静。走了好半天，前面突然出现了一个洞口，店小二打了个呼哨，洞里立刻窜出几个人来，不容分说，把金傅两人从马上拽了下来。

金浦达急问："你们想打劫吗？"

傅知章也质问说："你们莫非真是土匪？"

这些人不说话，钳住两人的胳膊，将他们拖进一个入口狭窄里面宽阔的山洞，洞口的通道光线黯淡，金浦达和傅知章走得磕磕绊绊，差点摔倒。山洞深处是一个篮球场大小的空地，四面墙上，挖成像神龛一样的小洞子，每个小洞子上，都点着一盏油灯。油灯也不是很多，大概有六七盏，洞子里仍然显得有些昏暗，隐约地能看清一些人的脸。进到洞里后，那些人松开了两人的胳膊，店小二走到一个络腮胡子的男人面前说："人已经带来了。"

络腮胡子正是打劫过金家的独臂王马六子。

马六子从兽皮交椅上站起身来，走到两人面前，摸着下巴，把两人很细致地打量了一番，满意地点点头说："留下吧。"

金傅二人明白了，马六子是要他们留在山上做土匪。

金浦达试图说服马六子："我们是学生，既不会拿枪，也不敢杀人，怎么做得了胡子,你还是放我们走吧。”

马六子扬了扬手:“我看准的就是你们是学生。再说,前面正在打仗,你们这个时候到口外去干什么呢? 做生意吗?”

傅知章连忙说:“对,我们是去口外做生意。”

马六子哈哈大笑,用手指点着两人说:“你俩撒泡尿照照,你瞅你俩的样子像做生意的人吗? 是去投奔冯玉祥吧。”

金浦达急忙否认:“我们是学生。”

马六子说:“我想请你们留下来做我的参谋。这么说吧,本人过去在奉军里做过连长,也是正规军出身。奉军里的少帅就是读书人,军部和师部、团部的参谋,有好多也是读书人。我留下你们,就是要你们给我做个参谋,或者叫军师,水浒里的吴用你们知道吧,你们就是吴用,哪天老子也拉出一支正规军来,做了司令,你们也能混个参谋长什么的干干。”

金浦达试探地说:“要是我们不愿意呢?”

马六子说:“那你们就困死在这个山洞子里吧。”

金浦达拽了拽傅知章的衣角,但傅知章却一头雾水。

见傅知章没明白他的意思,金浦达便自作主张地说:“我们留下了。”

傅知章大吃一惊。他没有料到自己的理想竟夭折在这昏暗的匪窝里,更不明白,金浦达怎么会答应马六子这个荒唐的决定。

但是金浦达既然应下了,那想走就更加艰难。傅知章痛苦地闭上了眼睛,甚至开始后悔这次出走。因为不离开太原,他的结果,最差也能在某个小学校里做个老师,再说,父亲已经给他安排好了做省政府文官的差事。可现在,却做了土匪。

土匪、胡子、山大王,这些称呼,像学校那台德国进口的打字机一样,在他的脑子里,蹦出一个个刺目的字眼。

在这个昏暗的山洞里,马六子为金浦达和傅知章举行了一个隆重而热烈的入伙仪式。从此,年轻和充满一腔抱负的两个读书人的头上,又多了一个“胡子”的称谓。

这个冬天,山上只能勉强地度日,日子过得不好不坏。有一次,独臂王亲自带人下山做活,这次他带上了金浦达,而把傅知章留在了山上,并吩咐两个小胡子要把傅知章严加看管起来。傅知章透过这件事,也看出了独臂王的狡诈和阴险。

这次下山,独臂王给了金浦达一支勃朗宁手枪。独臂王说:“这支枪是我的营长的营长用过的,营长阵亡后,我就带在身边,一次都没用过。”出发前,在洞外的空地上,还让金浦达试射了两枪。独臂王叮嘱金浦达:“这种枪的子弹金贵着呢,不到万不得已,不要开枪,记下了吗?”

“记下了。”金浦达一边应着,一边学着小胡子的样子,把枪插进了裤腰。

临走时,金浦达转过身向站在洞口的傅知章挥挥手。傅知章看到这一幕,鼻子酸酸的,一直望着金浦达和那些下山的胡子消失在山路的另一边。

本来说好天黑前就回来,可是过了午夜,仍然不见金浦达和独臂王影子,而此时,傅知章被三个胡子死死地盯着,连吃饭和拉屎撒尿都跟在左右,就像被囚禁了一般。傅知章终于明白了,独臂王其实最不放心的是他傅知章,这倒不是傅知章担心独臂王不信任他,是这么下去,更难找到脱身的机会。

两天后,下山的人回来了。看样子收获不小,不知又打劫了几家有钱的财主。这年头做财主也不容易,所谓树大招风,招来的不仅有纳粮的官军,还有活动在周围的大大小小的土匪。有的财主,就此家业破败,也踏上了走西口的路。

金浦达受了伤,被两个胡子搀扶了回来,头上缠了一圈布条。回到洞里,傅知章才弄清楚,金浦达他们这次下山,原打算去劫几家有钱的财主,为山上补充一些过冬的粮食。他们选择的是山下的官道。一群胡子大摇大摆地行进在官道上,并不是这些人太狂妄,是实在没办法,本来想走小道,可从前常走的小道,被厚厚的积雪覆盖了。为了避免掉进雪窟窿,同时也是担心暴露行踪和目标,被迫选择了走官道。因为独臂王做过正规军的连长,和那些靠一根长矛、一把大刀起家的胡子头相比,他的军事素质和能力,也是那些土匪头们所不及的。

沿着官道走了多半天,探路的胡子报告说:“前面发现了一支驼队,有二十几峰骆驼,骆驼背上满载了货物,是个大买卖,做吗?”独臂王勒住马,沉思了一会儿,转过脸问金浦达:“军师,你说这桩到嘴边的买卖,咱做吗?”

金浦达说:“我拿不准,还是听马司令的。”

独臂王马六子听了金浦达的话很恼火,其实他并不指望金浦达会有什么好的意见和建议,他只是想试探一下金浦达,一是试探金浦达是否真心想辅佐他成就大业,二是想探一探金浦达的底,也就是考察一下金浦达做参谋的能力。可是金浦达并没有接他的招,反而问他怎么办。

独臂王嘲弄地一笑,说:“滚落到嘴边的肥肉不吃,那不是傻子吗?这条路上,惦记它的人肯定不少。”他话里暗含的意思是与其让别的胡子吞食了,还不如他先下手呢。

自从举行了金浦达和傅知章的入伙仪式，独臂王便在洞里摆了一张桌子，模仿着水泊梁山的样子立了一块聚义厅的牌子，但这以后，独臂王却不让那些胡子们再叫他大王，而是改叫司令。傅知章曾当面讥讽独臂王，说："就你那百十个人，几十条破枪，你怎么能叫司令呢？论这点装备，撑死也就是个排长，还是一个杂牌的部队。"傅知章说完，以为独臂王会像一头狮子一样发怒咆哮，可是独臂王却没有，不仅没有发怒，反而哈哈地大笑起来。笑过之后，用马鞭点着傅知章说："当年，那些大帅们，哪个不是靠几条破枪起家的，老子从今儿起，就要当司令，发展几年也是一支穿着正规军军装的队伍。所以才把你们拉进来。"

傅知章听了，一股悲凉的情绪迅猛地冲撞着他的心房。他想，连独臂王这样的胡子都想拉起队伍，都做着当司令的梦，在这个世界，在这块土地上，大大小小，多如牛毛的司令乃国家之患，百姓之患。想到这里，傅知章便觉得去五原追寻冯将军这条路是走对了。只有铲除了那些大大小小的军阀土匪，才能还这个世界以平静安逸，才能让老百姓过上安稳踏实的日子。可现在的境况，又让他懊恼痛苦，眼下，和身陷囹圄几乎一致的处境，阻挡了他报效国家的步伐。

冬日里的晋西北，北风呼啸，荒草遍野。山坡和原地上，被一层皑皑的白雪覆盖着。野兔、狍子觅不到食物，连麻雀也饿得发疯地鸣叫。一只狡猾的狐狸居然就从他们的眼前跑过去了。其中一个胡子举起枪，想干掉这只狐狸，他或许想要一顶狐狸皮的帽子。可独臂王毫不犹豫地制止了他。独臂王扬了扬下巴说："你没瞧见吗？那是狐仙，你要不想倒霉，就去追吧。"小胡子终究没敢去追，跟在独臂王的后面，顶着风雪，缓慢地前行。

走了大约一里多路，独臂王突然勒住马，命令身后的一个叫地鼠的胡子："你再去摸一摸驼队的底细，睁大眼睛，看仔细喽，千万别让他们察觉。"地鼠应声去了。但独臂王似乎仍然不放心，他打算亲自去侦察。于是独臂王把枪掖进怀里，翻身跳下马，把手中的缰绳交给金浦达，嘱咐道："在我回来之前，就在此等候。不得擅自行动。"说完，带着两个小胡子翻过山包，向驼队行进的官道去了。

独臂王带着两人伏在路边的一处干草窠子里，仔细地观察着驼队。这时，驼队也停下脚步，在一处空地上打尖休整。装货的驼垛子放在地上，整整齐齐地摆着。独臂王看清有几个人居然穿着蒙古袍子。

他猜测，这驼队是草地蒙古王爷的。蒙古王爷的驼队一般都有护兵，而且那些蒙古护兵都比较凶悍，真打起来，比他手下的那些土匪凶猛得多。可独臂王又不想放弃这次难得的机会。他决定带着身边的这两个匪兵，尾随着这支驼队，伺机下手。他派一匪兵回去传令，让金浦达带着那十几个人向他靠拢。传令的小匪兵刚走不大一会儿，驼队好像发生了什么事情，急匆匆地收拾货垛子，把货垛子架到骆驼上，牵着骆驼便走。

小匪兵几乎是一路狂奔，一口气跑下山坡，然后走到金浦达的面前，上气不接下气地说："马司令让你们赶快到他那里会合。"

金浦达看了一眼小匪兵，平静地问："你再说一遍，我没听清楚。"

小匪兵又把刚才的话重复了一遍。

金浦达听完，突然扬起头来，很夸张地笑了。他看着跑得满脸通红的小匪兵说："马司令临走的时候可是交代过的，说他不回来，我们就得在这里死等，这可是马司令的命令。"

小匪兵一路边跑边想，见了坡下的弟兄们，把话一传，还得跟着大家立马掉头继续跑，跑他也乐意呀。抢下这一单活儿，弟兄们在山上就有吃有喝，能扛过这一冬，冬天出来做活，实在太遭罪，所以大家的心情和头领一样，都想做成功了。可把独臂王的命令传给金浦达，金浦达却故意不动窝，不仅不动窝，还拿司令临走时的吩咐说事儿，明显是想抬高自己，他开始佩服读书人跟他们这些只知道拼命的粗人确实不一样。而且他也清楚，真误了事儿，马司令对金浦达不一定会怎么样，但肯定饶不了他，想到这儿，小匪兵哀求说："金大军师，马司令真的是这么说的，让你带着弟兄们赶快去增援。"

金浦达从小匪兵的表情看出，这不是开玩笑，是独臂王那边确实有了紧急情况，他还真不能拖延耽搁。否则，独臂王真的饶不了他，就算他现在可以趁乱跑了，但他又不能丢下傅知章不管。所以，他上了独臂王的白马，带着这二十七个匪兵，奔独臂王所在的地方而来。

驼队又开始动了，但独臂王这边还是看不到增援过来的匪兵。同时，他想摸清楚货垛子里打包的都是些什么货。蒙古人的思维他不是很了解，听人说，有的蒙古王爷，在货垛子里藏有轻机枪，就他那几条破枪，肯定是白白送命。

独臂王在特务队干过半年，化装侦察是独臂王的特长，这次倒把看家的本领用上了。独臂王解开绑腿，松开系在腰间的皮带，把有胡子痕迹的物件都交给了跟随他的匪兵，沿着一人多高的荒草，跑到了驼队的前面，超过驼队一里多路，在路边坐了下来。待驼队走到独臂王身边时，前面带路的保镖，警惕地扫了他几眼，看他像赶脚的农民，就骂骂咧咧地喝斥独臂王让开道。这时，独臂王突然俯下身子，做出了一个谁都没想到的动作，他扑通一声跪在地上，一边磕头作揖一边央求:“我迷路了,求你们带我一程吧。”

驼队里走出一个满脸胡茬的汉子,像是镖头,他斜眼瞅了瞅独臂王,训斥道:“赶快给老子滚一边去,别耽误了老子赶路。”

独臂王仰起脸来看了看,突然抱住镖头的腿,故意把鼻涕往镖头的腿上蹭,镖头火了,冲独臂王的肩头踹了一脚,独臂王被踹倒在地。镖头以为独臂王就此松手,谁知,独臂王扑上来又抱住了镖头的双腿,镖头拔出枪来,顶着独臂王的脑门说:“你不松开我就崩了你。”

独臂王用那仅剩的一只独臂,抓着镖头的枪管,往自己的脑门子上杵。嘴里还嘟囔道:“你打吧,反正就是一条贱命,也不值啥钱,你取走好了。”

这一闹,就把镖头给僵住了。镖头有些尴尬,尴尬不是胆怯,不是他没杀过人。如果是打劫的土匪,镖头会毫不犹豫地扣响扳机,可眼前这个人不是土匪,而是一逃荒的叫花子,也不是一般的叫花子,是无赖。这就比较麻烦了。叫花子也好,无赖也好,总归也是一条人命,草菅人命,这在哪朝哪代都是犯法的事儿。王爷的势力在草地可以威震八方,但这是山西地界,出了人命,也难收场。僵持难解,这时驼队里出来一人,背着一杆长枪,拽起独臂王,说上骆驼吧,捎你一程。独臂王爬上货垛子,开始没敢动,老老实实地伏在驼峰上。走了一段,独臂王伸手摸了摸,一摸,顿时吓了一跳,那货垛子外面是茶叶,里面却是硬邦邦的枪支。他用鼻子嗅了嗅,似乎还有禁带的烟土。土匪遇到这活儿,如不下手,那就是傻子了。独臂王不想做傻子,可看看这些强悍的押镖人,心里也没底,这一单活儿,不是那么容易做成的。

金浦达没多久就赶过来了。队伍是拉过来了,却没敢急着动手。因为他见司令像一个面口袋似的趴在骆驼上。是演戏,还是被人控制了,金浦达吃不准,就没急于动手,吩咐那些土匪们,跟着驼队,一直跟了一下午,到了傍晚,驼队走进一个大客栈,歇脚了。独臂王下了骆驼,跟着押镖人进了客栈。

随后,趁着夜色的掩护,金浦达带着这二十七个土匪,鱼贯而入,一伙土匪躲进客栈外面的一处破败了的土窑里,土窑不大,二十七个人挤做一团,张三踩了李四一脚,王六杵了赵七的腰眼,有人想骂什么,很快有人捂住了对方的嘴巴。“不想活就哼哼吧。”“是哩,二十多条命呢。”“闭嘴吧,没人把你当哑巴。”很快,便又噤声了,土窑里只有粗重的呼吸声。总算熬到了三更天,金浦达说:“动手吧。”那些土匪们说:“早该动手了。”金浦达听出话里的不满,但没吱声,选择了缄默和忍耐。

沿着破窑的院墙悄悄地走出来,走在前面的土匪,突然退了回来。

金浦达小声问道:“怎么不走了?”

土匪指了指客栈的土墙说:“墙上有人,还有一挺机枪。”

金浦达不信,猫腰躲在后面望了望,果然是机枪。只得又退回破窑里。等了一会儿,金浦达问:“你们说咋办?”

这些人七嘴八舌,有人说硬拼吧,有人说打不得,冲出去就是白白送死。金浦达沉思了一会儿说:“我有个办法,你们看成吗?”

众人说:“你快说,听你的。”

金浦达说:“先出去两人,绕开前院的土墙,摸到后面,先用火点燃那两个麦秸垛子,趁乱打一个伏击,既能救了司令,也能抢他几垛子货。”

众人皆说这主意不错,但就是没有一个人肯站出来。金浦达环视了一下众人,点着俩土匪说:“山猫、地鼠,你俩去吧。”

金浦达点了一猫一鼠,这两人是独臂王的结义兄弟,心里虽说一百个不愿意去,但碍着跟司令是结义弟兄这层关系,也不能看着司令落难见死不救,紧了紧腰带,翻过破窑后墙的豁口,过去了。说好了,以火为号,火着起来,藏在窑里的人就得拼死了往客栈里冲。

差不多一袋烟的工夫,客栈的院子里仍然不见有火光。众人开始着急,不是担心一猫一鼠能不能做成放火的大事,是担心一旦惊动了那些人,打进窑里来,这一窑里的人,就如同包了饺子。又等了好半天,没等到想象中冲天的大火,却等回了山猫,山猫跨进院子,直奔窑口,压低了声音说:“里面除了墙上放哨的人,其他人都睡了。”

“那墙上哨兵呢?”金浦达满脸的疑虑,急迫地问。

山猫做了个勒脖子的手势说:“闷过去了。”

金浦达满意地点点头,拍了拍山猫的肩膀,摆了下手说:“冲吧。”

其他人便呼啦一下,冲出了院子,直奔客栈。客栈有三间房子,中间是一间大房子,两边是厢房。中间大房子的大炕上,睡满了驼队的保镖和赶骆驼的脚夫。独臂王的手脚被绑成了死猪扣,像待宰的猪一样蜷缩在灶台下。金浦达站的位置在门口,看着众匪兵七手八脚地干掉那些熟睡和被惊醒了的保镖,也是金浦达没经验,只顾着看别人动手,没想到镖头起来撒尿,撒尿时没带着手枪,枪在被子里掖着,见自己的弟兄被人撩了,便顺手操起一根抵门的棍子,奔着金浦达的脑袋就去了。等金浦达清醒时,已经趴在返回的骆驼上了。金浦达醒了,独臂王说:“你小子还真行,以后军师就是你了。”

金浦达笑了笑,没吱声。

劫了驼队，添了十几支好枪，又有了七斤多烟土，可过冬的粮食还是个问题。没多久，独臂王再次带人下山，但把金浦达和傅知章留在了山上。这次下山打劫了两户财主。独臂王回到山上后，金浦达无意间看到几个装粮食的麻包，每个麻包上都写了一个黑黑的“金”字，那字体，金浦达再熟悉不过了。

第四章

一场大雪过后，离年关就不远了。大雪封山，山上的弟兄们好久没有吃到肉了。

腊月初八这天早晨，独臂王吩咐手下的两个弟兄出去打几只野物，改善一下眼下的困境。金浦达俨然做起了军师，蓄起了胡子，傅知章的面色还是那样苍白，脸上现出忧郁的神情。两人靠在石洞冰冷的墙壁上，谁都不说话。金浦达摆弄着那只勃朗宁手枪，他越来越喜欢这只手枪，傅知章借着微弱的亮光，捉着衬衣上的虱子，若有所思。金浦达掰着指头数着，嘴里还不停地念叨着什么。傅知章"啪"地挤死一只虱子，抬起头来问："你嘴里叨咕什么呀？"

金浦达懒懒地答道："我数了数日子，咱俩被囚禁在这石洞里都快四个月了。"

傅知章愣了一下，那样子似乎忘掉了时光。侧起脑袋想了想说："可不是嘛，快四个月了。要是到了五原，我们也是四个多月的老兵了。可现在却是土匪。"

金浦达不满地说："哦，我倒觉得这日子也蛮有意思的，挺刺激的。"

傅知章先是惊异地看着金浦达，接着叹了口气，脸上显出哀伤的神色，苦笑了笑说："这辈子怕是去不掉身上这个匪字了。"

金浦达说："你还不是，我是，至少我还打劫过一次蒙古王爷的驼队，要说是土匪，我该是了，你还没到了土匪的份上，你是囚徒，被土匪劫持的囚徒。"

傅知章又叹了口气，迷茫地说："马六子把我们囚在这儿为什么呀，每天待在这里，什么都不干，还得管我们的吃饭。"

金浦达仰起脸来，呆滞地望着石洞的顶子，幽幽地说："马六子也是一个野

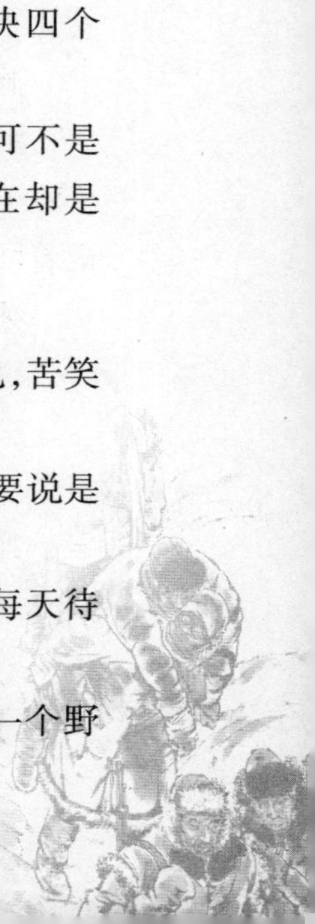

心很大的家伙。”

说完,金浦达失落地向后仰去,倒在了铺着狗皮褥子的床铺上。

俩人低声聊天时,坐在炉火边烤火的独臂王,嘴里叼着一支烟袋,看上去像是闭目养神,但其实一直在留意和观察着离他不远的两个年轻人。见到这两人后,他的心中就有一个梦想,也是一团火。他要把这两个学生,锻造成军师或者叫参谋,他相信,这两人会成为他当上司令的得力幕僚。

百无聊赖的时光好似一根可以随意拉长,又能缩短了的橡皮筋。出去打野物的俩人,或许在做土匪前就是打猎的高手,在满山积雪的深山里,居然打回三只狍子和五只野兔。两人的神情像战功赫赫的勇士,得意而神气地把野物往地上一撂,又把自己的屁股向椅子上一撂,斜靠在椅子上,翘起一支腿,吧嗒吧嗒地抽起烟来。这时候,所有的土匪,不管是土匪首领、白净的书生和大大小小的匪兵,谁都不在乎这两人是怎么样的神情。对于食物的欲望,早已经让他们对别人的神情和态度置之度外了。平时慵懒的土匪,这时忽然都变得勤快起来。你争我夺,只为早点把这些野物收拾干净,好早一些闻到锅里吱吱飘香的气味。吃并不重要,闻一闻这四溢弥漫的香味就够了,因为这香气能勾起很多的遐想和回味。比如家。几碗酒下去,先是一个人鼻子发酸,忍住了;后来有人没忍住,流下泪来;到后来有人竟哭出声了。边抹眼泪,边站起身来,一起跟独臂王告假,要回家过春节,等出了正月十五,便回来。独臂王没答应。他担心这一走,没准儿真就散伙了。他摔碎手中的大碗,大喝一声:“谁在提走的事儿,老子就毙了谁!”

洞子里一下沉寂了。

沉默了片刻,跟独臂王一起上山的二头领王大胡子埋怨道:“一冬天都没见着荤了,眼瞅着要过年,弟兄们想家也在情在理,这山上如果有吃有喝,谁还惦记着回家呀。”

独臂王环视了一下众人,无声地坐回到那张铺着狼皮的寨主椅子上。这时,众人都闷头吃肉喝酒,谁也不提回家过年了。

三天后,在洞外面放哨的山猫进来报告说:“有一女人领着四个人点名要见司令。”

独臂王好像猜到了来人是谁,“嚯”地从椅子上站起来,快步走向洞口。见到女人,独臂王居然冲着女人敬了一个礼,尔后爽声一笑说:“嫂子是投奔兄弟来了?”

女人正是满棠红。满棠红抖了抖风衣上的雪花说:“我不是投奔你,是看着要过年了,给你们送些年货来。”

独臂王颇感意外。他仰起脸来望着灰蒙蒙的天空,故意在掩饰和克制自己的感情,不想让手下的弟兄看到一个男人脆弱的地方。这一份脆弱,就来自内心深处那一份与生俱来的人性和良知。人性和良知是每个人都具备的,而这两样东西的泯灭,就是贪婪、残暴和自私在作怪。

满棠红招呼四个长工把两扇子猪肉、六只煺了毛的鸡,还有一些五谷杂粮,搬进洞子。独臂王请满棠红坐下来,介绍了身边的几个弟兄。他想起了那俩被他绑到山上来的年轻学生,便仰起脖子喊:“金浦达、傅知章,你俩出来。”

满棠红听着,吃了一惊,急问:“谁?”

她不知道傅知章是谁,但金浦达的名字在她耳朵里快长出茧子了。就是这个名字和这个人让她的小姑子温玉儿陷入绝望和痛苦。满棠红毕竟是一个做事干练利落之人,听到这个名字,她的身体立刻像弹簧似的蹦起来,独臂王被满棠红怪异的举动吓了一跳,满腹疑惑地探问道:“嫂子,你这是怎么了?”

满棠红说:“你刚才说的金浦达是西垣村的那个金浦达吗?”

独臂王摇摇头说:“他家是哪儿的,我还真不知道。”

满棠红扫视了一下整个山洞,一脸疑惑地问:“人呢?”

这下,连独臂王也甚感诧异。因为中午吃饭时,他还看见这俩人,转眼的工夫,人就没有了。这个洞子能住下三十几号人,所以想打眼一瞅就把人找出来,也不是一件容易的事儿。独臂王转过脸来吩咐山猫:“去把那两个先生请出来。”

山猫心里也纳闷,独臂王从来没对金傅俩人叫过先生,要不是学生娃,要么就叫小军师,有时高兴了就叫这俩人参谋长,可从来没叫过先生。他一时摸不准大头领话里的意思,便又问:“是那俩学生娃吗?”独臂王点点头说:“快去吧。”山猫领命走了。他在洞子里找了一遍,在后面厨房的一个偏洞里找到了俩人。原来,满棠红进到洞里来时,金浦达先是看着满棠红有些眼熟,细细一想,吓了一跳。他想起了这人就是结婚那天,随着送亲人一起来的,那时这女人引来那么多的目光,所以金浦达对她还真有一些印象。再联想到前几天看到的那写着“金”字的麻包,他预感到,父亲金柏坤的气势和威严,又一次近距离地向他扑面而来。他顾不得做更多的解释,拽着傅知章躲到了后面的偏洞里,进来后才把看见满棠红的事儿对傅知章说了,傅知章也很着急。俩人在这匪窝里坚守了四个多月,等待了四个多月,就是为了找到机会继续向西北走,向河套走,去实现俩人在学校湖边酝酿出来的那个魂牵梦绕的理想。难道这理想会因为这土匪窝,因为这个女人而夭折吗？不能,在这一点上,俩人的认识始终是一致的,对于去河套的理想,一刻都不曾动摇。俩人坐在地中间的树墩子上想对策,可一时又想不出办法来。因为这时,他俩的处境确实跟身陷囹圄没什么区别。傅知章有些天真地说:“要不让那个女人把咱们带出去。”这时候,连金浦达也不知道满棠红叫什么,也不知道这个女人已经充当了金家的管家之职。

金浦达摇摇头说:“她怎么会放了咱俩,她会把咱们交给我爹去请功。这山洞子里还能趁机脱逃,到了家里就再也出不去了。”说罢,脸上显出绝望的神情。

傅知章叹了口气,沮丧地说:“要不索性回家吧,你和我到太原,找我爹,在省政府里谋个差事,总比整日混迹在这些土匪中强吧。”

金浦达“呼”地站起来,眼睛瞪着傅知章,情绪激动地质问道:“你退缩了？你后悔了？你还是那个充满理想和抱负的傅知章吗？”

傅知章躲开金浦达逼视的目光,把脸转向了旁边的炉膛,炉膛里正丝丝燃烧着干枯的树枝。那火光把黢黑的炉膛照得通红。傅知章周身一热,似乎感到他就是那炉膛里的干柴,遇火就会熊熊燃烧。

山猫终于找到了金浦达和傅知章,牢骚满腹地说:“原来你俩躲在这儿呀,躲这儿做甚呢？偷吃呢？哦,明白了,读书人就是聪明,一寻,就能寻着吃食的地方。”

傅知章听着很不顺耳,脸红耳赤,突然从木墩子上起来:“你说话别这么难听。你知道怎么回事吗？”

山猫坏笑了一下,把脸转向金浦达,酸溜溜地说:“外面那女人是你什么人？对你可真好。”

金浦达不想听他胡咧咧,阻止道:“你说找我什么事吧。”

山猫说:“马司令找你,快到前面去。”

金浦达看了看傅知章,一语双关地说:“走吧,反正就这么大个地方,迟早的事儿。”

傅知章听着金浦达这没头没脑的话,知道金浦达可能有了主意,便跟着一起出来,到了独臂王和满棠红面前。其实严格地说,金浦达和满棠红只是彼此心知肚明,但并不能算真正意义上的认识。因为彼此只知道自己的身份,也知道他们之间的关系,或者说只是满棠红知道这层关系,而金浦达并不完全明白。满棠红的身世连金柏坤都并不完全清楚,更何况金浦达,他都不知道满棠红是父亲为了急于为他成亲,硬着头皮答应留下的女人。为此,金老爷子一直耿耿于怀,直到金家被独臂王的土匪打劫,满棠红化解了危机后,金柏坤才从心里把这件羞于示人的事儿揭了过去。

满棠红见着金浦达，从头到脚，仔细地打量了一下。那天成亲时，她被金家人请到屋子里，便没再出来，外面如何得热闹，她几乎置之度外，而且那天她的心情也很复杂，为温玉儿也为她自己。那个时候，她还沉浸在对营长的追思和对自己命运的嗟叹中。现在，她有足够的时间仔细地来打量这个叫金浦达的男人，但是满棠红又疑虑和困惑了。因为从那张胡子拉碴的脸上，看不到结婚那天，那张学生一样的面容了。此时的金浦达完全是一个正在走向成熟的男人。此刻，满棠红脑子里想着如何解释或者措辞，从小到大，她没太见过很有学识的读书人，以前营长在世时，也算是读书人，但营长跟她结婚时，已在炮火和死人堆里摸爬滚打了好几年，早把那点读书人的儒雅之气荡涤得无踪无影，而且营长身边的那些个丘八大兵，更是以粗鲁为荣，以谁脾气火爆为自豪。所以尽管满棠红的经历使得她可以应付很多棘手的问题，但真正面对金浦达时，满棠红却毫无准备，更不知道怎么开口，沉吟了片刻说："你爹和你媳妇盼你回家，他们希望你能跟我回去。"说完后，便盯着金浦达，等待金浦达的答复。金浦达与满棠红仅仅对视了几秒，便败下阵来。

满棠红最漂亮的地方不在脸庞，而是眼睛，那黑眸子如一汪清水，更如深不见底的湖。而那眼里透出的目光不是一般女人的妩媚，倒是犀利，像两道可以刺破肌肤，划破胸膛，可以钻入你内心的锐利光束。

金浦达慌乱地避开这目光，嗫嚅道："你谁呀？我凭什么要听你的。"

满棠红说："我是谁不重要，重要的是为人子、为人夫的纲常和道义。你是读书人，知道忠孝这话吧。"

金浦达面红耳赤。脸红并不是因满棠红说得在理而羞愧，是因为他不知道该怎么应付了。一个男人被一个女人逼问得无言以对。也不是他找不着话，是满棠红用忠孝这顶帽子压他，除非顺着满棠红，否则，怎么解释都牵扯一个不忠不孝的骂名。但满棠红说归说，金浦达的底线就是不能再回到西垣村那个家里。

见劝说不成，满棠红只好求助独臂王，请独臂王派人把金浦达押送回西垣村。没想到，独臂王摇头推辞了。推辞的理由是："这山上的规矩是，凡上山入伙的弟兄，只要进了聚义堂，除非他主动背叛弟兄们，独自下山，或者做了对不起山寨的事，否则山上是不能轻易把自己的弟兄赶下山的。按理说，你是不能把浦达和知章这两个兄弟带下山的，可是看在大哥的面子上，兄弟也不仁不义一回，但你要让我把这两弟兄给绑下山，送回家，这种小人之事，兄弟是万万做不得。”

金浦达不走，独臂王不配合，这就要命了。尽管满棠红算是女中的强干之人，但要把金浦达这个大男人带回去，显然不太现实。思忖了一会儿，满棠红决定下山，把找到金浦达的消息告诉金柏坤和温玉儿。她想把金地主和温玉儿带到山上来，到时候，不怕金浦达不屈服，想一想，也只有这一招了。带温玉儿上山，是为了对付独臂王，营长死了，温家只有温玉儿一个人了。温玉儿向独臂王要自己的男人，他也没有理由再推辞。

于是，满棠红带着王才等四个长工下山去了。

他们下山后的第二天，山下的警察和官兵围攻了山洞。蒙古王爷的驼队被打劫后，咽不下这口气，派人打听后得知，劫他驼队的是青龙山上的独臂王。蒙古王爷也是为一口气，派自己的管家带了一份厚礼去找省政府阎主席的秘书，把被劫的事儿找机会向阎主席汇报了。阎主席很生气，指示驻守在朔县的一个山炮营和县公安局的一百多警察上山剿匪。

这次行动非常机密，事先除了县长和山炮营的营长，谁都不知道，包括公安局的局长也蒙在鼓里，只是到了山下准备进攻时，才知道这次行动的任务是要剿灭独臂王这伙土匪。县公安局的局长收过独臂王的钱，平日里有个风吹草动，就派人到山上给独臂王报信，所以前几次清剿，官兵都是无功而返。

这次清剿，独臂王能又一次化险为夷，侥幸逃脱，不是他的那些匪兵凶悍勇猛，这些人都是些乌合之众，与官兵对抗，显然不是一个级别的选手，也不是他独臂王足智多谋、运筹帷幄，把一百多个弟兄机智地调动了出去。本来这次是可以把独臂王这股子土匪彻底剿灭的。可问题偏就出在营长身上。

山炮营营长是个肥差。炮营比步兵军饷开支大，又不在冲锋的前沿。这个营长是师长的妹夫，有师长这层关系，不会打仗，还能做军官。这次剿匪，营长只带了一个连，带了整整十门迫击炮，便上山了，而且为了保密，事先也没派人侦察一下山上的地形。到了山下，他望着满是积雪的山路以及陡峭的山峰，心里没底了。走到半山腰时，隐约地能看见山上独臂王的哨兵。他问县长：“独臂王的匪巢在哪儿？”

县长也没来过，望了望山口，抬手一指说：“就在山口。”

营长命令开炮。十门迫击炮同时开火，山上顿时石飞树摇，积雪在炮弹的冲击下，掀起一团白雾。白雾中，匪兵的身体被炸成碎块，四处飞溅。营长乐了：“炸得好，继续。”

又是一轮炮火，山中白雾变成了黑烟，变成了火光。被炮弹击中的干枯树枝，燃起一团浓浓的烈火。

县长奉承道："炸得好，这下连独臂王的尸首都不用收了。"

待最后一发迫击炮的炮弹冲出炮膛，营长命令连长发起冲锋，县长命令公安局长："这次县里也该露露脸，为咱们出口恶气了。"

于是官兵和警察开始冲锋，一窝蜂地冲向山腰。行动展开得果然十分顺利，没费一枪一弹就冲到了山腰子里。但半山腰里，除了四具血肉模糊的匪兵尸体以及被炸成半截的枪支，其他人就像从人间蒸发了似的，不见踪影了。

此刻，独臂王正带着弟兄沿着山沟，向西北逃命。炮声响起时，他正享用满棠红送来的猪肉和白酒。第一发炮弹落下，他听声音就知道官兵来了。这次必定是凶多吉少。山洞里是不能再住了，逃得越远越好。他大声吆喝着众土匪，"把值钱的东西比如烟土、银圆和枪支弹药都带上，其他的扔掉，赶快逃吧。"下完命令后，又把山猫和地鼠叫到身边说："你俩的任务就是看好金浦达和傅知章，这俩人丢了，就别怪大哥不讲往日的情义了。"

山猫跺了下脚说："你放心，我把他们绑在裤腰上哩。"

独臂王放心地点点头。一挥手带着一百多人，从暗道里向山后逃掉了。

待营长和县长用了三个时辰，终于找到被掩埋伪装起来的洞口时洞子里早空无一人。

山上有这个洞子，只有公安局长和两个警员知道，但局长一直保持缄默。他从进攻开始便生气了。生气的不是清剿独臂王，是生气县长和营长不信任他，事前不告诉他行动的计划，拿他不当人看。所以也是为一口气，就把山上有这洞子的事儿憋在心里，没说出来，看着营长带着人像熊瞎子似的到处乱撞。到了天将擦黑时，清剿的官兵退下山了。官兵退了的情况，独臂王并不知道，他自顾一路逃命。他想，这次动用了迫击炮清剿，山西是待不住了，索性逃出山西，到口外干事去，说不定还真能发展成一支军队。

山猫几乎是像押送囚犯似的押着金浦达和傅知章。也不是山猫一个，是整个队伍，一百多人裹挟着他们，向西北奔逃。这时，金浦达和傅知章就像两只落在别人家羊群里的羊，拥在这羊群里，已经完全失去了单独活动的自由。

这是一次艰难地行进。夜里的气温有零下二十五六度。

一百多号人，在山沟中行进时，一是刚从山洞里逃出来，穷途末路，急于逃命，那时都只恨自己腿短，跑得慢；二是山沟里背风，显得不那么冷。出了山谷，已是下半夜。在无遮无拦的平原上走，风似乎一下子大了。傅知章的羊皮大衣，很快就被风穿透。他的头上，围了一块儿山猫给他的破围巾，这块围巾大约是他们下山打劫哪个女人的。一开始,傅知章拒绝了。后来,确实难以抵挡风寒,傅知章就用这块围巾把脑袋包裹起来,只留出两只眼睛。呼出的哈气,在围巾,在帽子,在胡子和眉毛上结成了白霜。到后来,冷似乎已经不是问题,是恐惧。呼啸的西北风,发出像成百上千匹饥饿的野狼嗥叫的声音,令人毛骨悚然。起初是山猫、傅知章和金浦达互相搀扶着,再后来,就分开各自慢慢地走。因为他们发现,路已经变得窄小的只能走一个人,而且两人搀扶着,更消耗体力,所以傅知章在前,金浦达在后,山猫又在金浦达的后面,山猫的后面还有更多的人,走在风雪的暗夜里。走了一段羊肠小道,傅知章想问金浦达走得动吗？转回头,他的身后是山猫,他突然停住脚步,高声地喊道:“浦达呢？浦达呢?”

山猫愣住了:“你不是浦达?”

“我是傅知章。”

“哎呀,金浦达不会是掉进雪窝子里了吧。”

山猫的语气是疑问,但后面的人全听到了。大家一下停住了脚步,不知谁小声说道:“哦,好像是有人滑下去了。”

走在队伍前面的独臂王,听到喊声,又返了回来。

清点人数,从前查到最后,唯独少了金浦达。山猫想推卸责任,便说,金浦达可能是趁雪夜跑了。独臂王当然不信,毫不留情地当面戳穿。他抬起那唯一的胳膊,竖起一根手指,指着苍茫的暗夜说:“就这天,你会跑吗?”说着,又转向傅知章问道:“你会跑吗?”

傅知章向下扯了扯围巾,露出嘴巴说:“找人比讨论这个重要。”

独臂王仰天一笑,但挤出来的却是眼泪,他这眼泪是伤感自己丢失了生存的地盘。独臂王笑过后说:“山猫,还愣着干什么,找人吧。”

山猫自知理亏,赶紧向后走了。傅知章也紧随其后,他更为金浦达的安危担忧。好在分开走的时间并不长,几十双眼睛盯着路两边的深沟,没走多远,就看见雪窝子里有一个黑乎乎的影子,似乎在挣扎。地鼠的身上背着绳索,于是几个人把绳索绑在地鼠的腰间,把地鼠送到了沟底,地鼠看了看,喊道:“是金浦达!”

上面的人便又提醒:“你小点声吧,别把官兵招来了。”

地鼠背起金浦达,上面的人用力向上拽,总算把两个人拖上了沟沿。金浦达瘫软得像一摊烂泥。显然是走不动了。有人说,扔在这里听天由命吧。独臂王没吱声,他也觉得金浦达已经是整个队伍的累赘了。他有些犹豫。一个人拖着一百多号人走不了,一旦官兵追来,这个队伍就彻底散了,他做司令的梦想也就会从此夭折。基于这个原因，独臂王没表态，似乎也倾向于丢下金浦达。傅知章说：“我背着他走。”

说完，冲地鼠一摆手：“你搭把手，把我兄弟搁到我背上来。”傅知章之所以找地鼠，是他观察地鼠其实并不坏，也是一个穷人家的孩子，也许只是为了不挨饿才当了土匪。傅知章想，这路还长着呢，这会儿离开土匪队伍，肯定会迷路，就会冻死饿死在这沟里。实在背不动时，也能让地鼠帮他一下。

背起金浦达，傅知章深一脚浅一脚地走在雪窝子里。金浦达伏在傅知章的背上，气若游丝。地鼠陪在傅知章身边，小声嘟囔道：“这小子真能活下来，就算是命大了。”

走了一里多路，傅知章的脚下就开始摇晃。地鼠走过来，拍了拍傅知章的肩膀，说：“你歇一会儿吧。”

地鼠换下了傅知章。到底是小时候干过重活，地鼠背着金浦达似乎并不像傅知章那么费力。

待到天亮了。逃命的土匪队伍都被眼前的景象吓呆了。一百多个人，几乎成了雪人。风还没有停，积雪被风卷起来，像一团白雾。这一夜能摸着走出来真的是奇迹。

独臂王看了看地形，说是快到杀虎口了。他在这里驻防过，地形还算熟悉。走了一夜的土匪，见到太阳的亮光，倒开始崩溃，感到筋疲力尽，走不动了。可是周围全是雪雾，根本看不到前面，低落绝望的情绪，像流感一样在队伍中传染扩散。这些土匪，平日里也没遭过这样的罪，他们可以不怕死，可以勇猛冲锋，但土匪缺的是毅力和意志。因为他们做土匪的动机就是为了享受，而不是为了某种信念和理想。土匪可以拼命，但拼命的目的还是为了享受。

又坚持着走了近十几里，有几个土匪绝望地坐在雪窝子里，赌气不走了。独臂王叹了口气，骂了几声，又训斥了几个小头领，仍然无济于事。此时，最着急的就是独臂王，他已经没有了退路。

这时，前面探路的传来消息，说前面发现了村庄和房子。

见到了村落，匪徒们顿时振作了起来。山猫居然也主动过来背起了金浦达。这会儿，金浦达恢复了一些体力，至少能凭着自己的体力和毅力，咬牙顶住这凛冽的严寒，不至于冻死在别人的背上。

当这支队伍出现在村子里时，老乡们目瞪口呆地看着这支队伍。起初，以为是被打散了的溃军，待这些人闯进屋里，才明白，这是土匪进村了，饿极了的土匪扫荡了村民难得的准备过年的白面馍馍和鸡肉猪肉。对于这些善良的村

民，这无疑是一场劫难，好在，这伙人没伤一个人。山猫看上一个村妇，打算连这村妇一起扫荡了。刚扒下女人的裤子，便被走进来的独臂王一脚踹到了墙角。山猫抱起自己的裤子，慌不择路地逃了。这一举动，倒让村民们深受感动。村民们说，有不奸淫女人的土匪就算是好土匪了。这一逻辑，令傅知章感到痛苦和悲凉。但这一逻辑带来的意想不到的结果是，这些土匪，在村子里度过了温暖平静的一夜。第二天，独臂王决定继续赶路，他的目标是越过杀虎口，在口外再找一个可以落脚的地方。土匪们毕竟有些鼠目寸光，温暖的房子，消解了继续前行的意志。独臂王说："住在这个村子里就是一死。这巴掌大的村子养得了一百多人吗？用不了多久，官兵就会追来，这是土房子，不是山洞，那山炮的厉害你们没见过吗？"

也许是对山炮的震撼仍然心有余悸。独臂王这么一说，谁都不吱声了。二当家一路没说话，这时说道："可是怎么过杀虎口呢？那里可是重兵把守，驻扎着一个团的兵力。"

独臂王说："现在把守杀虎口的是冯玉祥的部队，虽然冯玉祥搞了个什么誓师会，但有几个军官过去都是奉军的人，是我的兄弟，我和山猫先去探一探路，你们就在村子里等消息。"

二当家阻止说："派个弟兄去吧，大哥，你这万一有个闪失，这一百多弟兄可怎么办。"

独臂王抬起手臂，动情地拍了拍二当家的肩膀，说："咱没有跟人家谈条件的资本了，现在只能求着人家，所以我不亲自去一趟，人家能放咱们过去吗？"

众土匪被独臂王的话感动了，皆唏嘘不已。那场景，就像独臂王即将去赴死。独臂王带着山猫走了。傅知章觉得这或许是逃离这伙土匪的一次最佳时机，他试图把金浦达拽起来，然后离开这伙人。但金浦达正发着高烧，眼睛紧闭，嘴唇干裂，脸颊通红。显然现在独自离开，无疑是去送死。傅知章只得打消了逃跑的念头，绝望地坐在了冰冷的地上，闭着眼睛，靠着墙一动不动地呆坐着。

独臂王醉醺醺地回来了。那高兴的样子，似乎已经和守关的军官谈妥了。众土匪围拢过来，心急火燎地询问。独臂王兴奋地扬了扬手，说："待天黑时咱就走，过杀虎口。不过咱不能排着队过去，分成两拨，一拨二当家带着先走，剩下的跟着我过去。枪弹都藏在一辆车上，上面垛上麻袋。遇着有人问就说是给口外送草药的。大伙记下了没有？"

二当家和贴身的几个人立即附和道："记下了，你放心，这些弟兄们都是刀子上滚过来的，这点机灵劲儿还有。”

独臂王说：“你们分头准备吧，我得眯一小会儿，歇歇脚。”

二当家便带着众人分头准备。山猫要走时，又被独臂王喊了回来。山猫停住脚，等众人走了，忙把门掩上，又想起什么似的打开门，探头向外望了望，确信没有人偷听，才放心地关上门，走到独臂王面前。他猜想，独臂王一定是有更机密的事儿要向他交代。果然，独臂王向他招招手，伏在山猫的耳边说：“过关的时候，你盯好那俩个书呆子，千万别有闪失。万一有什么变化，比如叛变或者逃跑，你就……”

独臂王做了个杀头的手势，然后看着山猫，他想从山猫的眼神中看出山猫是否理解了他的意思。山猫怕自己理解错了，就又追问说：“是杀掉他们吗？”

独臂王嘘了一声，那意思是：“小子，这话可不能说呀。”

天黑前，众土匪吃了一顿饱饭。然后打点行装，开始出发。

金浦达还打着摆子，走路摇摇晃晃。傅知章便对看管他俩的山猫说：“你带我去见马司令。”

山猫说：“司令刚回来，正睡着觉呢，我不敢放你过去。你知道司令最烦什么吗，最烦睡觉的时候有人打搅他。”

傅知章笑了下，不客气地讥讽道：“马六子还真把自己当司令了，什么最讨厌睡觉的时候有人打搅他，那天山上打炮的时候，马六子也在睡觉，可是炮声一响，你们马司令跑得比谁都快。”

山猫吓坏了，摆着手阻止道：“爷，你是我爷，别说了，让司令听见，不掉脑袋，也得挨顿马鞭子。”

可就在这时，独臂王马六子真的进来了。山猫面如土色，急忙躲到墙边立着。独臂王板着脸，抬起手中的马鞭，指着傅知章说：“你不是要找老子吗？有话就说，有屁就放。”

傅知章说：“请你对我尊重一点。”

独臂王说：“老子以前是兵痞，现如今是土匪，就这个习惯。你快说吧。”

傅知章说：“金浦达打着摆子，走不了道，我担心我们拖了你司令和弟兄的后腿，到时候，别过不了关。”

独臂王思忖了一会儿，说：“你们不是要去口外吗？正好遂了你们的心愿，怎么不走了？”

傅知章答道：“我们去口外不是做土匪，是投奔革命军。”

独臂王换了一副和气的口吻，动情地说：“我一路把你们带过来，怎么能舍得把你们放走呢，再说，浦达兄弟这个样子，我也不能把你们扔下不管。”

傅知章故意当着独臂王的面，把脸转向金浦达，看着躺在炕上的金浦达，一脸愁容地说：“我就是不想拖累了你们。”

独臂王转过脸来对山猫吩咐道：“你去找些菜油来，要那种黄黄的胡麻油，越稠时间越久的越好。”

山猫不知独臂王要胡麻油做什么，但也不敢问太多，应声出去，傅知章更是一头雾水。不多时，山猫真找来半碗胡麻油，独臂王抓起一把油，涂抹到了金浦达的脸上，然后又涂抹均匀了，说：“好了，抬到车上去吧。”

这时，二当家过来报告说：“弟兄们都拾掇停当了。走吗？”

独臂王抬起那只独臂，大手一摆，扯开喉咙喊道：“开路喽！”

一行人离开村子，奔向了杀虎口。

第五章

满棠红带着王才等长工马不停蹄地赶回西垣村。到了村口，早已是满天的繁星，整个村子漆黑一片。王才叫开门，一行人进了院子，满棠红跳下马，瞥见金柏坤正房里还亮着灯，便把马缰绳交给王才，奔正房来。她推开门，见金柏坤正对着尿壶撒尿。脸一下子红了，急忙慌乱地转过身去。金柏坤也很尴尬，可是刚好尿了半截，也控制不住，难堪地把尿撒完，整好衣服，坐回到了太师椅子上后，故意咳嗽了一声，语气缓缓地问："山上的年货送到了吗？"

"送到了。"满棠红仍然背着身子。

"温夫人坐下说话吧。"金柏坤又咳嗽了一下，似在掩饰刚才的尴尬，接着又问："独臂王没嫌弃咱东西拿的少吧？"

满棠红仍没转身，想把刚才突然冲进来的原因解释一下。她说："我刚才急着进来是想告诉老爷一件喜事。"

"哦，喜事，什么喜事？"金柏坤早不相信自己到了今天这一步，还能有什么喜事。

满棠红转过身来，但脸还红着，甚至有些不好意思面对金柏坤。尽量轻缓地说："我在青龙山见着浦达了。"

"什么？"金柏坤差点从太师椅子上跳起来，"你见着浦达了？他在哪里？"

满棠红说："在独臂王的青龙山上。"

金柏坤说："你怎么不把他带回来。"

满棠红说："浦达不愿意回来，我也没办法，所以只有老爷亲自上山，他或许才肯回来，不管怎么说，你是他爹。"

金柏坤赌气地说："他既然不想回来，就别回来了，让我请他，这不乱了章法。”

满棠红说:“浦达毕竟年少不懂事,您怎么能跟自己的孩子一般见识。我觉得您还是上一趟山吧。就是这,我先回屋去了。”

走到门口,停住脚,没回头地说:“如果您要去的话,告诉我们一声,温玉儿也去。”

金柏坤沉默了。直到满棠红走了,他也没吱声。他的心里像打翻了五味瓶,金浦达在青龙山的消息,淡化了刚才的尴尬,刚才也是一时气急,也是碍着满棠红怕自己失了面子,所以才说了拒绝上山的话,待冷静下来仔细地想,满棠红说得还真有些道理,这事他还必须得亲自上山,儿子金浦达才有可能放弃一意孤行的投军想法。依着浦达的性格,怎么可能跟着满棠红回来呢!

第二天下午,金柏坤终于想通了,决定亲自上山劝说金浦达回家,温玉儿和满棠红也收拾好行装。金柏坤穿上了满棠红立秋时给他买的皮袍,尽管显得有些臃肿,但绅士的风度倒显现出来了。走出村子不远,金柏坤突然改变了主意,他觉得这上山的人里,少了一个重要的人物,妹夫赵满堂。他想,去土匪窝里要人,这一行人里,除了两个女人,便是长工,真正能拿主意,能帮他出谋划策的人还没有。这时他又想,满棠红和独臂王的关系已经很清楚,可独臂王会不会给他面子,心里确实也没底,不管怎么说,那也是土匪。土匪是什么啊,不就是强盗吗?强盗会跟你讲道理吗?金柏坤便吩咐赶马车的长工崔福掉转头回去。

满棠红一脸疑惑地问:“怎么不去了?”

金柏坤说:“明天一早再去吧。这会走,到了山上天也黑了,我担心在山里迷了路,出了岔子。”

这倒和满棠红想到一起了,她也担心天黑前到不了山下,上山就困难了。因为她这次去山上给独臂王送年货,也是费了好半天的劲才找到的。青龙山离西垣村确实不近。要走到山里,天黑前,还真的到不了,所以满棠红也赞成转天一早再走。

返回家中,金柏坤没让车停下来,对崔福耳语了几句,崔福赶着马车,沿着去县城的路走了。满棠红这时才明白,刚才那些话,金柏坤全都是借口,这老地主,还是不信任她。

赵满堂到了西垣村已经是下半夜。

崔福请他时,赵满堂正和几个牌友打牌,正赢在兴头上,别说他这时也不想拔脚就走,就是想走,那些输钱的牌友也不能让他走。崔福蹲在地中间的火炉边,边烤火边等,一直等得把荷包里的烟叶子都抽完,赵满堂的牌才打完了,回家同家里人打了招呼，套了件皮大氅，上了金家那辆有暖棚的双套马车，出县城，向西垣村去了。到了西垣村，金柏坤一边迎请赵满堂，一边埋怨崔福一趟县城咋走了这长时间，赵满堂说："你不要怪怨崔福，是我下不了桌，走不了。"金柏坤才转了话题说："先进屋暖和暖和，再吃饭吧。"

赵满堂摇摇手说："饭不忙吃，先说你急着把我喊来有什么事吗？"

金柏坤说："是个好消息，浦达有下落了。"

"哦，找着浦达了？"赵满堂也吃惊不小，"人在哪儿呢？"

金柏坤说："青龙山，在独臂王的土匪窝子里。我请你来，就是让你陪我到青龙山把浦达找回来。"

赵满堂一听愣住了。他没想到金柏坤急急忙忙地把他叫来，是要他陪着一起到土匪窝里去要人，这不是要往虎穴狼窝里闯吗？

金柏坤看出了赵满堂的忧虑，宽慰赵满堂说："前天，我让满棠红给山上送了些年货。"

赵满堂大惊失色，下意识地瞅了眼窗户外面，压低了声音说："你和他们也有联系？这让官府知道了，是要杀头的。"

又问："你怎么跟他们也有联系？"

金柏坤说："不是我有联系，是独臂王曾经在大少奶奶的哥哥手下做过连长，还是拜把子的兄弟，所以你尽管把心放在肚子里，他们不会把你怎么样的。"

赵满堂听了这话总算是踏实了一些，吃过饭后，又扯了些闲话，上炕睡了。

第二天，待他们到了离青龙山不远的地方，知道了昨天下午官军和警察进山剿匪之事。按照村民的说法是，青龙山上的土匪，已经全部被山炮炸死了。官军挖了一个大坑，把那些土匪全埋掉了。

金柏坤问："有没有两个学生？"

村民讥笑说："土匪哪有学生，再说，就是有学生也炸得认不出来了。"

金柏坤听了，在马车里便晕了。温玉儿痴呆地望着远处的大山，满棠红也蒙了，只有崔福暗自庆幸昨天没来，就算捡了一命。

沉寂了半天，金柏坤回过神来，执意要上山看一看才能消除疑虑。赵满堂劝金柏坤："回去吧，看也没用，老乡们说得还能有假。"金柏坤抬起手一指："眼见为实。到这儿了，还是看完了再说，浦达假如真被炸死了，我也就心安了。不再去想浦达的事儿。"

赵满堂叹了口气，拍了下崔福的肩膀说："走吧，这青龙山是非去不可了。"

上了青龙山，按照崔福和满棠红的记忆，终于找到了独臂王曾经藏身的山洞。站在洞口外面,硝烟早已经散尽。但是被炮弹炸过的痕迹随处可见。

说是挖了一个大坑埋了,可也没见着地上有挖开的新土的痕迹。所以赵满堂和金柏坤嘀咕了一阵,倒达成了这样一个共识:或许独臂王带着青龙山的弟兄们安全撤出了这一带,要真是那样,金浦达还有活着的希望。先不说土匪不土匪了,只要人活着就比什么都强。可真被炸死也不是没有可能。两人就在这生与死之间猜测怀疑。尤其是金柏坤,一直到下山,脑子里都像丢了魂儿似的。

温玉儿从上山到离开,一直呆站在洞口,像个旁观者或者局外人,看着大伙儿跑前跑后,听着人们讨论着与自己男人的生死攸关的话题。她始终未吭一声。事后,她的沉静和冷漠令满棠红惊诧不已。温玉儿对自己的男人只是那昏暗的灯光下的一瞥,那棱角和轮廓像相片一样地印在了她的脑海里。她几次试图梦见自己男人的样子,但那个棱角和轮廓始终都没有在她的梦中出现过。她又一次梦见自己的男人回来了,他拥抱了她,拥着她,跟她亲吻,抚摸她白皙柔滑的肌肤,接着她突然一滑,坠下了一个深不见底的深渊,情急之下,她抓住了悬崖的一角,她被吊在悬崖边上,这时男人向她伸出手来,她仰着脸看自己的男人,但奇怪的是,那男人竟是长工王才。从梦呓中醒来,她浑身是汗。一大早,站在院子里,她第一次看见的人居然又是那个长工王才。王才抱着一捆青草,走进了马棚。她的眼睛竟随着王才的走动而游走。顿时,她的脸红了,慌乱地走回自己的房子里。

回到西垣村后,金柏坤病了。躺在炕上,说着些含混不清的昏话。满棠红遂请来县城里的郎中给诊治,郎中说金老爷是受了风寒,而且一时心急,毒火攻心,吃几副药,调理几日便会好的。郎中走了,满棠红安排长工王才送郎中回城时,顺便到药铺子里抓药。安排好了王才,满棠红又吩咐崔福骑一匹快马,再上青龙山打听一下独臂王的消息,回来时,再通知老爷家的三个女儿,请他们来服侍几天金柏坤。因为金家负责做饭收拾房子的保姆,说是要回家看看,请几天假,临时雇人,又没有合适的,所以满棠红便想请金柏坤的三个女儿来照看老爷子。即使三个不能都来,但来一个也可以,毕竟女儿照顾父亲总比别人方便一些。结果是三个女儿一个没来。人家也是一大家子,明天就要过年了,走了,家里怎么办?

满棠红这时才想起了过年的事儿。是呀,家里这些长工这些天也是心不在焉的,也想着回家。满棠红便把四个长工叫来,打开柜子,每人结算了一年的工钱,另外又给每人装了一口袋白面,回家吃顿饺子,给长工们放了假,说好了过了正月十五都回来。长工们欢天喜地地走了。金家院子里一下显得沉寂了。

到了下午，满棠红才发现自己把长工全部放走，真的是想得不周。因为那些马匹还得有人喂，好在崔福走时，已经铡好了足够这几天喂马的草料，她只需要把那些草料放进马槽子里便可以了。

吃过了药，金柏坤却仍不见好。除夕夜，冷清的院子，沉默的温玉儿和病中的金柏坤，使金家这年过得毫无生气。满棠红坐在金柏坤身边，一匙一匙地把药汤送进金柏坤的嘴里。金柏坤迷迷糊糊地睁开眼睛，他先是听见了外面炮仗的响声，环视了一下，见屋子里只有他和满棠红，他轻吐了一个字："炮。"

"对，该响炮了。"满棠红应道。

说完，满棠红犯难了。她从小到大，对于放鞭炮、放二踢脚并不陌生，哥哥放过炮仗，自己的男人过年也放炮仗，他过年不仅放炮仗，还打枪，一梭子弹压满枪匣，男人在墙根底下竖起十几个坛子，"啪啪"的枪声中，尘土飞扬，像炒豆子似的。可那是男人干的，她从来没有动过手，只是一个看热闹的观众。满棠红下了地，到厢房里，翻看崔福进城买回的年货，果然看到了一串红红的鞭炮，像夏天晾晒在墙壁上的红辣椒。

她喊来了温玉儿，两人把一串鞭炮挂在大门垛子上，然后把金柏坤挪移到窗户前，打开一扇小窗。金柏坤的目光正好可以看到院子门垛上那一串红红的鞭炮，温玉儿点燃一支香，蹑手蹑脚地走到大门前，哆嗦着手指，把香火移到炮捻子下，还没挨到捻子，满棠红撒腿就跑，这时屋子里传出了一阵并不算很大的略带着沙哑的笑声。满棠红转过头去，透过那扇小窗，看见了那张脸，那张恢复了生气的脸。满棠红再次走近那串鞭炮，噼啪的炮声，划破了院落的沉闷，给这个院子带来了一丝生机和盎然的生气。接下来，满棠红包了些饺子，炖了一只鸡和一锅猪排骨，又炒了几样菜，把红桌子摆到了炕中间，然后搀扶起金柏坤，让他倚靠在一个被子卷上，她和温玉儿陪着金柏坤吃了一顿年夜饭。吃过饭，温玉儿帮着满棠红把桌子上的残羹剩饭收拾下去，一声不响地离开了。满棠红陪着金柏坤坐了一会儿，也打算起身离开，突然，金柏坤抓住了她的手，眼神中充满了求助，甚至是一种绝望和无奈，那眼神是可以融化坚冰的悲伤。满棠红有些不知所措，或者说，金柏坤这一抓有些唐突和冒失，可如在平时，确实冒失，这时倒不是冒失，是一种无助的渴求。

满棠红犹豫了一会儿，坐了下来。两人都没说话，也没办法说话，金柏坤尽管能咿呀地吐出几个含混不清的字，可这样的交流实在费劲，所以倒不如不说。时间在沉闷中流逝，满棠红下了地，打了盆热水，为金柏坤擦了把脸，这么一直坐到很晚，满棠红看着金柏坤像是睡着了，便又起身，打算离开。金柏坤突然又睁开了眼睛，再次抓住了她的手，满棠红更加无奈了，毕竟这位男人，给了她一个可以遮风挡雨的住所，给了她衣食无忧的生活。温玉儿是这家的媳妇，是金家的人，她呢？她在寄人篱下，她在靠人施舍。

满棠红又坐下来，可这么坐着也不是个事儿，金柏坤对她的信任倒让她觉得这个家就是她的栖身之处，她甚至有点迷失，感觉自己真的是这个家的主人。长工们离去时，向她致谢的表情，那时，她没有多想，现在想起来，那种感激，是冲她，还是对金家的感恩？满棠红看来，这两层意思是都有的。夜深了，金柏坤挣扎着要坐起来，他尿急了。满棠红犹豫了一下，抓起尿壶，帮着金柏坤解了尿急。这似乎是一道坎，过了，就好了。满棠红吹灭了油灯，和衣躺在金柏坤的身边，她的柔嫩的手攥着金柏坤的手，彼此感受着对方的呼吸和气息。尽管这气息、气味以及感受，跟她过去记忆中的气息，无法相比。营长行军打仗回来，做的第一件事就是冲个凉水澡，把自己洗刷干净了才能开始下一步的亲昵和爱抚。这是她与温营长结婚时定下的规矩，至于用热水还是凉水，那是营长的习惯。他说，行伍之人，哪有那么娇贵，久而久之，倒习惯了凉水。可这时，金柏坤身上的气味有些难闻，尤其是在病中，但她还是躺下了。过了很久，或者说不知什么时候，她竟主动靠在了金柏坤的身上，像一只小猫一样偎依在这个男人的身上。她的手抚摸着他显得瘦弱和松弛的肌肤。金柏坤的呼吸也开始急促起来，病弱的身子倒一下有了精神，他似乎很难再进一步做些什么，或者无力去安抚一个女人。只是静静地享受一个女人带给他的抚慰。女人的温热的手臂像一只温柔的泥鳅带着他滑向了深渊。

农历正月初二，女儿和女婿来给他拜年，金柏坤宣布了一个令在场人瞠目结舌的决定，他要娶满棠红为妻。

金柏坤认为自己的病倒跟连日来晦气有关，他想借跟满棠红结婚来冲喜，为此，他托人给王才和崔福带话，让这两人正月初六前回来，他把和满棠红结婚的日子定在了正月初六，取了个六六大顺的吉祥之意。正月十五这天，金家邀请了村子里的社火队来为金家冲喜，冲去连日来的晦气和不祥之兆。金柏坤拖着孱弱的身子，指挥着王才、崔福在自家院门外，垒起了很高的一座旺火。

这天，俨然是金家女主人的满棠红，竟亮开嗓子唱了一曲。这时金柏坤才知道，他娶的就是当年那个红遍晋西北的晋剧名角满棠红。那时，满棠红跟着戏班子在晋西北过着漂泊的生活，而且还得受着有钱人的欺辱。满棠红认识了营长，便决意嫁给营长，然后离开戏班子，过上安稳的日子。可是这样的生活只过了五年。营长阵亡，满棠红成了寡妇。

好久没唱过了。新的生活，对于满棠红而言意味着她将告别漂泊，有了一个长期可以落脚的地方，也是一时高兴，不经意间竟唱了出来，这时金柏坤吓了一跳，心里塞满了矛盾和不安。他不知道以他这年龄是否能留住这颗曾经漂泊的心。但他多虑了，满棠红决定留在西垣村，把持好金家这份家业。

这时，金浦达和傅知章已随着独臂王过了杀虎口，到了离西风渡不远的一个山里安营扎寨。他俩平生第一次在外面过了一个春节，也是土匪们离开山西后过得第一个年。塞外的寒风，似乎比青龙山上更加凛冽。多数人开始想家了，这山里原来有一股土匪，匪首王启是山西人。有着山西老乡这一层关系，王启答应了独臂王，先在山里过冬，等春暖花开后，再做打算。这时的王启，就像水浒里的王伦，也是容不得这伙人在他这里。关键是他这里的粮草也不多，手下的那三十多个人也是饥一顿饱一顿，勉强度日。一下多添了一百多张嘴，那不是要他命吗？

到王启这儿落脚，是杀虎口的一个营长介绍来的。营长多次围剿过王启，后来王启暗中给了营长一些钱，算是买通了一个官军的人，王启才得以在山里生存下来。那个营长过去跟独臂王在一个连里干过，还偷偷地拜过把子，也算把兄弟，就在放独臂王过了关后，带独臂王来见王启，要王启先把这些人收留一些日子，待过了冬再做打算。王启在山里，盖了十几间土房子，比在山洞里住着舒服多了。

过了年后，一天，寨子里来了一老一少两个人。那个岁数大的人就是邱海。土匪把邱海接上山来，是要邱海给土匪们打毡靴。也许是受蒙古人的启发和影响，口外的土匪，出去活动，也要穿一双厚厚的毡靴，这样，就算天冷也不会冻脚，还耐用。不像他们脚上的棉鞋这么不经穿，赶上下雪，棉布鞋沾上雪，湿化了之后，雪水浸入到棉布里反而更冷。刚来那几天，冻坏脚趾的土匪就有七八个。独臂王听王启手下的土匪说，西风渡那里有个出名的毡匠叫邱海，把他弄到山上来，给弟兄们一人做一双毡靴，就能安稳地度过这个寒冬。

到了山下，找到邱海的住处，邱海一听是山上的土匪，便推辞掉了这桩生意，他说："我手里活儿多，走不开，你们还是请别的毡匠吧。"

土匪哪有这耐性，便想直接绑了，可这是白天，而且临走时，独臂王特意交代过，一定要客气地把邱海请上山来，不得动粗，所以那几个土匪喽啰索性坐在邱海的房门口，摆出一副要和邱海耗到底的架势，邱海的徒弟出来撵了几次，那几个匪徒只顾抽烟，也不答话。邱海便把徒弟唤回房子里，那些来取货修毡靴的顾主也不敢靠前，悻悻地走掉了。

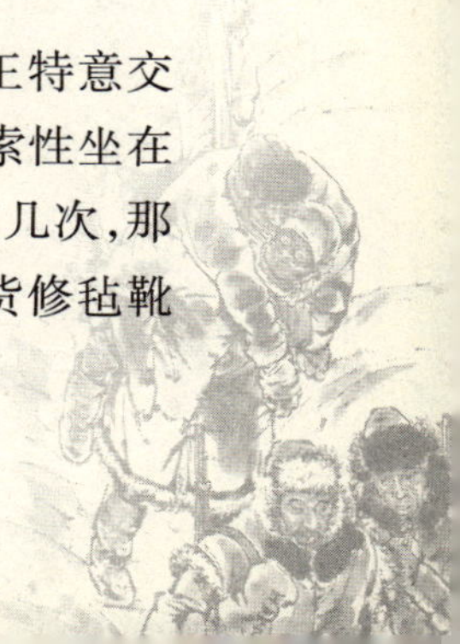

挨到天黑以后，几个土匪终于失去了耐心，情急之下，把邱海和他的徒弟一起用黑布蒙了眼睛，给绑到山上来了。王启责怪独臂王坏了口外土匪的规矩，说：“你们来了给山上添了那么多的乱子，坏了山上的好多规矩，我这儿怎么也得给营长一些面子，可我那些弟兄们都有意见呀。”

独臂王本来就想独霸山寨，代替王启做山寨王，见王启这么说，便岔开话题，假意讨好王启说：“我到了这儿，还没给你带见面礼呢，我听说，有一家商号的马帮这几日要经过杀虎口，依我看，就把这马帮劫了，也算兄弟送给哥一个见面礼。”

王启说：“你这想法倒是不错，但千万别在家门口动手，等过了西风渡再做。”

独臂王说：“这个我明白，好兔不吃窝边草，哪儿有在自己家门口劫道的土匪呢？”

王启放心地点点头说：“这就好，我也是为了这些山上的弟兄们，这年头，能找这么一个落脚的地方也是不容易啊。”

这话独臂王听出来了，王启是故意在讥讽他。丢了寨子的土匪就如丧家之犬，当然被人瞧不起，可眼下确实是寄人篱下，也只好忍了。

说完见面礼的事儿，王启又把话题转到了绑邱海上山的事儿上来了。王启说：“一会儿我备些酒菜，你给邱海道声歉，这事儿就算过去了。”

独臂王摆手说：“给他一个毡匠道歉，我以后在胡子里还怎么混呢？”

王启沉下脸，显得很不高兴，他说：“你得罪了邱海以后才没得混了。”

还是寄人篱下。独臂王本想反驳，但忍了忍，竟然答应了。他忽然间明白，向那个糟老头子毡匠邱海赔礼道歉，是王启故意借着这事儿打压他，或者故意杀他的威风。王启本以为独臂王不会答应赔礼道歉，可独臂王偏偏就答应了。这让王启更加感到不安，他觉得，一个能忍的人，才是做大事的。

晚上，王启摆了一桌子酒菜，宴请邱海。陪酒的除了王启的两个贴身兄弟，还有就是独臂王马六子、二当家和金浦达。自从出了杀虎口，金浦达倒对独臂王改变了看法，准确的说是改变了态度，显得非常的忠实和诚恳。

过杀虎口时，金浦达还打着摆子，走不了道。独臂王把黄黄的菜油抹在金浦达的脸上，等到过关口时，本来人已经分散了，有一多半人在那个连长的照应下，已经过了关口。可就在拉着金浦达的马车要过关时，一辆卡车停在了哨卡，从驾驶室下来的是守卫关卡的团长。团长平时不怎么来关卡视察，或者说即使视察，也要提前通知营长的。这次却没有，径直来了。营长顿时就慌了，他以为团长听到了什么信儿。这次来者不善，冲他来了。团长下了车，先看着关口那些士兵和过往的百姓。当然，拉着金浦达的车很快就被他注意到了。团长对旁边的参谋长耳语了几句，那参谋长亲自过来检查。金浦达并不知道，他的身下其实藏着二十多只枪，这是独臂王土匪最值钱的家当了。参谋长走到马车边，问道："马车上拉着什么呀?"

扮作车夫的是地鼠，他哈着腰，低声下气地说："是人。"

"是人?"参谋长愣了一下，退后一步，一挥手，吩咐身旁的士兵说，"掀开检查一下。"

士兵小心翼翼地拉开盖在金浦达身上的被子，顿时吓了一跳。他看到的是一张蜡黄色的脸，不禁喊道："这不是死人吗?"

地鼠说："他现在是一个快死但还没死的人。"

士兵退后一步，转过身看着参谋长，参谋长问地鼠："他得的是什么病?"

地鼠说："霍乱。"

参谋长一听，掩了鼻子，赶紧又向后退了几步，转身走到团长身边，嘀咕了一阵，大概是汇报检查的情况，团长想了想，又站在远处，仔细地打量了一番地鼠，又盯着马车看了半天，也没看出蹊跷的地方，思忖了片刻，觉得不放人又能怎么样，弄个快死的人搁在那儿，再把病传给士兵，他给谁当团长呢，遂赶紧摆了摆手，让他们过去了。这时营长总算松了一口气，暗自佩服独臂王想得确实周全。而真正捏了一把汗的是离车子不远处冷静地观察着事态变化的傅知章。傅知章的身前身后都是土匪，按照独臂王的吩咐，山猫的任务就是把傅知章看紧了，不能让这个戴眼镜的书生跑了。傅知章没跑，金浦达还在马车上，他不可能丢下金浦达独自跑掉了。傅知章也想过，趁过关的时候，向官军求救，可他无法预知向官军求救后的结果是什么，既然无法预知结果，倒不如走一步，看一步，先过了关再说。加上这半年在山上待着，气色和气质早不是学生模样了。傅知章的头发比以前长了很多，乱蓬蓬的，脸上还残留着逃跑时的乌黑的印渍，清瘦的身躯套着一件肥大的满是油腻的白羊皮大衣，像逃荒的流民。山猫不知从哪儿弄来一根干枯的树枝，递给傅知章。这让傅知章更像逃难的叫花子。

一路走过了杀虎口，到了关外。关外是一片荒草遍野的土地。山丘、积雪，还有歪歪斜斜的车辙和行进在这条路上无精打采的流民。这就是傅知章目睹到的景象。战争、匪乱，已经让这片土地变得满目疮痍。

在去关外的路上，傅知章突然给自己下了一个决心，他要改变这种境况和面貌，尽管仅凭他的力量几乎微不足道，尽管他都不知道怎么去改变这种境况，但是他有了一个信念。这种信念似乎比用什么样的方法、比靠一个人或几个人的力量、比选择到什么地方,更为重要。

金浦达在山寨的干打垒土房子里整整睡了三天。傅知章按照王启手下一个小胡子的指点,给金浦达灌了三天的羊汤。这口外的羊汤和山西老家的确实不一样,没有浓重的膻味,与其说是羊汤,那颜色倒更像乳汁。金浦达醒了后才知道,他和傅知章已经到了口外,再往北就是草原,再往西走,就是河套。他们出来的目的地不就是河套吗?这让两人感到振奋,可是在土匪窝里,也打听不到河套那边的消息,再说,也不能问呀。为此,两人焦急地坐卧不安,脑子里思忖着逃离匪窝的种种办法。

晚饭后,金浦达对傅知章说:“与其让独臂王对我们心存戒心,时时刻刻提防着咱们,倒不如把这关系拉近了。”

傅知章一怔:“哦,这土匪窝子里三天的羊汤给你一喝,你还真要入伙啊。”

金浦达忙示意傅知章噤声,说:“你小点声。在土匪窝里半年多了,你总该知道隔墙有耳吧。”

傅知章认真地说:“我是说,你不想离开这鬼地方了。”

“我无时无刻不在想着离开,甚至连一分钟都不想待了。你说,咱俩在湖边,那是什么样的抱负和理想啊。”金浦达说着仰倒在床铺上,一脸的悲戚,甚至带着淡淡的绝望,“可现在,就是这个独臂王,毁了咱们,你说,他为什么抓着咱俩不放呢?”

傅知章说:“我分析过独臂王,他当过连长,当过连长这一点最重要,正因为他做过正规军的连长,他的骨子里也并不想做这个土匪,他也有个梦,他的梦想就是也拉出一支正儿八经的军队来,也像那些守关的军人一样,哪怕做个团长。可是现实又让他的梦正一点点地破碎,他把我们留下来,就是想改变他土匪头子的命运。”

金浦达看着傅知章说:“你分析的确实有道理,我想和独臂王把关系拉近的目的,也是为了麻痹独臂王,这样我们才有离开土匪窝的机会。”

傅知章想了想,一笑:“呵呵,要论计谋还是你浦达,我在这方面确实不如你,不过,拉近距离的工作,还得靠你做,我的性格做不了这事。”

金浦达拿起一只破旧的脸盆说:“我得烫一烫脚去了。”

傅知章望着金浦达的背影,若有所思,他还是看不到离开匪窝的希望在哪里。

宴请邱海时,独臂王让二当家把金浦达招呼来。这些天,金浦达像副官似的跟着他，有时也像一个军师，帮他分析着王启和山寨的形势。金浦达的分析正是他连日来寝食不安在思考的问题。比如王启有一天会和他独臂王翻脸，会把这伙人赶出山外。这些日子，这么掏心窝子的话，没有人跟独臂王说过，所以独臂王没有理由不信任金浦达。这次王启要宴请老毡匠邱海，独臂王让金浦达过来，也是想在旁边替他观察一下王启，看他到底是什么意思。

金浦达进来时，先打量了一眼邱海。他曾经听父亲提起过邱海，也在记忆中有过对邱海的一点模糊的记忆，那是他的母亲去世后，父亲娶的第二房女人，也就是邱海的妹妹。父亲让他叫那个女人姑姑，叫姑姑的原因，也就是沿着邱海的关系排下来的。姑姑死后，邱海来过一次，之后再也没登过金家的门，一晃也十几年了。所以金浦达进来后，就是想要弄清楚，眼前的这个邱海是不是那个跟金家有着祖辈渊源的邱海，而这时邱海正被一肚子的怒气充斥着，他对进来的金浦达只扫了一眼，便沉着脸喝茶水，邱海还在生气。

王启举起酒杯像是恭维邱海，又像是故意以这话来压制独臂王，他说："邱海大哥，多怪兄弟平时对这些弟兄们管教不严，加上马六兄弟又是初来乍到不太懂咱西风渡的规矩，兄弟这里先给邱海大哥赔礼了。我先干了这杯，以示惩罚。"说完，一仰脖子把杯子里的酒干掉了。接着，他又给自己倒满了第二杯，举起酒杯说："这杯酒呢，我就要说一说了。别看邱海师傅就是一个毡匠，可在西风渡，那是人人都敬重，为啥呢？就是因为邱海师傅这个手艺好，能让你穿上暖暖和和的毡靴子，能让你住上暖暖和和的毡房子，别人行吗？当然也行，可你知道，这三十多年，咱这西风渡的毡匠，随便找到哪个毡匠师傅，要么就是邱海师傅的师兄师弟，要么就是邱师傅的徒弟，所以说，邱师傅的名声才会在这西风渡叫得响，连守关的韩团长都给咱邱师傅的面子呀。"

独臂王明知王启在拿邱海这事儿故意挤对他，可现在毕竟是在人家山寨子里，不忍又能怎样呢？口外对他来说，是陌生的，甚至说，他是来避难的。独臂王赔着笑脸，把酒干了。

邱海自己也清楚，他只是一个毡匠。同时也看出，王启故意抬高他，是在挤压独臂王。他并不想卷进土匪之间的争斗。既然来了，做不出毡靴来这些土匪也不能把他放回去。

第二天一早，王启手下的一个土匪，打开仓门，吆喝几个人，抬出了几麻袋羊毛来。邱海便开始和他的徒弟做毡靴。到了晚上，邱海和那个徒弟住的房门被人敲了几下。徒弟打开门，那人快速闪了进来。邱海狐疑地打量了一下这个人，想起是昨晚陪他吃饭的那个小白脸的年轻人。邱海警觉地问："这么晚了，

你有事吗?”

金浦达盯着邱海说:“能不能让他回避一下,我有话要对您说。”

邱海摆了下手说:“这是我徒弟,是自己人,有什么话你可以直说,用不着回避。”

金浦达固执地说:“我知道他是您的徒弟,但我还是希望他回避一下。因为我要说的这事,对你,对我都非常重要。”

邱海警惕地打量了一下金浦达,似乎从金浦达的脸上看到了一点熟悉的记忆,但这个记忆又是那样的模糊和遥远。他摇了摇头,确实想不起来了,又追问了一句:“真的很重要吗?”

金浦达正色地说:“是的,非常重要。”

邱海转脸对徒弟说:“你先出去,对了,别走远,看着点外面动静。”

徒弟心领神会,会意地点点头,转身走了。

屋子里只剩下邱海和金浦达两人时,两个人互相盯着对方,一时倒又无话可说,沉默了一会儿,邱海说:“喂,年轻人,有什么话你就说吧。”

金浦达说:“晋中有个西垣村你知道吗?”

邱海警觉地看着金浦达,后又勉强地点点头说:“知道,你为什么问这个。”

金浦达便进一步试探道:“你可知道西垣村最大的财主是谁家吗?”

邱海皱起眉头看着金浦达,没有回答,而是反问道:“你问这个是什么意思?”

金浦达始终盯着邱海的表情,心里已确信了几分,便说:“西垣村最大的财主是金家,你要是去过,就一定知道。”

邱海接着追问:“金家怎么了?”语气中含着焦急。

金浦达沉吟了一下,那表情就像在博弈,他说:“我就是金柏坤的儿子金浦达。”

邱海像受到了突然的一击,愣住了,又仔细地看了看金浦达,激动地说:“嗯,像,还真像你父亲。”

说完,邱海又糊涂了:“你怎么跑到这土匪窝子里了?”

金浦达便把他和傅知章离家出走,打算投奔河套的冯将军,后来却被独臂王掳上山,强迫他们做土匪的事儿说了。最后,金浦达说:“邱海叔叔,求你救救我们吧。”

邱海边听边擦着眼角,听金浦达说要他救他们,想了想,说:“你们别急,更别鲁莽行事,我想想办法,一定让你们脱离这土匪窝。”

金浦达说："那就谢谢邱叔叔了。"

说完，转过身要走。邱海沙哑着声音又说："孩子，别急啊，会有办法的，千万不要鲁莽行事。"

金浦达没有回头，不是不想再回头，是不能回头了。因为他的眼眶里早已经溢满了泪水。

傅知章听到这消息，咬着嘴唇，耸动着双肩，极力克制着，没让自己哭出来。可是一连三天，邱海和他的徒弟只是认真地一双一双把毡靴做出来，贴上一个号，码在了墙角。他的毡靴基本是按照每个土匪的脚的尺码量着尺寸定做的。邱海就是个手艺人，无论给谁做，活儿不能做差了，手艺人活得就是个名声。这也是邱海在西风渡立足的根本。

到了第四天，天刚黑了。邱海的徒弟进了金浦达住的土房子里。山猫和地鼠正在喝酒。邱海的徒弟进来问："哪位是金爷。"

金浦达正在炕上躺着。听到喊声，一骨碌坐起来，问："啥事啊，正要睡呢？"

邱海徒弟说："你的鞋尺码不对吧。"

金浦达故意问："咋不对了？"

邱海徒弟说："可能小了。"

金浦达说："那咋办呢？"

邱海徒弟说："再量一次吧。"

金浦达说："就在这儿量吧。"

邱海徒弟说："不行，这是我们手艺人的规矩。"

金浦达装出很不耐烦的样子，骂骂咧咧地跟着走了。

到了邱海的住处，那位徒弟没进来。邱海看着金浦达说："机会来了，过几天，他们要过了西风渡劫一个商号的马帮，你们到时候跟着一起出来，我在路上想办法让你们逃出狼窝。"

金浦达将信将疑地问道："能成功吗？"

邱海吸了一口烟，眯缝起眼睛说："也只有这个办法了。"

过了农历正月十五，沉寂了多日的关口又热闹起来。进关贩卖皮毛的，出关逃难的，贩运茶叶的，又开始为生计奔波。开始了日复一日、年复一年的迁徙。

邱海做好了毡靴，结算了工钱，带着徒弟于泽水离开了土匪窝，回西风渡了。临走时，金浦达本以为邱海会对他交代什么，或者留个什么话，哪怕是透漏一点营救他们的大概计划也行，可这些都没有，邱海一声不响地离开了。这以后，金浦达开始关心下山的事儿，可他又不能问独臂王，独臂王也从来没有流露出要下山劫道的意思。金浦达和傅知章就又开始焦急，而且这种焦急，与平日的焦急又不同。平日里只是千方百计地想离开，但具体什么时间、什么机会能离开，心里没底。这次不一样了，目标很明确，独臂王下山后，在过了西风渡的路上，有人会帮他们安全地逃离。于是他们天天要做的事儿就是等，等着下山劫道的那一天。可是十几天过去了，山上仍然一派宁静。

这天夜里，独臂王带着山猫和另外两个小胡子兵，骑马走了。走的时候，金浦达没发现，待独臂王悄无声息地走了，他才得到了信儿，不禁吃了一惊。吃惊不是独臂王突然走了，是吃惊他和邱海约定好的计划就要泡汤。金浦达把这一消息告诉傅知章。傅知章正躺在炕上看书，那本黑格尔《辩证法》已被他翻得卷了页，书脊也破了，不是他只对这一本书感兴趣，也是实在没有别的书可看，从太原出来时，他只带了这么一本书，当时想到了河套后，再买些书，可到现在还在土匪窝里挨着。

两人唉声叹气了一夜，到了第二天早上，独臂王带着人回来了。原来是独臂王想做成劫马帮这件事，又担心有闪失，亲自带人到路上去察看地形。

独臂王把王启请到自己住的房子来，又把当家、金浦达叫来，商量劫马帮的事。时间定在了农历的正月二十二日，埋伏到西风渡西面的一个山坳里。选择正月二十二日是他测算马帮行进的路程和时间，这天应该是马帮从山西回来，过了杀虎口，到西风渡的日子。

王启对此表示怀疑："你怎么能算得这么准呢？我不担心推后了，那要是提前来了，不就错过去了吗？"

独臂王显出胸有成竹的样子："这个你不用担心。我已经安排好了。"

王启一听，脸上的肌肉抽搐了一下，勉强地笑了笑："呵，马兄弟看来对这单子买卖是志在必得呀。"

独臂王很诚恳地说："这不是想为大哥送见面礼嘛。大哥在口外多年，兄弟刚到这落脚，也算为大哥表示个心意。你放心，大哥你就是大寨主，这一百多号兄弟全听你调遣，我这里还有一个书生，可以做我们的军师，所以这山寨以后不愁没有好日子过。"

独臂王有意想把金浦达推出来，王启似乎对金浦达这个书生一样的人并不看好，瞟了一眼金浦达后，便转过脸用一根铁针剔自己的牙缝。

转眼就到了农历正月二十二日。一大早，寨子里的人就开始收拾行装，准备去干一场大活儿。

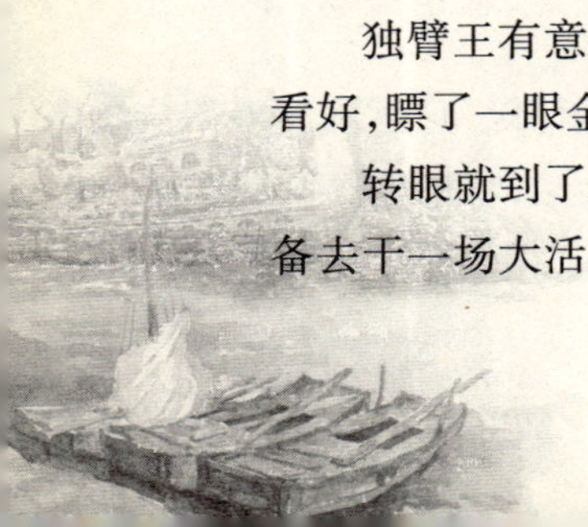

第六章

农历正月二十二日这天，山寨像一支正在被拧紧的发条。其实，从头一天傍晚，这支发条就已经开始在被慢慢地拧紧。晚饭后，负责做饭的土匪兵，蒸了五大笼屜馒头，切了一大筐咸菜疙瘩。金浦达和傅知章被派去分发子弹，每人五十发，并把那十五只“汉阳造”的快枪集中到了一起，打算重新配发给那些射击命中率高的人。每支枪由谁来使用，由金浦达在枪上写一张纸条，考虑到有人不识字，具体发枪的任务就安排给了傅知章。其他人负责准备马匹草料，检查鞍具，打磨刀刃。

第二天一早，队伍被集合在了寨子前面一个类似于操场的空地上。独臂王到这里后，利用这块平地，像模像样地把那些慵懒散漫惯了的土匪们训练了一阵子，到了年三十这天，土匪们实在受不了这训练，再说要过年了，匪兵们想家的念头愈来愈盛，独臂王的训练计划就夭折了。

此刻，山寨里的土匪们好像出征前的誓师一样，列队站在了操场上，虽然站得并不是特别的规范整齐，好歹也算列出了队形。十五支“汉阳造”的快枪被摆放在一个土台子上，傅知章点一个名字，从队列里走出一个土匪兵，走到台子前面，傅知章把贴着纸条的枪交到独臂王手里，独臂王像授旗似的把这支枪交给匪兵。这么一搞，那些接到枪的匪兵，竟然一脸庄重地转身走回队列，那一刻，就像是要去赴死疆场。

发完枪，独臂王又点了十个人的名字。有山猫、地鼠、二巴拉、小时迁，尽管点的全是绰号，可独臂王的脸上没有一丝的温情和笑容，一脸严肃地面对着站在操场上的众人。他把这十个人叫到前面，“一”字形地站成一列，他说：“你们哥几个都是跟着我出生人死的兄弟，你们就是这次行动的敢死队员，我们兄弟

们能不能在口外立住脚,能不能活下来,全依仗着十位兄弟了。”十个人几乎同时抱拳,说:“誓与大哥共存亡。”

独臂王满意地笑了。这十个人异口同声地喊出来的这一句话,是金浦达给想出来的,这话有些像演戏,是故意给王启看的。昨天晚上,独臂王特意嘱咐金浦达把这十个人叫到一间屋子里,小声地演练了好多遍。金浦达看着这一幕,心里不免一颤,看独臂王这样子,倒像是破釜沉舟,要决一死战。这交起火来,他和傅知章怎么可能脱身呢?邱海大伯又怎么能把他们救出去呢?这阵势,无疑增加了解救他们的难度。

而且一开始的名单里,其实只有这有枪的二十多个人,傅知章根本不在这次行动的名单里。别人去不去无所谓,可傅知章走不了,问题就严重了。正在金浦达琢磨着怎么和独臂王提出增加傅知章,以什么借口和理由去说服独臂王的时候,独臂王竟主动过来,说:“浦达,你把名单再改一改,从青龙山过来的弟兄都去参加这次行动。”

金浦达不放心地又追问道:“也就是说跟你出关的弟兄一个不剩的全走吗?”

独臂王说:“对,一个不剩。”

马队沿着山沟走了一上午。他们选择的全部是崎岖的羊肠小道,到了中午,在一个山坡上,他们看到了远处一片模糊的房子,离房子很远的地方,还有一段狭长的像冰河一样的亮光。与金浦达同行的匪兵叫大金牙,是王启手下的一个土匪,当地人,号称是“活地图”。

金浦达指着那些房子问:“那儿是什么地方?”

大金牙说:“那就是西风渡。”

金浦达又问:“那远处亮的东西是啥?”

大金牙不屑地白了金浦达一眼,傲慢地答道:“那就是黄河,听说过黄河吗?”

金浦达没吱声。他望着远处那若隐若现的黄河,心潮起伏,甚是冲动,这种冲动是因为黄河,还是因为他自己,他说不清楚。很多年后,金浦达回想起这次特殊的行军,那最揪心、最惊心动魄的场面他都模糊了,唯有看见黄河时的冲动感觉,始终保留在心底,尽管后来近距离地看到了黄河,但也没有那时那一刻的冲动。

队伍绕开了西风渡,沿着西风渡背面的山沟继续前行。没有多久,西风渡就被这支穿着五颜六色衣服的土匪队伍甩在了身后。到了下午太阳落山前,队伍在一个山包下停下了。这是一处狭长的山沟,沟底就是马队必经的大道。独臂王打了一声呼哨,从山下跑来两个人。这两人满身的杂草,灰头土脸,疲惫不堪。很显然,这两人已在这沟里蛰伏了多日。

独臂王问:“过去了吗?”

个子高一些的说:“这几天一直没动静。”

独臂王笑了笑说:“好,你俩下去休息吧。”

队伍就在原地休整,等待马队的出现。土匪们在寒风中苦熬了一整夜,山下的大道上,除了过去几个挑担的农夫,根本看不到马队的影子。到了第二天的太阳快要落山时,土匪们终于熬不住了,不少人就开始抱怨,就开始想着撤退。独臂王盯着这群毫无军事素养的乌合之众,一声不吭,静静地坐在山坡上抽烟,他脑子里构想着建立一支军队的梦想,那梦想又似乎像眼前的烟雾一样飘忽不定。第二天,又白等了一夜。路上带着的那五笼屉馒头已经全部吃光,饥饿和寒冷,像一条毒蛇,正在把这支队伍出发时的豪情和壮志一点点地消耗吞噬,消极的情绪像决堤的河水一样四处漫延。

除了独臂王、金浦达和傅知章,所有的人都说撤吧,这么等下去,就是白等。独臂王还是不吱声,到后来,独臂王火了,掏出枪,顶着身旁那个喋喋不休的胡子的脑门说:“谁再动摇军心,老子就毙了谁,说呀,你们谁还说?平时,你们一个个都充着好汉,充着大爷,你们看看我身边的这俩文弱的书生,到现在他们吭过一声没有,说过一句撤退的话没有,你们说呀!”

众人噤若寒蝉,谁都不敢再吱声了。

到了第三天,月色比前两日又黯淡了许多,远处的山峦,层峦叠嶂,黑魆魆像鬼魅的怪影压向沟底。偶尔有几只觅食的野兔,沿着沟底的雪窝子向远处窜去。又过了将近一个钟头,静悄悄的山谷里,突然传出马队的铃铛声,土匪们兴奋了,几个靠在一起取暖打盹的也被同伴唤醒,慌乱地攥紧手里的枪支,独臂王却皱起了眉头。这三天趴在寒风中的山坡上,匪兵们的体力和意志受到了严重的消耗,战斗力和刚来时比下降了不少,这是不容回避的现实。但送到口的肥肉岂能不受。他集合起队伍,摸到山下来,刚下到路边埋伏好,马队就来了。但马队似乎觉察到了什么,在快到独臂王设定好的埋伏圈的地方,马队突然停下了。独臂王求胜心切,遂命令开火,一边冲锋,一边射击。马队这边的火力也不弱,完全超出了独臂王的想象。

马队这边还击了一阵,似乎并不恋战,便丢下装满货物的马匹,向沟外撤退了。独臂王笑了。撤了就好,他要的就是马背上的货垛子。等土匪们快要接近马垛子时,突然从马垛子后面又伸出七八支枪口,又是一阵猛射,走在前面的匪兵纷纷倒下,独臂王喊了一声敢死队,那十个人便快速向前冲,马垛子后面又没了枪声,待走到马垛子后,又冲出了马队的人,马队的护卫和匪兵便扭打在一起,展开了近距离的肉搏。这一刻,金浦达和傅知章紧紧靠在一起,在后面缓慢地向前冲。金浦达突然觉得有一只手抓住了他的胳膊,他转过脸看了,拽他的就是邱海的徒弟于泽水,金浦达马上拽住了傅知章,于泽水带着两人乘着混乱钻进一个事先挖好的土洞子里,用干枯的玉米秸挡住了洞口。

独臂王伸手摸了一把货垛子,觉得有些异样,用刀划开麻包,里面全是玉米秸。独臂王撕开一个被打死的马队护卫的衣领,漏出黄色的军装。独臂王大喊一声:“快撤。”

这时,山谷的另一边,又冲出一批马队,马上的人都穿着整齐的军服,一只骑兵部队包围了过来,独臂王像马一样绝望地长啸了一声,带着其余的土匪仓惶逃窜了。

山谷里恢复了平静。

于泽水扒开玉米秸,带着金浦达和傅知章走出洞子,邱海陪着一个骑兵连长走过来,说了一声:“大侄子,你们受苦了。”

金浦达抱着傅知章哭泣起来,两人满脸泪花。

西风渡口,离古坞不远,有一间土坯房子的院落,那就是邱海的家,也是做毛毡活儿的作坊,邱海把金浦达和傅知章带回了家中。这是一个四合院,院子里有一棵海棠树。树枝上挂满了没有融化的雪花,像盛开在树枝上的梨花。邱海早已在家中准备好了热饭,先让两人吃饱饭,又把那身破烂油腻的衣服脱了,剪去那像叫花子一样的长发,洗了澡,于泽水出去为每人买了一套新衣服,两人重新焕发出阳光的气息。

金浦达问邱海:“大伯,这到底是怎么回事呀?我到现在还晕晕乎乎像在梦中一样。”说着,金浦达调皮地抓起邱海的手,说:“邱海大伯,你掐我脸一下,是真的吗?”邱海抽回手,亲昵地拍了拍金浦达的肩膀,又拍了拍傅知章说:“孩子,当然是真的。”金浦达像天真的孩子似的央求道:“那你说说到底是怎么回事呀?”

邱海沉吟了一下说:“我本来不想说了。你这么追问我,我就告诉你们。商号的马队就在西风渡,他们这次运送的是一批重要的物资,就是药品,我在山上做毡靴时,王启无意中告诉我,独臂王想打劫这批货物,我看出王启跟独臂王根本就不一心,他想挤走独臂王,所以就故意让独臂王离开西风渡再做活。我想,西风渡东边是杀虎口，那里有重兵把守，独臂王不会傻到在那里下手，所以只能过了西风渡，那他最理想的地方就是大西沟，这里是打伏击的最好地方。我安排人给归化的商号报信，那边就和韩团长联系，韩团长派骑兵连化装成马队的护卫，给独臂王来了个将计就计，我安排于泽水扮成挑担的农夫提前埋伏在山沟里，等他们一交火，把你俩先藏在山洞子里，等打败了独臂王，再把你们救出来。”

金浦达望了望傅知章，两人相视一笑，对邱海充满了感激。

这时，傅知章像丢了什么东西，走到门外的院子里，在他换下的那堆破衣服里翻了起来，翻找了半天，也没找到，遂失望地站在那儿发呆。

邱海忙问：“你找什么东西？”

傅知章失望地站起身来说：“书，我的书。”

邱海急问：“什么书？”

金浦达插话说：“一本翻得很破，早该扔掉的书。”

傅知章不悦地反驳说：“不是破书，那是一本充满智慧的书。”

邱海笑了笑问：“哦，那能告诉我吗？”

傅知章说：“是一本黑格尔的《辩证法》。”

邱海没再吱声。金浦达和傅知章也没再解释。他们想：一个皮匠，怎么会懂得辩证法，何时又听说过黑格尔，要说三国、水浒兴许还能明白一些。

两个年轻人在西风渡皮匠的热炕头上，睡着了。这一夜，他们睡得特别踏实，以至于快到晌午两人才醒来。两人穿衣起床，那感觉像重生一样，这半年多，周旋在匪窝里，他们长大了，成熟了。两人互相看看，相视一笑，一起走出了屋子，邱海坐在院子里整理他做皮靴的工具。见他们出来，站起身说：“早饭给你们留在锅里了，我看也别吃了，直接吃中午饭吧。”

傅知章说：“邱海大伯，吃了午饭，我们就走。”

邱海没吱声，金浦达也感到意外。因为在走的问题上，他还没考虑成熟，经过这半年多在土匪窝里的生活，金浦达对继续赶路有点发怵了。这一路，比他在太原师范的小湖边构想的复杂多了。原以为，骑上马，最远十天就可到达河套，就能见到冯将军，就能做个军人。可这十天的路，走了半年还没到河套，刚到了西风渡。而且，这一路走来，他才知道，这人世间，这前行的路上，还有那么多无法预测和想象的艰难，那么多的争斗与血腥。他这半年，跟着独臂王打劫过蒙古王爷的驼队，为此，头上还受了伤。可是，进入西风渡后，一觉醒来，他对走还是留，竟然感到了犹豫和徘徊，茫然和空洞，就如他此刻望着天空的那一双眼睛。

傅知章突然转过脸看着金浦达,问道:"浦达,你怎么不吱声了,你不想走了?"

金浦达叹了口气说:"我还没想好,给我一点时间,让我好好地想一想。"

傅知章突然神经质地仰天大笑,把金浦达笑得愣住了。笑过之后,傅知章眼里流出了泪,他说:"浦达,你真的要退缩,要做懦夫吗?我们在独臂王的土匪窝里受了那么多的苦,不就是为了今天获得自由吗,不就是为了我们救国救民的理想吗?满棠红在青龙山上要带你回去,你没有动摇,为什么到了西风渡你倒动摇了。"

邱海忙替两人解围道:"你俩别争吵了,先住几天,休整一下,是走,是留,你们再商量。"

傅知章突然想起了什么,转过脸问邱海:"你知道冯将军还在五原吗?我们这次出来就是投奔革命军的。"

邱海沉思了一会儿,打量了一下两人说:"我也知道冯将军在五原誓师的事儿,可眼下,冯玉祥的部队还在不在五原,我确实不知道,现在驻防杀虎口的就是冯将军的部队,我想,他应该还在五原吧。不过,杀虎口的韩团长就是冯玉祥的部下,你们就投奔韩团长,也一样是投军嘛。"

傅知章固执地说:"不,我们一定要到五原,要见冯玉祥将军。"

邱海见傅知章这么固执,也就不再跟他争论了。转了话题说:"吃过午饭,我带你们出去走一走,西风渡是个古镇,也是古渡口。有几百年的历史。你们不妨看一看。"

说到这儿,金浦达笑了。他说:"邱海大伯,你别介意,我俩很久没这么争论了。在太原读书的时候,我俩经常这样,到了土匪窝里再没这么争论过,现在出了匪窝,又开始唇枪舌剑了。"

邱海故意做出恍然大悟的样子说:"哦,原来你俩就是一对杠头。"

傅知章和金浦达蒙了,一同转过脸问:"啥叫杠头?"

邱海哈哈一笑说:"是这儿的方言,杠头就是没事总在一起掐,用你们的话说,就是辩论,别看吵得挺凶,其实两人才是真正的好朋友。"

傅知章看了眼金浦达,调皮地说:"大伯,饿死了,咱吃饭吧。"

"好啊,好,马上开饭,吃饱了就不想家了。"

邱海随口的玩笑话,倒让两人想起了家。半年来,在匪窝里周旋,还真没有想过家,那时只想着逃出来,向北去找革命军,而逃出来后暂时的安定却让他们想家了。

吃过饭，在邱海的陪伴下，三个人漫步在西风渡的小街上，这里不时有骑着马的士兵匆匆地飞驰而过。在位于古镇中心的一片开阔地，就是最热闹的集市。东边的高墙下，有一个戏台子，类似于北京的天桥。邱海指着戏台子下面的空地说：“浦达呀，这块儿地方，就是当年我爹和你爷爷在这里玩杂耍，挣贩卖羊皮本钱的地方。他们一个山东人，一个河南人，汇集在以河北山西人为主流的走西口的人群中，一个靠耍把式练武，一个靠扯着嗓子唱豫剧，在这里辛苦地挣着本钱和盘缠，那个练武的就是你爷爷，唱豫剧的就是我爹。从我们的父辈、祖辈开始，人们就从这杀虎口一路走过来，为的是啥呢？为了一个‘活’字，为了能让自己的父母、儿女活下来，也为自己能活下来，所以人们才不惜把自己的性命搭上，涌向这口外来。”

傅知章懵懂地问：“那为什么选择到这儿来呢？”

邱海说：“起初是那些蒙古王爷分得了很多的土地，牧民们除了放牧，也不会拈起锄把子来耕田种地，这大批的土地就荒了。蒙古王爷们就想了个办法，雇佣关里没有土地的农民来耕田种地，慢慢地就出现了走西口的流民。再有就是内地的灾荒，使那些灾民被迫走到口外来，后来一些商人也看准了口外的市场，也到这里来做生意。再有就是像我这样的手艺人，靠着自己的手艺混口饭吃。”

傅知章转脸问金浦达：“你说我们是继续向西走，还是回山西老家，然后托我父亲，为咱俩在太原府的衙门里谋个办事员的差事，好歹也能混口体面的饭吃。”

金浦达说：“我们刚从虎狼窝里逃出来，我这人离开了狼窝，魂儿感觉还在狼窝里呢，你让我调整几天，也给我一点思考的时间。”

傅知章想了想，觉得金浦达说的也有道理，但他已经下定决心，即使金浦达不想再继续走了，他也要独自走到河套，见到冯将军，这是他在山寨的土炕上，反复思考并确立的信念。在土匪窝的那些日子里，傅知章和金浦达相比是思考多于行动，而金浦达更多的是在积攒行动的经验，他所做的一切，都是在为现在能重新获得自由而做着积极的准备，没有金浦达的付出和努力，或许就没有今天的自由。他想，匪窝里的时候，为了与独臂王周旋，取得独臂王的信赖，金浦达确实吃了不少苦，所以他现在就有了退缩的想法，想到这里，傅知章倒能理解了。

这时，一个满头污垢的叫花子惊慌失措地从他们身边跑过去了。接着，后面有两个穿黑制服的人，拎着一根警棍在后面紧追不舍，很快叫花子就被穿制服的人追上了，两个穿黑制服的人举起手中的警棍，向叫花子的头上猛砸，金浦达看不惯了，抬手抓住了高个子警长的手腕，质问道："你们怎么冲一个叫花子下手。"

邱海本来想阻拦的，可是毕竟六十多岁了，远不如金浦达手脚灵便，待他要阻止金浦达时，已经晚了。高个子警长转过脸，上下打量着金浦达，一边挣脱，一边喝斥道："你快松开手，老子在执行公务，你这样做，就是妨碍老子公务。"

金浦达一听更生气了，一拧警长的手腕，警棍便掉到了地上。警长猜想这人大概是有些来头的人，便自认倒霉，拣起掉在地上的警棍，气呼呼地走了。那挨打的叫花子，也爬起来一溜烟地没了。地上洒落了三张大饼。他们就猜，叫花子肯定是饿极了，或抢或偷了某个铺子里的大饼，而这开铺子的掌柜，又和这警长有着某种关系，否则，警长也不会为这三张大饼狂追一个叫花子。

这节外生枝的一幕，使得三个人顿时没有了继续溜达的心情，于是他们回到了邱海的家中，邱海知道警长不会就此罢休，便出去找于泽水，让于泽水探听警署那边的动静，一旦有变立即告诉他。还好，一下午风平浪静，倒也没出什么意外。吃过晚饭，说了会儿闲话，三个人睡下了。邱海挨着傅知章睡在了炕边。暗夜中，邱海望着漆黑的屋顶睡不着了，他一是为金浦达白天得罪了警长，担心警长报复而担忧，另外他似乎在想这两个年轻人的选择，像他们这样的，是否也是在走西口，就说他邱海，他的父亲，那个一路哼着河南梆子走来的邱镇原毫无疑问是走西口中的一员，他只能说是走西口人的后裔，是土生土长的口外人。金浦达的祖父也走过这西口，靠走西口才积累了土地和祖业，那傅知章呢？邱海转过脸看了一眼傅知章。这会儿，傅知章也是两眼出神地望着屋顶。

邱海轻声问："年轻人，怎么睡不着吗？"

"嗯。"傅知章轻声应道。

"想什么呢？"邱海问道，然后用一只手掌撑起脸来，侧着头看着傅知章又问，"你放着安稳的日子不过，怎么会想着投向革命军呢？"

傅知章说："为了改变民不聊生的中国。"

邱海吃了一惊，他没想到傅知章这话简直是语出惊人，他曾经为了生计，为了父亲临终的遗愿，奔走漂泊在这条西口路上，后来他有了一种信仰，也结识了一些有共同信仰的所谓志同道合的人，可像傅知章刚才这样的话，他真的是第一次听到，邱海被震撼了。他几乎是发自肺腑地由衷赞道："小伙子，不简单，有志向。"

傅知章倒羞涩地笑了。如不是在暗夜中，邱海肯定会看到一张布满红晕的面孔。

这时，傅知章又问："你的父亲和浦达的祖父就是在走西口的路上认识的？"

邱海说："是的，所以说，我和浦达都是走西口人的后代。"

傅知章诙谐地一笑说："那我也是。"

邱海伸出手，按了按傅知章露在被子外面的手臂，开玩笑道："这可不能攀比哩。"

傅知章一脸正色地说："不是攀比，是真的。邱海大伯，你听说过太原的傅家茶庄吗？"

邱海想了一下说："听说过一点，说那是太原城里最大的茶庄。那茶叶还卖到口外。"说到这儿，邱海恍然大悟，"哦，没错，你也算一个。"

后来，邱海竟向年轻的傅知章敞开了心扉，他向傅知章谈了地主、农民和资本家，又谈到了阶级，谈到了剥削。傅知章惊呆了，他每天在辩证法的世界里畅游，也接触过一些这样的字眼和论题，但他不太感兴趣，可眼前这个靠做毛毡和毡靴为生的手艺人，竟说出了连他都未曾读过的学问，但他仔细想来，这有些东西，还不能单纯地用"学问"这两个字来解释，那用什么来解释呢？傅知章不懂了，真的不懂了……

所以，傅知章好奇地问："你是怎么弄懂得这些东西的呢？"

邱海说："有一年，我在草原上给牧民做毡包的时候，遇到了一个像你这样的读书人，但他那时的年龄比你和浦达要大一点，我们走了两天，在草原的毡包里住了一夜，他要赶上到恰克图做贸易的商队一起走，结果病了，很着急，我就从一个朋友那里给他借了一匹马，还把一个蒙古喇嘛给我的蒙古草药给他喂下了，最终让他按时见到了去恰克图的商队。你说巧了，一年后，他从恰克图回来，我在路上又见到了他，他的酒量还不小，我们一边聊一边喝，最后就成了非常好的朋友。现在也不能再叫朋友……"邱海欲言又止，傅知章却又追问："不能叫朋友，那该叫什么呢？"

邱海意味深长地说："你慢慢就会明白的。"

傅知章感觉邱海可能有难言之隐，便也知趣地不再追问了。

一夜相安无事，到了第二天中午，于泽水满头是汗地跑来，气喘吁吁地说："要出事儿了，麻子警长在酒馆里喝酒时，同他的手下说，昨天下午跟他作对的那两个人是独臂王手下的土匪，要抓浦达和知章两个到警署里治罪。"

邱海摸了摸下巴说："果然不出所料，麻警长人呢？"

于泽水擦了把头上的汗，笑说：“我安排人把他灌醉了。”

邱海当即赞道：“好，至少争取到了时间。”

尔后又转身对金浦达和傅知章说：“本来想多留你俩几天，看来你俩只好离开西风渡了。”

金浦达和傅知章几乎同时道：“那你怎么办？”

邱海压着火，语气平缓地说：“他是冲你俩来的，对我，他还不敢怎么样。”

说着，又打开柜子，取出一个事先备好的布包说：“这里有十块大洋，也够你们路上用了。我让于泽水送你们一段，这次，你们改一下路线，黄河已经结冰，你们踩着冰面就能走到南岸，南面就是鄂尔多斯高原，那里蒙古人多，你只要尊重他们的习惯，蒙古人是不会伤害你们的，所以走南路相对安全一些。过了黄河，沿着河道向西走，大约十四五天后，你们再沿着黄河冰面走回北岸，就到了你们要去的地方了。假如路上遇到麻烦耽误了行程，十四五天到不了，那时黄河就开始解冻，就只能等到彻底开河了，坐着船过去了，刚开河时，河里有冰凌，船也过不去，记住了没有？”

金浦达看了看傅知章说：“大伯，你放心吧。”

于泽水把两个人一直送到了河对岸，又陪着他们向西走了近一百多里。于泽水说：“千里相送总有一别，我就只能把你们送到这儿了。路上多保重，到了五原，方便的时候，给这里捎个信儿，也省得我们惦记。”

俩人和于泽水就此分手。于泽水临走时，把傅知章拉到一边，悄悄地塞进傅知章包里一本书，俯在傅知章耳边说：“这本书是邱师傅送你的，他还让我告诉你，一定要妥善保管好，不能让别人看见，切记。”

傅知章会意地点点头，他和金浦达与于泽水挥手告别后，再次踏上投向革命军的征途。

踏上鄂尔多斯高原，沿着河滩向西走，到处是白色的盐碱滩和在寒风中飘摇的蒿草，僵硬的红柳与冰封的河水一起冻结在了河岸边，而盐碱滩的外面是渐渐沙化了的灰黄的土地。除了他俩，一路上，再没见到一个赶路的人。

在布满盐碱的荒野中走了三天，带的干粮，仅够他们维持一天，水已经喝干。一开始他们还忍着，以减少喝水的次数和水量，勉强地维持了一天，到后来，水没有了，金浦达走到河边，用石块砸下几块冰疙瘩，像在城里吃糖块儿似的，含在嘴里，果然解渴了。开始这一招还真管用，到后来，那冰疙瘩刺激的舌尖疼痛，冰疙瘩已经不敢再含在嘴里了。

傅知章说：“咱们不能再沿着河滩走了，这河滩里，除了荒地，几乎没有人烟，路还远着呢，如果这么走下去，我们有可能被困死在这河滩上。”

金浦达神色忧郁地说：“你说的没错，我们是不能这么走了。可是离开这河滩，迷了路怎么办？”

傅知章说：“昨晚你没听到狼嚎吗？我想，也许有一群饿狼就在离我们不远的地方窥视着我们，伺机对我们下手啊。”

金浦达苦笑了笑说：“咱俩也不够那些狼分食啊，这就应了那句话：‘狼多肉少’。”

傅知章责怨道：“你呀，还有心思开玩笑？”

金浦达又苦笑了笑：“我这是革命乐观主义。对了，你猜这话谁说的？”

傅知章摇摇头：“哪个说的？”

金浦达说：“是孙文，孙先生讲的。”

傅知章似乎是第一次听到这样的话，所以也就不敢确定这话到底是不是孙文说的，便说：“现在该讲辩证法了。如果不离开河滩，我们就是在维持事物的一个方面，坚持一条道路。其实任何事物都应该从两个不同的角度去认识和看待，这就是辩证法。”

离开河滩后，两人凭借着头顶的日头，辨别着西去的方向和道路，其实也没有路，只有西去的方向和内心激荡的信念。于是冰封的黄河便远离了他们。

可就在他们离开河滩没走多远，倒又听见河滩上传来一阵阵“当当”的声响。金浦达一把拽住了傅知章说：“你听，这是什么声音呢？”

傅知章不以为然地说：“能有什么声音？你是幻觉吧。”

金浦达抬起手，指了指前面：“你仔细听，真的有声音。”

傅知章侧起耳朵，果然也听到了“当—当—当”的声响。两个人便加快脚步，又折回河滩，沿着河滩向前疾步走去。翻过一个小土坡，果然看见一个人站在冰面上，正用一根粗铁棒用力杵砸河面上的冰盖。看上去，那人年纪和他们差不多，穿着一身黑粗布的棉袄棉裤，腰里扎着一根拇指粗的麻绳。

他们走到年轻人的身后。

傅知章本来是想打听一下道，或者打听一下这附近可有落脚的客栈等等，但直接问道，又觉得太突然，便客气地问道：“老乡，你砸冰干什么呢？”

那人不理他们，继续埋头砸冰，而且更加的用力，似乎在跟谁赌气和发泄。

金浦达说：“这冰层厚着呢，你砸的开吗？”

那人还是默不作声。

金浦达有些生气，就加重了语气说：“你这就是白费力气，你有力气没地方使啊。”

那人突然摔掉铁棍，一屁股坐在地上，把头埋在胳膊间哭泣起来。

金浦达拍着他的肩膀安慰道：“有什么伤心事儿，能跟我们说说吗？”

那人仍然哭，还是不说话。金浦达烦了，讥讽道：“哦，这是个哑巴。得了，咱走吧。”

那人突然抬起头，气冲冲地骂道：“你才是哑巴。”

金浦达和傅知章看着那人的样子乐了。这时，他又拎起铁棒，并站起身来，不由分说地向他俩抡过来，两人急忙躲闪，铁棒贴着傅知章的肩膀滑下去，并发出嗖嗖的声音。

傅知章向后退了一步说：“小兄弟，你别抄家伙呀，有话好好说，我们都是好人。”

那人继续追打他们。金浦达急了，毕竟在土匪窝里待了半年，跟着山猫也学了几招，他趁那人追打傅知章的空隙，侧过身来，看准了那人身后的空档，抬脚一踹，随之一扑，这一踹一扑，便把那人制服在了身下。他用身体和双臂按压着那人，质问道：“我们与你无冤无仇，你为什么这样对待我们？”

那人喘着气，突然又哭了。

傅知章蹲下来轻声问道：“听口音你是山西人吧，咱是老乡，出门在外，应该互相照应，怎么能动起手来呢？你一定是受了什么委屈，才这样对待我们，你能说说吗？或许，我们还能帮你。”

那人知道自己已经动弹不得，便带着哭腔说：“我不想活了，我想死。”

傅知章和金浦达看了眼厚实的冰河，感到难以理解，傅知章便问：“你是打算砸开冰盖，跳进河里？”

那人点了点头。

傅知章又问：“那为什么选择跳黄河呢？”

那人看了眼傅知章说：“想回家。”

“回家？”

傅知章和金浦达都愣了。

金浦达松开了那人，也一屁股坐在了冰盖上。他沉默了半天才问：“你不走回去，为啥跳河呢，你死了还回得去吗？”

那人一根筋地说：“我没脸走回去了，只能让黄河水把我给带回家去。”

傅知章问他：“你叫什么名字？”

那人说：“我叫石满仓。”

第七章

傅知章和金浦达决定帮助这个叫石满仓的小老乡。至少不能让他死了，要让他活下去。

但是，石满仓为什么会选择把自己送到绝路上？他们看出，这个叫石满仓的人也是个轴性子。性子轴的人往往难以沟通，因为一句话沟通不好，就很难再沟通下去。傅知章摸出一个馍，递给石满仓，石满仓倒没客气，接过来，咬了一口，咀嚼得满嘴声响。

金浦达就此问道："石满仓兄弟，你到口外做甚呢？"

石满仓咽下嘴里的馒头，说："找我哥。"

金浦达又问："找着了吗？"

石满仓摇摇头。

金浦达问："就你一个人出来找吗？"

石满仓说："是和我娘一起出来的。家里遭了灾，没吃的，我哥走口外都三年了，也没有信儿，我妈就想出来找我哥，再说，不出来，在家也是饿死。我用一只独轮车，推着我妈，一路从山西老家出来，先在河对面的归化、包头都找了，也没找着我哥，就来这儿找，一边要饭，一边打听。"

金浦达问道："那你爹呢？"

石满仓说："我爹在我哥走口外的头一年就死了。"

傅知章责问道："那你怎么能丢下你妈自己去跳河呢？"

石满仓用手背抹了把眼泪说："我妈死了。"

傅知章伸手按着石满仓的肩膀说："那你应该去找你哥呀，怎么……"傅知章没再说下去，因为石满仓哭得更加伤心和悲痛了。

这时,石满仓又说:“我没脸见哥,也没脸回村子。我和我妈到了这儿,她就病了,我找了一家客栈,给人家挑水,不要工钱,只求能让我们有个住的地方,东家就让我们住在柴火棚子里,好歹也能挡个风雪,避点风寒。住了一个来月,病情加重了,又没钱看病,后来我求人家借点钱,请个先生给看看病。东家借给我三块大洋,条件是连本带利要还六块大洋,我在去请先生的路上,看见人家押宝,就想碰碰运气,结果三块大洋全输了。我只能眼睁睁地看着我妈死在那个柴火棚子里。没办法,偷了东家的烧火铁棍,跑到这儿来,我想砸开冰盖,干脆跳河死了,我真的没脸回家了。”

金浦达问:“那你妈埋了吗?”

石满仓摇摇头说:“还在客栈里呢。客栈的掌柜逼我还钱,不然就把我妈拉出去喂狗。”

傅知章愤怒了。他在土匪窝里见惯了偷抢赌,也在耳朵里灌满了那些土匪们逛窑子、奸淫女人等等的鸡鸣狗盗的龌龊事儿,似乎比刚离开学校时明白了一些,但那些都是些江湖黑道、坑害百姓的事儿。

傅知章问金浦达:“这事儿……你看……”

金浦达毫不犹豫地说:“管,咱就管一管这事儿。”

“好。”傅知章站起身来,把石满仓拽起来说,“走,咱先给你妈买口棺材,把老人家埋了。”

石满仓似乎不信,满腹狐疑地望着这两个人。金浦达打开邱海给他们的包袱,让石满仓看清了里面的大洋。然后,语气恳切地说:“石满仓兄弟,我们真的是要帮你的。”石满仓这时信了,接着又咧开嘴哭了,随即又突然跪下,冲着傅知章和金浦达磕了一头。这出乎意外的一跪,弄得俩人非常尴尬,急忙伸过手去,把石满仓从冰盖上拽了起来。

金浦达说:“我们把你当老乡,当兄弟,你千万不能这样。”

傅知章亲昵地摸了摸石满仓的头,笑着说:“小子,记住,你可不要再跪了。”

石满仓挠了挠头,腼腆地笑了。

金浦达和傅知章决定改变行程,先和石满仓一起,到客栈里把石满仓的母亲埋葬了,此外,他们也想找个客栈休息一夜,恢复一下体力,再准备些干粮,然后继续赶路。

石满仓做向导,三个人踩踏着盐碱地,深一脚浅一脚地向河岸边十多里外的客栈走去。

到了一处客栈前,石满仓指着客栈说就是这里。傅知章和金浦达仰起头,看了眼客栈门楼上的黑底金字牌匾,写了四个字“四海客栈”。名儿叫得倒响,似乎想包容天下,容纳四海,可这客栈却容不下一对落难的母子。由此看出,这客栈也是名不副实。

傅知章和金浦达本想合计好了再进去,商量一个应对的策略和办法。然而,正待合计,那客栈的掌柜倒先出来了,看到石满仓,顿时恶向胆边生,正发愁找不着石满仓,见石满仓又回来了,便红了眼,先是怒骂,接着扑上来一把揪住了石满仓的衣领,挥拳便打,石满仓被打倒在地上,掌柜似乎仍不解恨,又抬脚踹向石满仓。

金浦达见此,快步走过去,先大喝一声:“住手!”

客栈掌柜一下怔住了,回头打量了一下金浦达,又看了看傅知章,急忙又弯腰,再次抓住了石满仓的衣服,好像担心石满仓借机跑掉。

金浦达和傅知章看着客栈掌柜,这掌柜不像开店的,倒像杀猪的,满脸的络腮胡子,衣服油腻腻的,一副邋遢的样子。眉毛上挑,左眼看人还有些斜视。后来知道,客栈掌柜姓佟,当地人叫他佟飞虎。但佟飞虎并不是当地人,以前给一家商号拉骆驼的。客栈原先的掌柜姓鲁,鲁掌柜有个独生女儿叫月娥,月娥长着宽脸阔眉,远看倒像男人。佟飞虎拉骆驼时常在鲁掌柜的“四海客栈”里歇脚,不知何时,倒把月娥勾引到手,也是家丑不可外扬,鲁掌柜便忍了,把佟飞虎入赘娶进了鲁家,让他也改姓了鲁,到鲁掌柜死了,佟飞虎又改回原来出嫁前的名字。

这时,金浦达向前跨了一步,逼近了佟飞虎,再次喝道:“你放开我兄弟!”佟飞虎不清楚眼前这俩人的来路,见金浦达口气强硬,心里有些发毛。他虽面皮上还强硬,但说话的底气有些不足了。他问:“你谁呀?”

金浦达一指石满仓说:“这是我家的伙计,一时糊涂,偷了我家的一头驴卖了,跟着他妈一起跑出来了,我呢,就是出来找他的,把他带回家。”

佟飞虎扇了石满仓一耳光,嘴里骂道:“原来你他妈手也不干净哇。”

金浦达抬手拨开佟飞虎说:“这是我家自己的事儿,轮不着你教训他。”

佟飞虎有些糊涂了,试探地问道:“你是做什么的?”

金浦达说:“咳,也就是支个门子,挑个片儿,也没个正事儿。”

佟飞虎拉骆驼时也曾经走南闯北,现在又开着客栈,金浦达的话他能听明白,也猜到金浦达是来者不善,也是不好惹的主,可是还有三块儿大洋被石满仓欠着,就说:“把欠我的六块儿大洋还上,你就可以把人领走。”

金浦达说:“我所知道的可是三块儿大洋,咋到你嘴里成了六块儿了?讹诈呢!”

佟飞虎也不示弱,逼视着金浦达,口气强硬地说:“那是本儿,还有利呢。连本带利一共是六块儿。”说完,又转脸质问石满仓:“老子说的对吗?”

石满仓不敢反驳,低头不语,表示默认了。

金浦达哈哈一笑,摸出包里的十块儿大洋说:“钱有的是,不就是六块儿大洋,给你就是了。但我还有个条件,那就是把老太太埋了,这钱自然会给你。”

佟飞虎拿不定主意了,犹豫着。这时,掌柜老婆鲁月娥出来了,扭着肥胖的腰身说:“两位兄弟,凡事都好商量,先进屋喝点茶水,歇歇脚,咱再说不迟。”

金浦达和傅知章见了鲁月娥,就想起了青龙山的那个老板娘。没有那个像母夜叉一样的女人,他们也不会被困在独臂王的匪窝里,苦熬了半年。也是一朝被蛇咬,十年怕井绳。俩人倒有些慌乱,觉得从鲁月娥的面相看,也不是个善茬子,可是已至此,只能硬着头皮进去了。

进到客栈里,鲁月娥给俩人各倒了一碗茶水,说:“二位先喝点茶水,待会儿我备些酒菜,让我们当家的陪二位好好喝酒。”

说话间,鲁月娥的眼睛直勾勾地在傅知章的身上扫来扫去。佟飞虎不明白鲁月娥的意思,迷糊地望着鲁月娥,一时不知所措了。鲁月娥转身进了里间,又把佟飞虎也喊了进去。

傅知章小声提醒说:“浦达,这老板娘是不是又要使什么坏呀,咱俩可要小心提防着点。”

金浦达坏笑了一下说:“我看老板娘是看上你了,你没看那眼神吗?恨不得把你吃了。我看,这倒是好事,老板娘动了情,咱就有酒有肉了。”

傅知章说:“你这是拿我开心吧。”

他还想说什么,鲁月娥和佟飞虎出来了。傅知章和金浦达遂噤声了。鲁月娥端了一盘切好的牛肉和一盘羊肉,佟飞虎端了一坛子酒。鲁月娥招呼道:“先喝酒、吃肉,再谈别的。”

金浦达伸手按住酒坛子说:“先不忙喝酒,先把死人的事儿办了,再喝酒不迟。”

鲁月娥瞟了一眼傅知章,嘎嘎地笑了笑说:“看这意思两位也是爽快之人,好,就依你们的,你们说吧,咋办?”

这时,佟飞虎的脸阴沉着,可这客栈还是鲁家的,姓是改了,但家产还姓鲁,所以家中的地位不是恢复一个姓氏就能改变的。佟飞虎怒不敢言,他不仅贪财,还刁钻。要说鲁月娥也算不上是一个坏人,虽然长相丑陋,但人却骚性,也

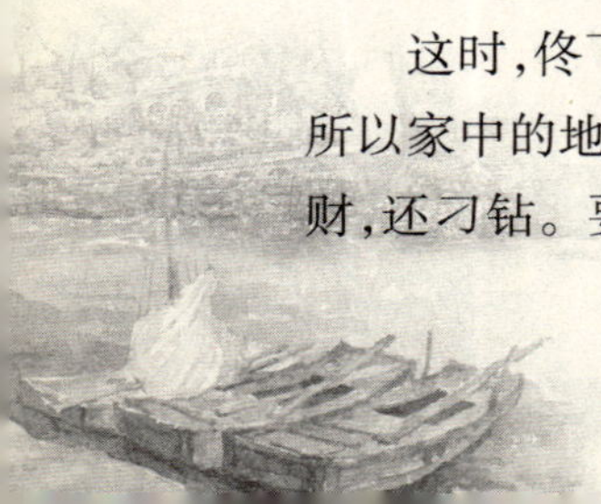

不是见着男人就骚情，鲁月娥喜欢白净秀气一些的男人。

镇上有家肉铺，肉铺的掌柜五大三粗，一看就是屠夫，他的徒弟小段本该也是一脸凶相，或者满脸横肉，可这小段却像文弱的书生。屠夫不怎么喜欢小段，当初招小段时，单看着小段老实本分，就想通过杀猪把他性子磨出来。可猪杀了不少，技艺也不错，就是性子没变，所以屠夫不满意，不是不满意小段的手艺，是性子，师徒性格不合。鲁月娥买肉时，倒看中了小段，喜欢得不得了。日思夜想，琢磨着把小段搭上手。鲁月娥绞尽脑汁想出了一个点名让小段往客栈送货的主意，屠夫只想着买肉这一层，想不到这买肉的背后还有另外一层意思，也是巴不得能有一个固定的主顾，而且他想鲁月娥也是看准了小段的老实，所以凡是四海客栈要的肉就由这小段去送，后来鲁月娥提出把整片的猪肉送到客栈来剔，屠夫想也没想便答应了。小段剔好肉，把骨头、肉分开，码好，鲁月娥备下饭招待，开始小段不肯，后来三番五次的实在推辞不了，便留下吃饭，屠夫倒更高兴，卖了肉，还为自己省下了饭，也乐得小段在客栈吃饭。一次，佟飞虎回老家给父亲上坟，要走个三四天，那小段又来送肉，偏巧还是下午，这事儿要说也赖小段的师傅，本该上午送来，上午遇着个大主顾，猪没杀够，就把本该给四海客栈的肉，卖给了这个大主顾，屠夫中午又出去收回一头猪，杀了，赶紧让小段给四海客栈送来，送来照例还是片子肉，还是由小段在客栈里剔肉。小段把骨头、肉都剔好，鲁月娥照例备下饭菜，但这次也和平日不同。佟飞虎在家时，有时也给小段酒喝，但只是一小壶，这次却摆上一坛子，酒和平日也不一样，平日是老烧，这次是山西汾酒。小段便多贪了几杯，也不是多贪，是鲁月娥原本就想将他灌醉。也是小段心眼实，脸皮薄，吃了鲁月娥两个多月的饭，就不单是饭的事儿了，是欠下了人情，所以鲁月娥劝酒时，也就不好意思推辞，一来二去，酒就喝大了。

小段喝醉酒，不吐、不哭、不闹，就是犯困，眼皮发涩，脑袋发沉，别人喝酒，越喝话越多，小段是越喝话越少，喝到最后，干脆不说话了，鲁月娥喜欢的也就是小段这个性子。

平时喝酒，喝到不说话时，小段站起身就走，这次是没离开饭桌就伏在桌子上睡了。鲁月娥肥胖，按说不一定有力气，或者说平时并不见鲁月娥用过啥力，这次倒比平时力大，夹起小段，也不完全是夹着，连拖带夹，就把小段拖到一间客房的床上。拖完小段，鲁月娥出了一身汗，酒倒醒了一半。半醉半醒的鲁月娥，照样坐在柜台里，指使那些烧水、做饭的伙计，按部就班地把客栈的活计干完。这才进了小段睡的房里。先把小段的裤褂解开，扒下了，小段睡得沉，竟浑然不觉，任由鲁月娥摆布，鲁月娥后又脱掉自己的衣服，钻进被窝。小段仍没醒。鲁月娥想自己摆布，又觉这样做也无趣，便又摇又掐，想把小段弄醒，小段迷迷糊糊地醒了，手摸着的地方，以为自己在做梦，或仍在杀猪，细摸，又和平时杀猪剔肉的手感不同，睁开眼睛，惊出一身冷汗。想站起身逃掉，可是那羞于见人的地方又被鲁月娥控制着，脱不得身，也不敢声张，便和鲁月娥纠缠到了一起。鲁月娥跟小段一试，果然和佟飞虎不一样，有差距，回味之后，还是喜欢小段。过了一个月，又在一起有了几次。佟飞虎便察觉了，但佟飞虎也不吱声，怕真捅破这层纸，倒不好收场，也是担心鲁月娥没准儿倒把他换掉，把小段娶进客栈。

于是佟飞虎便去找屠夫。先是请屠夫喝酒，先交朋友，等无话不说时，便说小段，皆是对小段的不满，屠夫本就与徒弟性子不合，说不到一起，佟飞虎又在中间挑拨离间，屠夫对徒弟小段的看法就进了一步，从说不到一起，演变到了看着心烦。没多久，也是事儿赶着事儿，小段收猪时，看走了眼，收了一头瘟猪，屠夫一怒之下，把小段辞了。小段背起行李卷，回了陕北老家。

后来，客栈住过一个说书的，鲁月娥又和说书的有了一次，但说书的也是游走四方的人，住了一夜，就再没来过。

客栈里住着的都是些南来北往的走卒客商。所以开客栈的掌柜见人也比一般人多，打眼一瞅，就能把这人的身份根底看个八九分。鲁月娥听着客栈外面吵闹，便走出客栈。她先看到的是石满仓，又打量了这两个陌生的年轻人，再听他们争论的是三块儿大洋的事儿，最后把注意力聚集到了傅知章。也不是傅知章，是傅知章鼻梁上的眼镜。她见过药铺子里的先生和街上测卦的半仙儿鼻梁上架着两个圆镜片，还有客商鼻梁上看不到眼睛的茶色镜子，但傅知章的眼镜显然和她见过的那些眼镜，又大不相同。那些眼镜，或为了扮样，或为了摆阔，皆是些浮华不实的玩意儿，傅知章的眼镜却代表着学问。一看便是有修养和学识的人。小段和说书人，面皮看着白净，其实皆是些外秀中干之人，空有一副皮囊。

为了一副眼镜和这个戴眼镜的清瘦高大的读书人，鲁月娥自作主张地答应先解决石满仓母亲的安葬问题，再去谈钱。佟飞虎其实也不全是为了六块儿大洋，他本想借着石满仓的妈和石满仓说事儿，留住石满仓，给他白挑两年水。说佟飞虎刁钻刻薄，由此事便可以看破一个人。可是鲁月娥一时冲动，应下了这条件，佟飞虎心里不满意，但也得给老婆留着面子，有时留面子，就像做生意，也是为了暂时的和气，和气生财，佟飞虎懂得这个道理。

接下来，便是商量安葬石满仓母亲的具体细节。

金浦达自称石满仓是他家的伙计，便由金浦达主谈。

在太原师范，金浦达就是有名的辩手。他先故作老练地扯闲话，而后又提出先看一下尸首，佟飞虎仔细地揣摩着对方，一时想不出更好的办法，而且他也看出来了，老婆鲁月娥这次是指望不上了，不反水就庆幸了。于是他带着金浦达、傅知章和石满仓，从客栈的前门出去，绕到离客栈五十多米远的一个废弃的羊圈里，里面一个破麻袋盖着石满仓母亲的尸首，金浦达掀开看了看，石满仓见着，又咧开嘴哭了。哭得金浦达和傅知章心里酸酸的，很不是滋味。

金浦达问佟飞虎："买一口棺材大概得多少银子？"

佟飞虎说："十块大洋。"

金浦达问："这十块儿大洋的棺材是啥成色？"

佟飞虎眼珠转了转，刁钻刻薄之人以自己的思维，无意间又帮了金浦达。佟飞虎听了金浦达的话猜想：金浦达这么问，大概是不想花太多钱，因为石满仓只是他家的一个伙计，说买口棺材，无非是少花点钱做个样子，也就是花最少的钱，落个仁义东家的名声。

佟飞虎便说："十块儿大洋当然是很不错的了，也有五块儿大洋的，这儿的人，买五块儿大洋一口的也不少，成色也说得过去。"

金浦达把脸转向傅知章，想看一下傅知章的意思。傅知章点了点头，金浦达便从包袱里摸出七块儿大洋递向佟飞虎说："佟掌柜，你看我们在这儿人地两生，拜托佟掌柜到棺材铺子买口棺材，剩下的钱，再买套寿衣、烧纸，再找块儿地方，雇两个人挖个墓坑，把石满仓的母亲安葬了。"

佟飞虎没接钱，撇了撇嘴说："这钱哪够呀，再加……再加点吧。"

金浦达笑了笑："七块儿了，还不够吗？"

"那你们自己找人吧。"佟飞虎说完，转身便要走。

金浦达扯住佟飞虎的衣袖说："再加一块儿，就这么多了。你先把棺材和寿衣买来，我们在这儿等你。"

佟飞虎这才转身接过八块儿大洋，笑呵呵地走了。

金浦达和傅知章、石满仓就在羊圈外面等佟飞虎。过了差不多一个钟头，棺材铺子派人抬来了一口棺材。金浦达和傅知章看了，还算可以，便问石满仓："这棺材行吗？"

石满仓激动地连连点头："有啥不行的，遇到两位大哥，我妈也是在天有灵。"

金浦达怕石满仓说漏嘴,便急忙按住石满仓的肩膀说:“快给你妈把寿衣穿上,入殓吧。”

石满仓的母亲早僵硬了。寿衣几乎套不上去了。但石满仓又显出极大的耐心,为母亲穿寿衣就用了两个多钟头。然后金浦达、傅知章帮着让老人睡进了棺材。

棺材在羊圈里放了一夜。石满仓在羊圈里为他妈守了一夜。此外,石满仓没用佟飞虎雇人,自己在盐碱滩前面的小山坡上为他妈挖了个墓坑,第二天,佟飞虎找了几个抬棺的人,把石满仓的母亲埋葬在了走西口的路上,一条白幡被西北风吹得哗啦啦地响着……

办完了这些,金浦达和傅知章犯愁了。

这时,他们的包袱里仅剩下两块儿大洋,别说接着西行的盘缠路费,就是替石满仓还那三块儿大洋的钱也不够了,更何况佟飞虎要的不是三块儿,是六块儿大洋。

金浦达捏着仅剩的两块银圆,掂了掂说:“老傅,要坏事儿呀。咱跑吧。”

傅知章说:“你看,吃过午饭,石满仓就让佟掌柜给关起来了。跑得了吗?”

金浦达叹了口气说:“顾不了石满仓了。”

傅知章表情冷峻地说:“我们得带着石满仓走,直到他安全无恙了。”

从口气和表情来看,金浦达还是第一次看到傅知章的表情冷峻得令人紧张不安。金浦达便不再提丢下石满仓逃跑的事儿,和傅知章商量对付的策略和办法。

思忖了片刻,傅知章说:“墓坑是石满仓自己挖的。”

“那又能咋样。”金浦达一时没明白傅知章话中的意思。

傅知章一摆手,说:“算账。”

又说:“我估摸着能节省出一块儿大洋。”

金浦达提醒说:“佟掌柜不是说了,连本带利是六块儿。”

傅知章胸有成竹地说:“没那么滚利的,咱不认这个利,再说,咱也跟他算一算石满仓的工钱,石满仓和他妈住的是啥,是他家的柴草棚。那能算钱吗?”

金浦达说:“对呀,该跟他理论一下了。”

商量好了对策,金浦达和傅知章带好行李,主动找佟掌柜摊牌。

金浦达对佟飞虎说:“咱把操办石满仓妈后事的账算算吧。”

佟飞虎掌柜愣怔了一下,故作懵懂地问:“咋个算法?”

傅知章说:“咋算?一笔一笔地算。”

佟飞虎沉下脸，生气了：“你这俩后生好不仁义，我也是好心帮忙，不为别的，只为你们对伙计这么好，我也出把力，不然，给我钱我也不做这种事哩。”

但，事儿逼在这儿了。傅知章和金浦达也知道这算细账也没道理，可不算脱不了身，就只好一笔笔地硬着头皮跟佟飞虎算账。一算，果然还剩下不止一块儿大洋，还余出些散碎零钱，算出这个结果，也算达到了算账的目的。

金浦达说：“再给你两块儿大洋。加上那一块儿，正好是石满仓欠你的钱。我们就把石满仓领走了。”

佟飞虎明白了，恼羞成怒，怒气冲冲地说：“我也算一算吧，利钱还有三块儿大洋，还有我的店钱、茶饭钱，你再拿出十块儿大洋，我佟飞虎决不拦着你们。”

这时，鲁月娥暴跳如雷。她在扣留傅知章的问题上，和佟掌柜保持了一致。

金浦达抓起石满仓的胳膊强行要走。

佟飞虎其实早有准备，喊了声：“还愣着干什么，抄家伙。”

客栈里的七八个伙计，操棒子，操扁担，其中一个还拎着把剔肉的尖刀，把金浦达和傅知章团团围住。

金浦达说：“你们休要动手，杀人是要抵命的。”

佟飞虎冷笑了笑：“你不是支门子，挑片子吗？今儿老子还不杀你，专挑了你的筋。要么就乖乖地把钱拿出来。”

金浦达说：“我没钱了，打欠条吧。”

佟飞虎哼了一声，道：“你那欠条打了有屁用，老子上哪儿找你要钱去。”

金浦达说：“那咱就到官府说说理去。”

佟飞虎自恃本地富户，金浦达本来是用官府作借口，佟飞虎倒真要绑他们见官。

镇上最大的官是保长。保长原是个军人，家在河南。打仗负了伤，跟县长是亲戚，便被委派到这儿来当保长。

进保甲署时，保长还在午睡。被这伙人吵吵醒了，心里就憋着气。保长是河南信阳人，他家那个村子跟湖北打交界，方言习俗更靠着湖北，保长说话的语速又比湖北人快，就是当地老乡也听着费劲，金浦达和傅知章更听不懂，佟飞虎也听不懂，正因为这听不懂，佟飞虎才喊叫着要见官。保长迷瞪着眼睛听了半天，知道是欠钱的事儿，便开始断案：“欠债还钱天经地义，没钱赖账成何体统。两个留下，一个回去取钱。这么个事儿也来报官。”

断成这样，看似公平，但也不可能取钱，再说去哪儿取钱呢？

傅知章便说：“钱已还，那是高利，但利高得太邪乎。所以我们不能认这

个账。”

保长点点头说：“是高了点，这么着，再给一块儿吧。别再烦老子了。”

傅知章仍很强硬：“一块儿也没有。”

这时，佟飞虎老婆说：“这样吧，挑十天水，背十天柴，顶了吧。”

保长借机下台，就说：“就这么定了。”

金浦达和傅知章哭笑不得，还要申辩，保长摆摆手，转身走了。

没辙，只得给佟飞虎挑水。不挑也脱不了身。那些伙计们每日押着三人挑水，也是乐得有人替下了他们，也是为一热闹。

连挑了三天水。到了第四天，鲁月娥故伎重演，把对付小段的办法，拿来对付傅知章，她扣留傅知章的目的和佟飞虎截然不同。一个是刁钻，一个是骚情。为了一个骚情，又备下了酒菜。酒还是山西汾酒，但人却不同了。原来是杀猪的小段，现在是傅知章和金浦达。但鲁月娥看中的是戴眼镜的傅知章。傅知章却不知道，或者没往那方面去想。

同样是劝酒，小段和傅知章又不同。小段是碍着情面，不喝不成，傅知章却坚决不喝，不动酒杯。劝了几次，鲁月娥在酒上便有些气馁，只得另打主意，边走边看。

这晚，鲁月娥自斟自饮，倒把自己喝得有些迷糊。酒能乱男人性，也能乱女人的性。鲁月娥被肚子里的汾酒搅动得脸颊绯红，浑身燥热。

这三天，傅知章、金浦达和石满仓挤在一个炕上。吃过晚饭，傅知章睡觉的地方多了两个赶脚的客人，把傅知章挤出了炕外。

伙计或许事先受了鲁月娥的指使，把傅知章安排到了隔壁的房子。

傅知章也没多想，住了过去。

睡到半夜，鲁月娥进来了。傅知章睡梦中，觉得异样，又闻到一股酒气。待要翻身，却被一坨肥厚绵软的身子压了上来。傅知章摸到眼镜，慌乱地架在鼻梁，看清是鲁月娥。傅知章突然喊了一声：“佟掌柜！”

鲁月娥一惊，转过身看时，傅知章借机起身，快速跳下炕，逃出了这间房子。

之后的几天，鲁月娥指桑骂槐，始终沉着脸。还好，佟飞虎和鲁月娥并没有食言，到第十天，让傅知章和金浦达带着石满仓离开了客栈，临行前，鲁月娥还给他们准备了些路上带的水和干粮。

傅知章走出客栈，又返到鲁月娥和佟飞虎面前，道了一声：“谢谢。”

这时，鲁月娥说：“我能看一看你的眼镜吗？”

傅知章犹豫了一下，摘下眼镜递给鲁月娥。鲁月娥接过来，放在自己的眼前看了看,还给了傅知章。

走出镇子,一直到了盐碱滩。石满仓跪下了:“两位大哥,是我耽误了你们的路程。我今后就跟着两个哥哥了。”

金浦达和傅知章相视一笑,金浦达说:“石满仓,走了。”

再往前走时,石满仓曾沿着这条路走过一次,对这条道,还有点记忆,所以行进的速度就快了。

这时石满仓倒成了傅知章和金浦达的向导。原本是两个人去投国民革命军,这时成了仨。两个青年知识分子和一个农民石满仓。

石满仓既负责探路,又能担负起后勤的任务。比如,石满仓在他们短暂休息的工夫,居然能用捡来的三根马尾鬃和一根木棒、两个石块儿,在阴坡有积雪的地方,套到了一只画眉,后来还逮到了一只野兔。他们拎着这只野兔,石满仓边走边捡干柴棒子。金浦达问:“石满仓,你捡这些干柴是要让我们吃烤野兔肉?”石满仓憨憨地笑笑,没说话,继续边走边捡干柴,到后来,干柴抱得多了,傅知章分担了一些。

翻过一道山梁,山梁地下是一个仅有五户人家的小村子,石满仓径直推开破旧的木门。黢黑的屋子里,炕上坐着一个五十多岁的男人。

石满仓说:“大叔,咋不认我了。”

那人上下打量了几眼石满仓,似乎想不起来。

石满仓又说:“我给你挑过水哩。”

那人仍没想起来。

石满仓笑了笑说:“我逮了只兔子,咱炖着吃了吧。”

说完,便掀起铁锅,生火,洗锅,舀水,炖兔子。俨然就是这家的主人。那主人看着石满仓的样子,乐呵呵地叼着烟袋,吧嗒吧嗒地抽着。傅知章和金浦达看着石满仓喧宾夺主般的自如和大方,觉得在生存的能力上,他们或许不如石满仓。

吃完了野兔肉,填饱了肚子。

那位到最后也没想起石满仓是谁的村民,告诉他们仨人,再走二百多里,就到后河套了。河的对面就是五原。

第八章

为了一个素不相识的石满仓，金浦达和傅知章在四海客栈耽误了十天。十天的时间，又把本该顺利的行程，彻底搞乱了。这次不是乱在人上，是乱在了天上。他们到了黄河边，向当地人打听好了，过了黄河，到了河的北岸，再走个七八十里，就进了五原县城。

可因这十天的耽搁，黄河开始解冻，满河的冰凌，挤挤茬茬，浩浩荡荡，惊天动地。别说按当时的预想沿着冰盖走过去已经不再可能，就连大船小船摆渡过去的可能都没有了。他们被黄河的冰凌挡在了岸边。据老乡说，这一等，就得一个来月。

这时他们要面对的棘手问题，不是能不能到了五原。五原已经近在咫尺。半年多的时间，已耗在了独臂王的土匪窝里。一个来月，已不是个事儿了。眼下的问题是生存，是怎么挺过这一个来月。连日的赶路，衣服和头发，又如逃荒的流民。身上总是刺痒，虱子又在衣服里繁衍了。这个小寄生虫，倒比他们更有生存的本事和能力。

在岸边踌躇了半日，他们凝望着冰凌覆盖的河水，长叹一声后，失落地离开了黄河边，转向了南岸的腹地。他们要找一个暂时可以栖身的处所。

可是，茫茫戈壁滩，哪里是他们的容身之地呢？

石满仓从两人的表情里读懂了两位哥哥的忧虑和焦灼。他说："白脸哥哥和眼镜哥哥，我知道你俩愁啥，我有办法给俩哥挣吃的。"石满仓把金浦达叫作白脸哥哥；把傅知章唤作眼镜哥哥。金浦达摩挲着石满仓的后脑勺说："你有啥法子给我俩挣吃的？"石满仓说："我问过人了，说往南再走二十里，有个蒙古人，是个大牧主，养着好几千只羊和上百匹马，我给他放羊、放马，他给咱吃的，还能住蒙古包子。”

金浦达说：“我们有手有腿，还用你呀。”而后，又把脸转向傅知章说：“石满仓这个想法，我看还可行。要不然，咱就去试试，总不能坐在这里等着灌一肚子西北风止饿吧。”傅知章说：“这一路，先做军师，再打短工，这次该当羊倌、马倌了。”金浦达知道，傅知章说的短工，就是在四海客栈挑水的那十天。

说走便走。三个人在天要黑下时，看到了远处，那一片陌生的形状像乡下财主的瓜皮帽子一样的白色毡包。

金浦达指着那些毡包问傅知章：“那是啥？”

傅知章摇摇头。

金浦达又用目光问石满仓，石满仓也摇摇头。但他大胆地说出了自己的猜测：“就是蒙古包吧。”

快要接近这些蒙古包时，蒙古包附近的黑狗冲着他们狂吠不止。三个人心惊肉跳地望着凶猛的黑狗，不知所措。黑狗不止一条，是四条，远处还有遥相呼应的狗吠声。石满仓对付黑狗比金浦达和傅知章有些办法，他佯作弯腰捡石头的样子，本是做样子，弯腰时，倒真的在手里攥起了石块儿。石满仓挥臂做投石的样子，那些黑狗果然向后闪了。退后几步后，黑狗发现石块儿并没有砸来，便又卷土重来，再次向他们发起攻击。石满仓终于把手中的石块儿投向了那四条黑狗，石块儿不偏不倚地飞向其中一条黑狗的头顶，黑狗被打了个趔趄，不敢进攻了。

三个人在与黑狗的僵持中，过来一个穿着蒙古袍子的男人。盯着他们看了看，喝退了黑狗，向他们招了招手，示意三个人过去。金浦达侧了下身子小声问傅知章：“过去吗？”傅知章说：“到人家门口了，哪有不进去的道理。”

三个人走近了穿蒙古袍子的男子。穿蒙古袍的男人叽里咕噜地说着三人听不懂的话。

金浦达边用手比画着边问：“你家要放羊的羊倌吗？马倌也行。”

穿蒙古袍的男人能听懂一些汉话，指了指几个蒙古包中最大的一个，用并不太流利的汉话说：“跟我来吧。”三个人跟着他进了那个最大的蒙古包。

蒙古包里坐着三男二女，他们都穿蒙古袍。带他们进去的那人向一个年纪很大的老者说着三人听不懂的话。老者就是这儿的主人巴丹老爷，带他们进来的是巴丹老爷的管家图克，巴丹老爷听完，转过脸，仔细地打量着三个人，用蒙语向他们问话。三人听不懂，呆呆地望着巴丹老爷，一头雾水。

这时，图克管家说：“老爷问你们会骑马吗？”

三个人几乎同时答道:“会骑。”

图克向巴丹老爷点点头,说:“他们说了会骑马。”

巴丹老爷拿起鼻烟壶,嗅了嗅,慢条斯理地说:“那就找匹马,看看这三个人的身手吧。”

图克没把这话翻译给他们,而是走到三人面前,做了个向外请的手势,三个人顿时懵了,以为是要赶他们走。傅知章情急之下,抓住了图克的衣袖,央求道:“留下我们吧,我们也是无处可去,走投无路才到你这儿来的。”

图克笑了笑说:“不是赶你们走,是让你们骑马。”

金浦达拽了拽傅知章说:“这是要考试。用咱们汉人的话说,就是‘是骡子是马拉出来遛遛’。”

图克喊来一个马倌,牵出了一匹枣红马。马牵出时,巴丹老爷也走出了蒙古包。

金浦达首先站出来,要求第一个上马。这马性子烈。金浦达骑上去,便像一根风中摇摆的芦苇草,摇晃摆荡,没走多远,便从马上摔了下来。图克面无表情地看着,巴丹老爷却皱起了眉头。金浦达一边揉搓着摔痛了的胳膊,一边走回到傅知章身边,摇摇头说:“这马咱还真骑不了。”傅知章笑了笑说:“试试吧。”傅知章上马再试,结果同金浦达如出一辙。巴丹老爷便失去了看的耐心,转身要走。石满仓走到巴丹老爷身边,大胆地说:“你看罢我再走。”巴丹老爷面无表情,对石满仓的恳求毫无反应,但也没再转身离开,目光里带着厌烦,他似乎想等着石满仓摔下马后再离开。他已经想好了,让三人吃饱饭后,离开牧场。蒙古人好客,既然不是坏人,饭还是有的,留下来做活儿就算了,他已经看出来,上马表演的这三个人都不是做牧马人的料。枣红马连摔了俩,更加得意神气,也是屡屡被陌生人骑在身上,早已经烦透了,情绪也坏到了极点。石满仓跨上枣红马后,枣红马不想再玩儿了,也不往前走了,前尥后蹶,急于把石满仓尥下身去。石满仓这时倒像一块儿粘糖,粘在了枣红马的背上,搂紧缰绳,用掌击打着马背,枣红马疼痛难忍,想继续顽抗,但石满仓已经牢牢控制了局势,再故伎重演,已经毫无作用,枣红马投降了,驯服地被石满仓导引着向远处飞奔而去。

巴丹老爷满意地点点头,冲图克招招手,耳语了几句。

石满仓返回来后,图克指着石满仓说:“你留下了。那两个人就另找地方吧。”

石满仓一听,转身跑到巴丹老爷面前哀求说:“老爷,我们是兄弟,要走一起走,要留一起留,你就把我两个哥哥一起留下吧。求你了老爷。”

巴丹沉吟了一会儿，说："那就你放马，他俩留下放羊吧。"

石满仓留在巴丹老爷的牧场做了马倌，金浦达和傅知章做了羊倌。图克不放心这俩羊倌，怕他俩把羊放丢了，便又派了一个羊倌，陪着他俩。

牧羊的生活尽管单调、辛苦，但他们度过了半个月平静的生活。石满仓放马时，到黄河边看了水情，河面上，开河的冰凌在滔滔的河水中翻滚奔腾，不过，越是这样，离开河倒不远了。石满仓把这一讯息告诉金浦达和傅知章，俩人听了也很兴奋，只要冰河一开，他们就将走进国民革命军的队伍，就可以做一个真正能投身革命的军人。

他们闭上眼睛，想象着那国民革命军的队伍，也一定像那滔滔的洪流一样，在中国的大地上掀起一股像冰排一样的巨浪。这一夜，石满仓躺下便呼呼地睡了。金浦达和傅知章却睡不着了。两人在塞满牛粪味儿的蒙古包里，又如太原师范的宿舍和校园的湖边一样，两颗火热的心，在敞开心扉的尽情交流和畅谈中，闪烁碰撞，包容交融。

这天，傅知章和金浦达赶着羊群回来。巴丹老爷蒙古包前的马桩上拴了十几匹马。

金浦达看了一眼后说："这是马帮的人。"

傅知章惊奇地望着金浦达："哦，你一眼就能看出是马帮，不简单。"

金浦达说："你别忘了，咱做过土匪。我也和独臂王马六子下山劫过马帮。"

那段经历，两人总是试图把它彻底地忘记，可又总是在不经意的时候，被屡屡提起，因为那段经历，就是烙印在心中的一块儿伤疤。两人把羊圈进围栏里，想过去看看热闹，孤独的牧场，把日子淘洗的苍白枯燥，单调乏味。

快到蒙古包时，两人刚停住脚，一个人竟从蒙古包里快步走出来，挡在两人面前，上下打量着傅知章。这时，傅知章已经认出了他。他叫牛得福。以前是傅家茶庄的伙计，在傅家茶庄做了十多年，与傅家建立了很深的感情。后来，傅知章的父亲把一个分号交给他打理，又给他资助了些钱，做口外的生意。牛得福知道傅家的生意在归化和包头，主要是北路，为了不和老东家竞争，牛得福开辟了南线的市场。

牛得福是看着傅知章长大的，如在太原，或傅知章不是现在这副羊倌的打扮，牛得福毫不犹豫地就把傅知章认出来了，可这身打扮，让牛得福不敢认了，他试探地问道："这位后生姓甚，哪里人？"

傅知章想到对岸就是五原，父亲就是知道他在这儿，也是鞭长莫及，无济于事，另外出来半年了，难得见到了自己熟悉的人，便说："牛叔，我是傅知章。"

牛得福惊得差点失态，傅知章把这一路的经历对牛得福讲了。听到后来，牛得福“吧嗒吧嗒”地掉眼泪。他说：“大侄子，我带你回太原吧。”

傅知章摇摇头：“我遭了那么多罪，眼看着要走到地方了，我不能回去，对了，这就是金浦达，我们一起出来的。”

牛得福叹口气说：“你是铁了心要去的，我也拦不住你。巴丹老爷是我的朋友，来我把你介绍给他，日后有什么困难，你可以找巴丹老爷，他是好人。”

说完，牛得福一左一右，牵着傅知章和金浦达的手，进了蒙古包。巴丹老爷见牛得福把自家的两个新雇的羊倌领了进来，莫名其妙地望着牛得福，他错认为是自家这两个羊倌惹牛得福生气了。牛得福的蒙语说得也不错，他和巴丹老爷说了什么，傅知章一句都听不懂。只是看见巴丹老爷先是盘腿在红方桌后面坐着，听着听着，站了起来，听完了，便对图克吩咐了几句，图克手忙脚乱地翻找着东西。傅知章和金浦达听不懂他们在说什么，就像在看一出哑剧。

图克找出两条哈达，又拿起桌子上的银碗，并把银碗里倒满了奶酒。巴丹老爷举着哈达和盛满奶酒的银碗，走到傅知章的面前，用一根手指蘸着奶酒，敬过了天地和祖先，牛得福站在傅知章身边提醒说：“知章，快接过来，这是蒙古人的最高礼节。”傅知章接过哈达和银碗，蒙了。牛得福又提醒：“学着巴丹老爷刚才的样子，敬天地祖先。”傅知章照着巴丹老爷刚才的样子做了。傅知章又不知道该做什么了。牛得福说：“把银碗里的酒喝了。”傅知章发愁了，犹豫着，牛得福催促说：“快喝了吧。不然巴丹老爷该生气了。”傅知章屏住气喝掉了银碗里的酒。巴丹老爷慈祥地看着傅知章，把哈达挂在了傅知章的脖子上。有了傅知章的示范，金浦达模仿着傅知章的样子，也把银碗里的酒喝掉了。他的脖子上，也多了一条哈达。

巴丹老爷知道傅知章是太原傅家茶庄的大少爷，便把自己的四个儿子叫来，把傅知章的故事讲给了他的四个儿子听，让四个儿子懂得不能坐享其成，要自食其力。巴丹老爷把傅知章当作了让儿子接受教育的活教材，由放羊这一点，演变成了一、二、三点，或者延伸出更多的联想，但这延伸一定是正面的宣传教育。傅知章便感叹这蒙古老牧主的开通和精明。

有了巴丹老爷和牛得福这层关系。第二天，巴丹老爷把傅知章和金浦达当成了座上宾，傅知章执意把羊倌做到离开牧场那一天，可巴丹老爷差点摔了酒杯，傅知章和金浦达只好客随主便。本来石满仓也跟着一下转变了身份，但这些日子，石满仓骑马上了瘾，对马也有了感情，坚持要出去做马倌，傅知章打算让石满仓在离开巴丹老爷家之前，把做马倌的瘾过足。

转天，牛得福和图克专程到黄河边，为他们联系过河的渔船。图克和这里的一个船家很熟，船家答应，如果没有寒流，再过五六天就完全开河了，到时就把傅知章等三人送过河去。

余下的时间，牛得福原计划住两日和巴丹老爷叙叙旧便走。见到傅知章后，也把自己的计划和行程改了，他先打发垛爷带着马帮把茶叶送到下一个地方，他留下来陪傅知章，等傅知章过了黄河，他再去追赶马帮。

第六天，船家派人来传信，开河了，今天就可以过黄河了。傅知章和金浦达很兴奋，终于等到了这天。临走时，两人商量，想劝说石满仓留在牧场做马倌，这样，石满仓以后的生活也算有了着落。而且巴丹老爷也很喜欢勤快机灵的石满仓，也有让石满仓留在牧场放马的意思。

石满仓却撅起嘴说："金大哥、傅大哥，你们觉得我是拖累，想把我丢掉是不是？"

傅知章忙说："不是，主要是我们是去参加革命军，以后要打仗，打仗就有牺牲的危险，为这我们才想把你留下。"

石满仓说："我不怕打仗，只要能和你们在一起，你们到哪达，我就到哪达。跟定了你们了。"

金浦达抬脚，亲昵地冲石满仓的屁股上踢了一脚说："快去收拾你的东西吧。"

石满仓一笑说："除了你俩，我一个亲人都没有了。"

牛得福把三人送上船，又给傅知章留了二十块儿大洋，作为路上的盘缠，这才依依不舍地挥手离去。巴丹老爷原想送他们三匹马，可船家说，人能勉强过去就不错了，三匹大马，那船里没地方搁。

1927年3月10日，傅知章、金浦达、石满仓三人，还有两个劁猪的兽医、六个贩驴的陕西人，十一个人挤到一条渔船上，两个摇橹的船工，把这条小船历史性地摇到了黄河对岸。

跳下船，傅知章和金浦达站在泥泞的岸边，长长地吁了口气。金浦达仰起头，凝望着碧蓝的天空，张开双臂，做出拥抱的样子，跑向岸边，然后大声地喊道："冯将军，我们终于投进你的怀抱了！"

他收回胳膊，伫立在河岸边，满眼已是泪水，傅知章也任泪水默默地流淌。石满仓看着他们流泪，鼻子也酸酸的，酝酿了半天，泪也没流出来。两个劁猪的和六个贩驴的同船人，都停下脚来，驻足观望，以为金浦达疯了。

傅知章出面和一个客栈的店家商量，花了五块儿大洋，租借了三个骡子，三人在店老板派出的伙计带领下向五原县城进发。到了县城的城门口,却不见有站岗守卫的官兵。傅知章和金浦达甚感奇怪。本来租骡子的时候,就问过客栈的店家,店家摇头说不知冯将军在不在五原县城,反正县城也不远,去看了便知道了。

这时城门口有一拾粪的老农。

傅知章问:"冯将军可在城里?"

老农有些耳聋,把一只手直立在耳朵边上,大声地问:"你说啥?"

傅知章又抬高声音,重复了一遍:"冯将军可在城里?"

老农这回听清了。大着嗓门说:"早走了。"

"你说什么? 冯将军走了?"傅知章几乎不信。

"是呀,早走了,去年就走了。"

"到哪儿了?"

"哎呀,听说去了陕西。我也不知道呀。你们到县城里头问吧。"

结算了骡子钱,牵骡子的伙计,把脚钱揣进口袋,牵着三匹骡子走了。傅知章和金浦达带着石满仓,心情复杂,惴惴不安地进了县城。接连又问了几个路人,证实了拾粪老农的话,但这个消息对于傅知章和金浦达,犹如晴天霹雳,立刻就傻了。果不其然,冯将军在五原誓师之后,住到了十一月下旬,便带着部队开拔了。他们先是西去宁甘,后又转战到了陕西,打退了河南人刘镇华的镇嵩军,解了西安之围。这件事传遍了大半个中国,可那时他们还在青龙山上,一点消息也没听到,或者独臂王听到了,只是不想让他们知道,故意对他们封锁了消息,可是在过杀虎口后,也该知道的,问来问去,却皆都不知。所以,金浦达拿着报纸和傅知章商量,决定到河套去投奔国民革命西北第一军时,冯将军正筹划着,扛起誓师的战旗,收拾行装,准备向宁甘进发。

这时,五原县城里已没有了革命军的队伍,县政府的西首仅剩下了空旷的誓师台在初春的寒风中,孤独地守望着清冷的县城。

1926 年 5 月的一天上午,冯将军坐在莫斯科的欧罗巴宾馆公寓的沙发里,翻看着当天的报纸,他翻看着报纸,脑子里却不时地想起自己曾经的部下和跟随他转战南北的部队。

从去年秋天,被直奉军阀和阎锡山挤压逼迫的冯将军,终于厌倦了这无聊的军阀混战纷争,于是他向全国发了通电,毅然离开军队,经库伦到了苏联的莫斯科。

这时,他的随行副官轻轻地推开门进来,脸上抑制不住地激动和兴奋。他把一份电报呈给将军。冯将军接过电报，看了眼副官说："看你这表情，这电报该是个好消息吧，我可好久没听到什么好消息了。"副官说："将军，确实是好消息。"

冯将军读完电报的内容，一声不响地放在了前面的茶几上。沉思起来。这份电报是他在国内的部下们联名发来的。意思是目前国内国民革命如火如荼，南方的北伐军已经攻克了湘赣，他们请冯将军回到国内，主持易帜大计，改弦易张，带领大伙儿投身到国民革命中去。

冯将军写了张字条，递给副官："你带着这张字条，速到东方劳动大学，把这张字条交给一个叫刘伯坚的人。"

副官走后，冯将军又沉思起来。他在公寓的地上来回地踱着，脑子里思考着电文的内容，也在为自己下一步走向做着抉择……

一直踱了一个多小时。冯将军坐下来，打了几个电话，没多久，跟随他来到莫斯科的部下李兴中、任右民、何其芳等人先后走进了冯将军住的房间，几个部下进来后，感觉屋子里的气氛很严肃，一时不知道发生了什么事，一个个莫名其妙地看着将军。将军也不说话，一直沉默着。部将们互相看看，感觉将军似乎在等什么人。果不其然，过了好半天，副官陪着一个年轻人进了屋子，冯将军站起身，指着旁边空着的沙发说："伯坚，来，坐这边来。"

随后冯将军又把刘伯坚介绍给他的部下："这位是我的朋友刘伯坚，是中共党员。"

接着，又指着李兴中等人说："伯坚，这些都是我最信任的部下。"

刘伯坚着急地问："将军这么急着把我叫来，一定是有要事商量。"

冯将军说："是的，你先看看这份电报。"

说着，把电报递给了刘伯坚。刘伯坚看完电报，抬起头来看着冯将军。这时，将军把电报交给副官说："你把电报的内容给大家读一读。"

副官接过电报读道："冯将军接电如面。时下国内形势紧迫，请将军务必于近日急驰归国……"

那些部下们如梦初醒。听完电报，顿时兴奋起来。莫斯科的数个月，他们在煎熬中苦苦等待着。毕竟是在异国他乡，思乡之情，与日俱增。其实大家都在等着这一天，冯将军不也是如此吗！

所以接下来的结果几乎毫无悬念，部下们都支持冯将军早日回国，把那些分散的部下凝聚起来，组建国民革命联军。

统一了意见后，冯将军转过脸来问刘伯坚："伯坚，在苏联的接触，我非常欣赏你的才华，请你跟我一起回国，帮助我组建国民革命联军吧。”

“我当然愿意随将军一同回国，去组建一支真正救国救民的革命武装，但是……”刘伯坚欲言又止。

冯将军心一沉，眉毛向上一扬，正要说什么，突然意识到刘伯坚是共产党员，便把手放在扶手上，叹了口气说：“那只好我先回去了。”

刘伯坚摆了摆手说：“将军误会了，我会把你的意见尽快向组织报告的，我也希望此次能与将军同行。”

冯将军对刘伯坚的答复和态度，满意地笑了。他又说：“我也会把请你协助我的意见通过我们的方式转告共产国际，我想他们会认真考虑我的意见的。”

第二天，刘伯坚来了，他兴奋地告诉冯将军，中共驻共产国际批准他跟随冯将军一起回国。而且不只是他刘伯坚一个人，一起回国的是二十个人。“这个消息太好了，有了你们这二十多个人，我冯玉祥就是如虎添翼啊。”冯将军喜出望外。这时，更让冯将军高兴的消息是：苏联方面也非常支持冯将军的决定。将派出以乌斯马诺夫为代表的军事顾问团，随同冯将军一起到中国，协助冯将军组建国民革命联军。

离开莫斯科的这天，站台上聚集了很多的留学生为冯将军送行。他们坐火车到达库仑后，再由库仑转乘汽车，穿越茫茫的草原戈壁，辗转来到了绥远的五原。路上，于右任和他的部将宋哲元、孙禹行、方振武、鹿钟麟等人带着一个营的手枪队，专程赶到数百里外的地方，迎接将军。将军与老部下见面，久别重逢，不禁潸然泪下。

在冯玉祥离开五原半年后，在离县政府不远的一个酒馆里，金浦达、傅知章和石满仓带着失落的心情，走了进去。

他们要了三个菜，酒馆掌柜问他们：“喝酒吗？”傅知章神情沮丧地说：“早没了喝酒的那份心境了。”酒馆掌柜说：“酒逢知己千杯少，那你是没遇到知己。不过，看你仨，倒是情投意合，交情一定很深。”傅知章说：“我们是兄弟。”酒馆掌柜说：“那倒是更该喝点酒了。”金浦达摆了摆手，酒馆掌柜知趣地退下去了。

上菜的时候，傅知章便问：“去年，冯将军开誓师大会的时候，你在这里吗？”

酒馆掌柜马上说：“在哩。冯将军扛着军旗就从我家酒馆门前过的。”

话题扯到冯将军誓师上，酒店掌柜一下来了兴趣，也是有了话题，便自作主张地搬了把长条凳，坐在酒桌旁边，也是话题对了路，傅知章和金浦达倒对酒馆掌柜客气了一番。这一客气，酒馆掌柜便像喝酒喝晕了似的，兴奋了，也是觉得能在陌生人面前，把自己的面子撑起来。

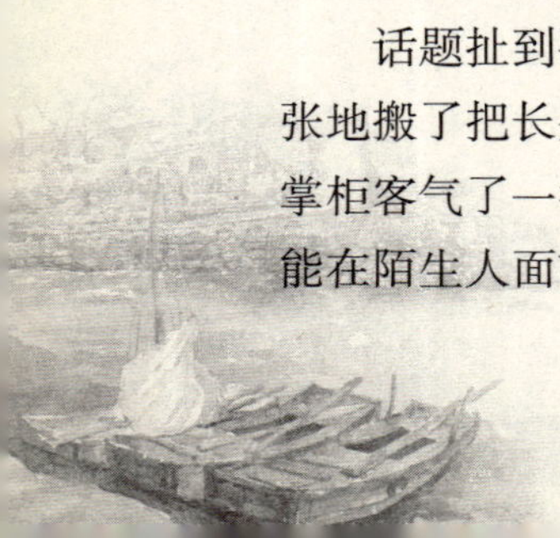

酒馆老板对去年9月17日誓师大会的那一幕，仍然记忆犹新，历历在目。他像讲评书似的，向金浦达、傅知章和石满仓讲述了那一天，上万将士围在连夜垒起的土台下面群情振奋的壮观场面。他甚至还记得冯将军和于右任先生，在土台上挥动着誓师的军旗，那红色的旗帜迎风展开，直指苍天。

掌柜现在还记得冯将军那天在誓师台上说过的话。冯将军说："现在我所努力的是遵奉孙中山先生的遗嘱，进行国民革命，实行'三民主义'……"

将军的演讲，声音洪亮，词义恳切，扣人心弦，忧国忧民、痛恨暴政之情感人至深。将士们人人摩拳擦掌，个个义愤填膺，决心投入北伐，以求中华民族之解放。"打倒列强！铲除军阀！"的口号声此起彼伏，响彻整个会场。

后来，会场上唱起了北伐军军歌："打倒列强！打倒列强！除军阀！除军阀！努力国民革命！努力国民革命！齐奋斗！齐奋斗！"

歌声震荡着整个会场，又从会场传出去飘荡在塞外原野上空，在军阀混战的中国北方，那歌声像一股暖流，像一种新的生命，涌进了滔滔的黄河。

掌柜说，誓师后，冯将军和于先生扛着红色的军旗，在县城里游行，那天简直太热闹了，街上站满了看热闹的百姓。

傅知章和金浦达听得心潮起伏，热血沸腾。

傅知章说："如不是独臂王的囚禁，我们现在也该是革命军里的一员了。"

金浦达点点头，感叹道："是呀。所以我现在更恨那个该死的独臂王了。"

离开酒馆时，已是下午。三个人茫然地在县城的小街上溜达。一时不知该怎么办了。

金浦达问傅知章："是找个客栈住下，还是走？"

傅知章一脸迷茫地说："住下还有什么意义。"

金浦达问："走还能去哪儿，去陕西吗？"

傅知章想了想说："回太原。"

又摇摇头，苦笑了笑说："哪儿也不去了。"

金浦达撕扯着自己的头发，痛苦地摇头："吃了那么多的苦，就这么回去了？不甘心啊，知章，命运就是这样作弄我们吗？"

傅知章无奈地叹了口气说："不回去还能咋样。"

石满仓听了两人的话，倒笑了说："回吧，回山西老家。我看了，哪儿也不如咱山西老家好。黍子、高粱、小米，还有那油炸糕，哎呀，不能想了，再想就馋死人了。对了，我想好了，咱这回去了，我要么就到白脸哥哥家做长工，要么就去眼镜哥哥家当伙计，你们不会不收留我吧。"

金浦达说:“那就到我家做长工吧。”

傅知章一愣:“你同意回去了?”

金浦达苦笑了笑说:“我看也只有回去了,回去看看发展形势再作打算吧。”

傅知章说:“既然决定回去,那咱就等着坐汽车回吧。我听酒馆掌柜说,这儿开了去雁门关的长途汽车,那样就省不少力气,也能早点回家去。”

对于傅知章的这个提议,金浦达和石满仓都表示了赞成。这一路,他们感到心力交瘁,身心疲惫,再也经不起跌宕和折腾了。

一路打听坐汽车的地方。有路人指点说,在县城的北面有个草棚子,那就是等汽车的地方。按照这人指的路,加上县城本身就只有南北一条小街,直走,到头,便是所谓的汽车站。到了那儿,一问,说是三天才有一趟,或者是不是三天也没个准点,但明天一早,恰好就有一趟去雁门关的汽车。金浦达很奇怪,就问:“怎么叫恰好就有呢。你说的有准吗?”那人沉下脸不悦了。按常理,既然不高兴了,无非也就不再说话了,或者就此打住,各走各的。但这人却是个犟脾气,非要把这事儿理论明白。也是他知道汽车司机停车和住宿的地方,便抓着金浦达的手腕,吵嚷着要去见司机,这样一来,恰好把三人送到了汽车司机哪儿。

两人在前,两人在后。前面那俩,手牵着手,不看脸色和表情,倒以为是俩亲兄弟,后面这俩,紧紧跟着,也是寸步不离,前面两人紧走几步,他们也紧走几步,前面的慢了,他们也慢了。

走了一里多路,就拐进了一个比两个篮球场都大的院子。院子里果然有一辆卡车,车厢顶子用苫布围起来,像村子里的小戏台子。司机正和两个人说话,其中一人穿着很普通,跟农民差不多,但气宇之间,倒像个绅士。

那人过去问司机:“你这车是去雁门关的吧?”

司机说:“是呀。”

那人又问:“明天是要走吧?”

司机不耐烦地戗道:“不走,你管饭呀。”

那人虽然被司机戗了,但却笑了。转过脸冲着金浦达气咻咻地说:“我没说错吧。”

司机听了这话,看看那人,又打量了一下金浦达,倒有些莫名其妙,就极不满意地说:“你们这是拿我打赌呢?”

那人说:“不是打赌,是作证,证明我是个说话有准儿的人。”

司机一年四季,风里雨里,见多了人和事,但头一次遇到这事儿,倒觉得新鲜，于是便问："你们谁要坐车呀？"

金浦达指了指傅知章和石满仓说："我们仨。"

司机又问："你们去哪儿？"

金浦达说："雁门关。"

傅知章插话说："也不是雁门关，是去太原，你这车到太原吗？"

司机摇头说："不到太原，只到雁门关，但雁门关，也有到太原的汽车，不过，明天还不去雁门关，我的车被这老板包了。你们在这儿住两天，后天再坐这车走。"

傅知章说："还有别的车吗？"

司机摇头说："就这一趟。"本来不想说了，可司机见傅知章戴着的眼镜，突然又冒了一句："你们是读书的学生吧。"

傅知章点点头："原来是，现在不是了。"

司机却又追问："在哪儿读的书。"

傅知章迟疑了一下，据实答道："太原师范，你听说过吗？"

司机点点头，倒笑了，说："你们就在这个客店里住下等一天，后天拉你们回雁门关。"

傅知章和金浦达、石满仓嘀咕了一阵，决定住进店里，再等一天。

他们谢过了带他们来理论的那个老乡，然后住进了这个店里。晚上，突然有人敲门，石满仓跳下炕，打开门，进来竟是那位和司机讲价包车的老板。

第九章

这一夜，那个包车老板的出现，又一次搅乱了三个人的思绪。原来，这人不是老板，是一位将军。严格地说，是一位解甲归田的将军。但这会儿，将军的身份，只是一个村长。将军不是五原人。将军的老家毗邻山西。他倾其所有，带着一家老小，买下了大片的荒地，招徕那些以河北为主的流民，开荒种田，屯垦戍边。

“这是一位有远见和远大抱负的将军。”傅知章趴在满是汗臭味的被窝筒里，对金浦达和石满仓说了自己对将军村长的粗略认识。他这时把将军叫作将军村长。

将军村长主动找他们，是准备招贤纳士，希望他们留在五原，和他一起来建设移民新村。将军说，他现在已不缺种田的农民，但缺人才。你们留下来，教村民们读书识字。

“还是做教书的先生。”金浦达并不看好这个选择。

傅知章反倒动心了。对于将军所描绘的新村的设想和蓝图，他对此充满了好奇和兴趣。所以，为了说服金浦达，他以自己的理解来反驳金浦达：“我们教的是那些村民。”

金浦达抱怨说：“还不如学堂里的先生呢。学堂里的先生，那是名副其实的老师，可我们要教的是这些愚笨的村民。这算什么名分呀？”

傅知章睡在中间，见说服不了金浦达，他便转过身来捅了捅石满仓：“你咋看这事儿？”

石满仓说：“我不知该听谁的了。”

傅知章很失望，想了想，爬起来，打着火镰，点亮了油灯说：“那咱就举手表决，三个人，少的听多的。”

又说：“同意留下的举起手。”

说完，先把手举起来。金浦达赌气地把脸转向了墙那边。傅知章看了看石满仓：“石满仓，你咋样，同意还是不同意？”石满仓先是想伸手，举了一下，又缩回去，见傅知章盯着他，犹豫着，勉强地举起手。

傅知章说：“你看，石满仓同意留下了。”

金浦达有些不信，转过脸来，见石满仓果真举起手了，便说：“不同意的举起手来。”说完，举起手，傅知章把手缩回被子里，但石满仓却没有把手缩回，还在举着。

傅知章摇摇头，吹灭了油灯，叹口气说：“睡觉吧。”

说是睡觉，又都睡不着。这一夜，他们才体会到，有时抉择比行动更加艰难，也更加折磨人。

天快亮时，三个人才迷迷糊糊地睡着了。醒来，已经是早晨九点多钟。他们听到了院子里男女混杂的嘈杂声，口音也是南腔北调，但能听出，那口音既不是山西口音，也不是当地人。傅知章惦记着给将军村长回话，起身，把衣服套在身上，下地了。金浦达和石满仓，还赖在被窝里。一夜的商讨，没有结果，傅知章走出房子，便蹲在了门口，那神态，俨然如村子里溜着墙根晒太阳的老农。这时，两个女青年和一个男青年站到了他的面前。两女生中，一个高挑清瘦，一个稍胖一些。那男生穿着一套学生装。清瘦高挑的女生问：“你就是傅知章？”傅知章点点头。女生大方地自我介绍说：“认识一下吧，我叫鲍春燕。这位女同学叫何春雁，我是小燕子的燕，她是大雁的雁，这位男同学叫赵晋文，也是山西人。村长派我们请你们三位做我们移民新村的村民。”

赵晋文介绍说：“鲍春燕是我们新村夜校的校长。我和何春雁同学是教员，我们真诚地欢迎你们到夜校来做教员。鲍春燕和何春雁是北大的同学，我是燕大的。”

鲍春燕问：“你们那两位同学呢？”

傅知章习惯性地推了推眼镜，难为情地一笑说：“我去喊他们。你们别进来，就在这儿等候。”

鲍春燕明白了，脸红了一下，点点头。

屋里，金浦达和石满仓听到外面有女生讲话，而且也听清了傅知章和他们的对话。傅知章和随后跟进来的赵晋文进屋时，金浦达和石满仓已经穿好衣服，准备出来。对此，金浦达有些无可奈何。他在师范读书时，学校里也有些女生。可他读了三年的书，几乎没和女同学说过话，更别提和女生的交往。鲍春燕和何春雁打开门，确信屋里的男生已穿好衣服，便也进了屋子里，要帮他们提行李。可是，除了一个仅剩十五块儿大洋的小包袱，他们一路走来，什么都没有。

将军村长包汽车的目的，是要去包头火车站去接那些陆续到达的移民。平绥铁路已经延伸到了包头，一批二百多人的河北移民坐火车到了包头，村长要雇用这台汽车，把那些新移民接到新村来。

鲍春燕等人是要坐汽车到包头火车站去接新移民。遵照村长的吩咐，到大车店里把傅知章、金浦达和石满仓也一同接到新村。金浦达最后同意留下来，是因为鲍春燕。这里，既不是金浦达对鲍春燕一见钟情，也不是鲍春燕的身上有什么磁力和魔法，是金浦达看着鲍春燕那张白皙俊俏的脸，想到了一个人。这个人他也没有很深的记忆，也只是在她主动掀起盖头，两人对视的时候，互相看了一眼，她就是温玉儿，那个和他走进洞房的女子。

这个原因听起来有些滑稽。他没对傅知章说，没说，是因为他觉得羞于启齿。在青龙山寂寞的山洞里，那些土匪们皆用女人的话题，来消解心中的饥渴。开始他听着面红耳赤，久了，心里倒也朦胧地有了一点渴望，这时他能想到的女人，就是那一对哀怨的眼睛，所以这时，他又极力克制自己不去想，因为那双眼神，越来越像一把锥子，刺痛着他的正在萌动的欲望。

选择留下，杂乱和不安的心绪倒平静了下来。本来是想做军人，投身国民革命，结果阴差阳错，还是做了教员。金浦达认为这就是命，读书读的是师范，不想做教员，经历了一番困苦和波折，最后还是做了教员。但金浦达似乎并不甘心，他的理想还是做军人，但不是士兵，是指挥打仗的军官，甚至是将军。因为在太原师范读书时，老师给他们讲过一句拿破仑的名言，那句话就是：不想当将军的士兵，不是好士兵。

鲍春燕没把他们直接接到新村，而是带着他们先去了包头，去接那些坐着火车来的河北移民。

汽车在崎岖的土路上，一路颠簸，他们仨都是第一次坐汽车，先是新奇，后觉得坐汽车确实比走路省力，但最后颠簸的车厢和坚硬的车底板，荡涤了新奇，进而变得苦不堪言。鲍春燕晕车了，爬在车厢的壁板上，向车外吐，一张俊俏的脸，渐渐地扭曲了。赵晋文猫腰过去，关切地问着："要不要停车？"说着，打开羊皮水袋，让鲍春燕漱一下口。金浦达双手交叉，把手抄进袖筒里，斜睨着赵晋文，对赵晋文竟有些妒忌。

到了下午，太阳西斜的时候，终于到了包头火车站。那些新村的移民，早就下了火车，或站或立或躺，挤满了站前的小广场，汽车一到，有人打了个呼哨，这人也是三十多岁，像这些移民的头儿。他把傅知章当成了接待他们的负责人，说他和将军是老乡，将军让人给他带话，由他组织一些穷苦且没有土地的乡下人到漠北来开荒种地。

傅知章便喊鲍春燕。鲍春燕过来，傅知章把这人介绍给鲍春燕。鲍春燕说，我也正找你呢，快组织你的人上车吧。于是那些流民们像猴子似的爬上了车厢。傅知章注意到，这三十多个人里，有六个女人。六个女人紧紧地拽着六个男人的衣袖，那样子，好像一松手，男人就会丢掉了似的。

回去时，鲍春燕和何春雁挤进了前面的车楼子里。这是赵晋文决定和安排的。然后赵晋文带着他们，挤进了后面的车厢，来时颠簸的要命，回去时已感觉不到颠簸，或者是说拥挤已经让他们忘记了颠簸。

到了新村，已是午夜，将军村长顶着初春清冷的夜风，在村口等回了自己的村民。

从这天开始，傅知章、金浦达和石满仓将在这个新的移民村里，开始新的生活。

金浦达和石满仓对于农村的生活并不陌生，尤其石满仓本来就是种田的佃农。可是第二天一早，这里的农村，却让他们感到陌生和奇异。早晨起来，他们看到的情景，与其说这里是农村，倒不如说是一个军营。一队队、一列列穿着五颜六色衣服的农民，正在进行着只有军队里才有的走步和操练。这番景象，傅知章和金浦达在王启的山寨里见过，独臂王曾经亲自喊操，操练那些懒散的土匪兵。但现在的景象和独臂王又不一样，独臂王的土匪对操练是被迫和抵触，一个个垂头丧气，并不情愿，迈出的步子松松垮垮，没有精神气。而这些村民，从精神上看，是乐观和饱满的，尽管走得并不规范标准，但他们都在认真地做，在用心去体味新生活的方式。将军村长亲自和傅知章、金浦达、石满仓三人谈话，给他们分配工作和任务。傅知章和金浦达作为教员，只承担新村夜校的教学和授课，内容除了识字，还讲算术、历史，讲《论语》。

傅知章说："内容改一改吧，讲新学。"

将军村长笑了笑说："可以，你们研究定吧。主要让他们会识字、会写字，他们生活还是农民，还是要垦荒种田。"

石满仓被分配在了新村的一连一排一班。这儿的建制，也如军营一般。石满仓高兴地去了。去了后知道，这个班里，只他一个是山西人，便来找傅知章，要调到山西人多的六班。傅知章带着石满仓去找村长。将军村长笑了笑说:“到了这儿,就是新村的农民,哪里还分山西、河北,我把你分在一班,就是想让你们都融合在一起,要团结起来,建设新村。”

将军村长没同意调换。石满仓虽然还不情愿,但也只好去了。

晚上,就要开始上课。傅知章决定好好准备一下。课本只他一个有,是赵晋文送来的。他打开课本,这是城里新学上小学一年级的学生用的。傅知章翻了翻,心里有了底,知道该给这新村的农民讲些什么,让他们知道什么,村长在这个问题上,与傅知章的看法似乎一致,就是要这些农民懂得礼和仁,明白信誉和信守的道理,了解生活的意义,人的意义,要互相团结合作。傅知章把第一课要讲的内容,要认识的字,写了一个教案,做完这些,便觉无事,他关上门,从里面把门销上,拿出邱海送他的那本书。

这是一本没有封皮的书。他翻了几页,很快便被书里的内容吸引了。读进去后,他知道,这本书的名字叫《共产党宣言》。邱海的徒弟于泽水再三叮嘱,这本书千万不可让别人看到,所以傅知章读的时候,也是小心翼翼。他原想让金浦达也看看,在来五原的路上,在四海客栈和巴丹老爷的牧场,他几次想拿出来看一看,可有了于泽水的叮嘱,他忍住没拿出来,而且那些日子,他们几乎是在迷茫和提心吊胆中度过的,所以也没那个心境去读一本书。现在有工夫拿出来读了,这时才发现,这本书中,竟然蕴藏着巨大的魅力,以至于深深地吸引着他,让他如醉如痴。他喜欢黑尔格的《辩证法》,所以读这本书时,他从语言和叙述的方式,知道这本书的作者,也应该是外国人。但这是一本没有封面和扉页的书,他知道这是送书的人,为了某种目的,故意撕掉了封面和扉页。所以傅知章也就无法了解到书的作者。他这时倒迫切地想知道他到底是谁?为什么会有如此丰富的想象和力透纸背的精神力量?

在新村生活了两天多,傅知章终于搞清楚了。他和金浦达住的这个新村只是其中之一,离这个村子不到五里远,还有一个村子。他们住的这个村子的番号是一营一连,那个新村的番号是一营二连。但村子里没有营长、连长,也没有排长、班长,只有一个村长,就是将军,村长的下面设了几个保甲长。每个村子都建了一个学校,说是学校,就是一间像小礼堂一样的大教室,傅知章和金浦达没来之前,鲍春燕和何春雁在一连,赵晋文自己在二连。傅知章和金浦达留下后,将军村长就把教员做了小小的调整,他把赵晋文派到了二连,那么这个村子里便只剩下了他和金浦达。

夜校上课的时间是在吃过晚饭的一小时以后。礼堂里点燃了七盏捻子很粗的油灯，浓黑的油烟散开来，弥漫了整个教室。傅知章有些不大适应教室的气味，接连地咳嗽，那些农民们用审视的目光望着他，同时那目光中还带着几分复杂的意味。傅知章和金浦达商量了一下教学安排，做了简单的分工，他讲识字，也就是语文，而金浦达讲算术，每人讲一晚。头一晚上，傅知章讲识字。这时，傅知章发现，那些劳累了一天的村民们，对于识字这事儿似乎并不看好。碍于村长的威严和命令，硬着头皮来了。

石满仓当然也是学生之一。他早早地拎着小马扎来了，占了个第一排的位置。他没读过书，所以对于读书识字，带着陌生和好奇。他一会儿把两手抄进袖筒，一会儿又觉得不对，抽出手来，却又不知道手该放在哪里。

傅知章笑了笑说："大家不要紧张，自然一点就行。我们是来识字，大家只要用心和脑子记。按理说，我们应该让大家拿着纸和笔，跟着我一起来练习，但现在我们还没有这些东西，那我教给大家一个不用纸和笔也能学写字的方法，你们用右手的食指，在自己左手的手心上，跟着我一笔一画地模仿。大家说好不好？"

石满仓第一个大声地喊道："好。"

此后，便有许多张嘴，一起喊出了："好。"

傅知章高兴地笑了笑，向大家鞠了一躬。他的设想是：尽可能用通俗易懂的方法，用一种能和这些村民拉近距离的语气，让大家接纳他。傅知章是认真的。所以白天把晚上怎么讲，讲什么，想了很多。他这是走出师范学校，第一次站在了讲台上，尽管这讲台和教室，简陋得难以想象，但是他在认真地做，全身心地去做。

接下来的课，便讲得兴致勃勃。他先讲男和女，他说："男人就是到田里去种地，要干力气活儿，所以上面是一个田地的'田'字，下面这字是'力'，就是力气。两个字加起来就是'男'字。所以从这一个字，我们就能认识几个字呢？对了，认了仨字儿。接下来我们讲'女'字。"

这时，后面一个人说："先生，你说男人下地干活儿，咱新村女人也下地呀。"

傅知章笑了笑说："这位大哥问得好，我们新村提倡男女平等，所以女人下地干活儿，就是我们尊重妇女的劳动自由，提倡幸福的新村生活。"

那人问傅知章的时候，是在马扎上坐着。这时，索性站了起来。他说："傅先生，你得说我们河北话，你那山西太原话，满嘴的醋味，我们压根就听不懂你说什么。"

教室里"哗"得一声，众人哄堂大笑。石满仓也站了起来，他冲着那人怒目而视。这时,石满仓和傅知章看清了,那人就是他们从包头火车站接回来的,那个自称是将军老乡的移民的头儿。他叫吴发奎。吴发奎自恃教室里的人,好多都是他组织来的,人气上他明显占着上风。便冲着石满仓喊道:“小老西儿,你瞪着牛卵大的眼睛做什么呢?把你家寇老西爷爷叫来,咱直隶府的人还怕你不成。”

傅知章压着火,也冲石满仓喝道:“石满仓你这是做甚哩,捣乱吗,快坐下。”

石满仓被怒火燃烤的像一块儿被烧热了的石头,或是一捆一点就着的干柴,他拎起马扎毫不犹豫地走向了吴发奎。石满仓的这一举动,和恩怨毫无关系,和国恨家仇更不沾边,这是几千年中国农民根深蒂固的地域认同和地域排斥。而且,吴发奎也想借向山西人傅知章发难,来提高自己在流民中的影响力,树立个人的威信,而剩下的那一部分人,便趁机起哄,他们想把夜校补习的事儿搅黄了,好回去睡觉。他们认为,犁了一天的地,刨了一天的石头,浑身筋骨酸痛,这时躺着睡觉要比坐在板凳和马扎上识字重要得多。而且在他们的意识和内心世界里,存在这一种观念和理解,那就是他们潜意识里觉得,他爷、他爹、祖祖辈辈的农民也不识字,但照样是耕田种地的好把式,也娶妻生子,延续了一代又一代的生命。

石满仓幼稚和冲动的一冲,教室里顿时大乱,冒着黑烟的油灯,被人故意吹灭了。雨点般的拳头击垮了石满仓最后的意志。傅知章在黑暗中,大声地呼喊着,试图制止这场可怕而无聊的争斗,也不是争斗,是战斗,一场一个人对付数十人的势单力薄的战斗。傅知章被人乘着黑暗踹了一脚,他失去平衡的身体,倒在了一个人的背上,接着像流水一样地躺在了地上。他趴在地上,摸索寻找着自己的眼镜,摸索中,手又被混乱的脚掌踩踏了又踩踏。他摸到了眼镜,但镜片早已碎了。

这时,一声怒喝,制止了这场无聊的战斗。尽管仍在黑暗中,但那声音,他们已经熟悉了,那声怒喝,和早晨训话时的声音一样,温和中却透出一股威严之气。打斗立即停止。油灯被重新点燃,石满仓满脸血污,眼眶和鼻孔还在渗着血。他已如一摊被摔打在地上的泥巴,动弹不得。他微弱地呻吟着。傅知章满身的泥土和伤痕,跌跌撞撞地跑过去,抱起石满仓。将军村长说,先包扎救人吧。

几个人帮着把石满仓抬起来,送到了一个临时的诊所。这诊所的大夫过去做过军队里的卫生员,也是追随将军建设移民新村,离开他和将军曾经的部队在这里做大夫,这大夫医术并不算精通,但包扎救护倒比一般的大夫娴熟。他给石满仓的伤口做了处理，石满仓伤得也不是多重，至少没伤到筋骨，只是一些皮外伤。那时，金浦达没来教室，他在宿舍里誊写一份新村村民的名册。听到外面有喊声，等出来时，看见几个人抬着一个人向诊所跑去。金浦达没有在意，后来傅知章回来，他才知道是石满仓出事儿了。

金浦达很恼火。由石满仓挨打这事联系到了该不该留下，一件事儿就变成了两件，一个话题变成了另一个话题。傅知章说："石满仓被打和留在新村没关系，一码是一码。再说，今天这事儿，是石满仓冲动，他没有克制住自己，先冲上去的。"金浦达说："石满仓是为你挨的打。不能怪石满仓。那些流民就不可教化，我早说过，给他们教课，还不如教那些学堂里的孩子。而且从这件事儿也能看出，这些人是借着人多势众，在故意排挤我们山西人。我咽不下这口气。"傅知章说："现在我们就是要和他们搞好团结，这才能在新村站住脚，才能适应新村的生活。这件事，你倒给我提了醒。"金浦达说："你还真打算在这村子里待一辈子。"傅知章说："这我还没想好，但我觉得，在这儿一天，就把夜校办好。让这些农民真正地认识到文化才能让人觉悟。"

金浦达看着傅知章说："你好像变了一个人。一个和从前不一样了的傅知章，你怎么会突然改变自己的理想呢？我们当初的理想，就是走革命之路，去救国救民。"

傅知章承认道："我也感觉自己在变，但并不是变得自己没有了理想和信念，是这理想更现实了。或者说，我到了新村才真正找到了自己的理想。"傅知章差点说，是一本书改变了我的理想，但话到嘴边，他没说出来。他望着金浦达，内心却非常的痛苦。自从来了新村，他和金浦达对问题的想法越来越不一样了，他们是因为志同道合，才离开了家，背弃了自己的家庭，金浦达还舍弃了新婚的妻子。那么，走到现在，这样的抉择还有意义吗？对于未来的思索，傅知章这时才隐约地有了认识，他开始思考这个问题了。

第二天一早，村民们和平常一样，在那一片用碾子压得像飞机场一样平整的操场，站列成队，准备出操。队伍集合好了，却不见了村长。等了片刻，人们看到了村长那威严挺拔的身姿，他的后面跟着垂着脑袋的吴发奎，两个人没有奔操场来，而是站到了傅知章的门前。很显然，村长带着很多的意味，既是让吴发奎登门赔罪，也是故意让那些村民们看到这一幕。

傅知章宿舍门口，吴发奎偷偷地瞟了眼村长。看村长寒着脸，遂低声下气地喊道："傅先生、傅先生，请您到操场去。"

屋子里，傅知章正穿着衣服，应了一声后，便要出门。金浦达拽着傅知章的骆腾说:“不能就这么出去。让他在外面多站一会儿。”傅知章说:“算了,冤家宜解不宜结,再说,将军还在外面站着呢。”金浦达说:“这是他的乡党,是他请来的,所以那个吴发奎才敢这么狠。这次你不给吴发奎点儿颜色看看,以后,他能乖乖地服从咱吗?依我看,利用这个事儿,倒是让那些河北流民向咱们低头的机会,你在这个问题上,要保持清醒的头脑,这次就看你的了。”

傅知章挣脱开金浦达的手,说:“我不想那么做。对了,你也出操吧,每天睡懒觉怎么能成。”

说完,傅知章走出了宿舍。他见着村长忙说:“将军,您怎么亲自来了。”

将军诚恳地自责道:“这件事怪我,怪我治村不严,他们才敢如此之放肆,使你和石满仓蒙受如此之劫难。所以我要亲自登门向傅先生道歉。”

傅知章忙施礼道:“将军言重了。这件事也不怪发奎,倒是我的责任,发奎说的对,我这太原口音确实浓重了点儿,他们是因为听不懂我的口音,才这样说的,我倒要感谢他们,谢谢他们给我提出来,再说,这次也是石满仓动手在先。”

将军听了,脸上掠过一丝不易察觉的钦佩之意。他越来越喜欢这个戴眼镜的年轻人。他摆了摆手说:“谁的责任就是谁的,想赖也赖不掉。”随后又一指吴发奎,训斥道:“你还愣着干什么,不知道你来干什么吗?”吴发奎忙说:“傅先生,对不起,昨晚全是我的错,我给您鞠一躬。”傅知章感觉受宠若惊,急忙伸手制止。将军诚恳地说:“傅先生,你别动,就让他给你鞠一躬,这还不算,一会儿到了操场,还要他当众向你赔礼道歉。”

透过玻璃窗子,算术教员金浦达站在窗前,望着外面的人情不自禁地笑了。此刻,他迅速穿好衣服,打开门走了出来,吴发奎在前面带路,傅知章和金浦达一左一右,陪着将军走向了操场。

几天后,村长派人到省城为傅知章买了一副和他原来那个眼镜一模一样的镜子,傅知章戴上后,心里暖暖的。

公开道歉后,傅知章从吴发奎的表情看出,吴发奎因道歉这事儿,对他更加敌视,结怨似乎更深了。

这里的村民们过着集体生活,吃饭是在一个用红柳围起来的非常宽大的一个草棚子里。顶子上也是红柳。村长计划,在天暖以后,建一个像样的食堂。将军村长显示出平民的作风,他自己和妻子儿女,和大家一样在草棚子里吃饭,村民们似乎习惯了村长的作风,熟视无睹。

天很快就热了。这天吃饭时,傅知章咬了一口,突然觉得异常,他从嘴边移开筷子,筷子尖上,竟是半截绿毛虫子,那虫子似乎还在挣扎蠕动。傅知章“啊”

地惊叫了一声，放下筷子跑到外面，蹲在那里猛烈地呕吐。石满仓也跟着跑出去照顾傅知章，金浦达看着桌子上的虫子，又看了看顶棚，阳光在红柳的缝隙间，透出斑驳的光影。他转过头，扫了一眼吴发奎，便看到吴发奎正偷偷地乐，一脸的坏笑。金浦达明白了。这件事后，傅知章和金浦达从夜校上完课，回到宿舍，俩人洗漱完，便准备钻进被窝睡觉。金浦达比傅知章速度快，先钻进了被窝，刚掀开被子，他突然惊叫了起来。傅知章忙问："怎么了？"金浦达指着被子怒喝道："这他妈是谁干的？"傅知章摸了摸金浦达的被褥，果然湿漉漉的，金浦达丢下自己的被褥，再掀开傅知章的被褥，结果一样，也是湿漉漉的，还在往下滴水。这时，石满仓跑来了，正看着金浦达在抖湿被子，噘起嘴说："我的被子，跟你们的一样。"金浦达被彻底激怒了，他咬着牙骨说："这是公开向我们挑战了。"石满仓说："走，跟他们拼个你死我活。杀一个够本，杀俩爷爷我还赚一个。"

傅知章强抑着怒火，喝斥道："你们这是要干什么，拼命，你只知道拼命。拼命能解决问题吗？"

金浦达说："不能拼命咱就走，走，现在就走，离开这地方。到陕西找国民革命联军去。"

傅知章拉开门说："好，你们走吧，都走，石满仓，你也走。走出这个村子，你们都是好汉，可你们别忘了，这个村的村长，他也是一位曾经叱咤风云的将军。"

金浦达和石满仓都没动地方，呆呆地站着。

三个人在炕上坐了一夜。这一夜，他们谈了很多，从少年趣事、私塾先生，到在太原师范，以及后来青龙山、杀虎口、西风渡那些带着传奇色彩的经历，特别是青龙山那半年的匪窝里周旋的日子，在他们的心里留下了很深的烙印，那是一段不堪回首，但又让他们日渐成熟坚强的经历。石满仓说，我的童年跟你们没法比，整天饿着肚子。傅知章说，可你今天能和我们坐在一个炕头上谈自己的童年，这说明了什么，说明我们现在是平等的，为什么平等，是因为我们留在了新村这个地方。

石满仓朴实憨厚地一笑说："我还没想过这个问题，你一说，还真是这么个理儿哩。"

傅知章故意问金浦达："金先生，你还走吗？"

金浦达说："我得留下来帮你实现人人平等的理想呀，我走了，你这事儿，靠你自己一个人也做不成呀。"

三个人笑了。

此后，这件事，三个人都没声张，就像没发生过一样。吴发奎对他们的平静，反倒没底了。其实，吴发奎也是一个受苦的农民。他在家种过地，也在烟台的码头扛过箱子，干过杂活儿。从跑过的路看，跟那些没离开过家的农民比，倒算是在外面闯荡过的人，见过些风雨。

过了清明，河套平原日渐暖和了，尽管倒春寒不时让人感到突然的寒意，但春天的温暖脚步已然势不可挡地走向河套平原，在新村的土地上，农民们手握犁铧，在荒地上开垦出新鲜的泥土，种下了麦子，巴望着新一年的丰收景象。趁着种下小麦、土豆和谷物，等着发芽的空闲时机，村长又开始紧锣密鼓地组织大家盖房子，陆续到来的流民越来越多，人口与日俱增，荒芜的土地有的是，发愁的是房子越来越挤，所以村长就想趁着雨季到来前，把房子建起来。建房子的成本也不高，这里雨水少，就地取材，建泥土房子，既经济又实用。顶子可以到黄河边割红柳，织成草帘子，搭在围墙上面就是遮雨的屋顶。

这天，村长带着傅知章和吴发奎去黄河边察看，一是看那些红柳能不能开割，另外村长心里，有了一个更加大胆的设想。他们是骑马去的。到了黄河边，这里是一个渡口，有一个摇小船的渔民，正在一个红柳打起的窝棚边坐着吸烟。村长便蹲下来，向渔民询问这儿的水情和地形。

吴发奎说："村长，我到那边的芦苇荡看一看。"

村长说："你别自己去，陪着傅先生一起去吧。"

傅知章理解将军的苦心。将军把他和吴发奎带出来，其实就是想创造让他们沟通和解的机会和条件。于是傅知章便上了马，但他看出吴发奎并不愿意和他一起走。

到了芦苇荡边，俩人下了马，吴发奎沉着脸，似乎傅知章就不存在似的。吴发奎看到了一只野鸭子在芦苇丛中游荡，他眼睛一亮，兴奋了。傅知章从南岸巴丹老爷的牧场坐船到北岸的时候，听船家介绍过芦苇荡，于是他忙喊吴发奎："你别进芦苇荡里。"吴发奎像没听见似的，继续向前走。不一会儿，吴发奎哭爹喊娘地叫了起来："快救我呀。"

傅知章立即从马背上解下绳索，甩了过去，吴发奎抓住绳子，傅知章使出全身的力气向外拉，吴发奎的身躯不断地下陷，脸上因为绝望而扭曲。情急之下，傅知章想起马鞍子下挂有一把将军心爱的短剑。他抽出短剑，扔给吴发奎说："快拿短剑把你的裤腰带豁开。"吴发奎腾出一只手，顺着泥浆子摸进去，豁开裤腰带，再把短剑扔了回来，这时傅知章又开始用力拽。吴发奎光着屁股被拽了出来。

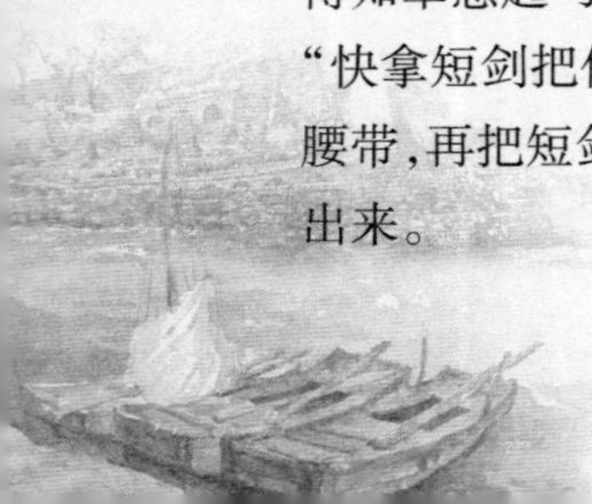

他捂着下身，蹲在地上，不知所措。傅知章说：“这儿也没女人，你骑马先到渔民的窝棚里待一会儿，我回去给你取裤褂。”

吴发奎羞愧地说：“谢你救了我一条命。”

又说：“我对你干了那么多不是人干的事儿，你这次应该看着我怎么死了才对呀。”

说着吴发奎哭了。

傅知章仰起脸，一行大雁，从他的头顶，咕咕鸣叫着向北飞去。

回到新村，傅知章也没再和任何人说救吴发奎的事儿，包括金浦达。

下午，一群人站在了傅知章住的门口，金浦达莫名其妙地望着这些人，甚至有几分胆怯和慌张。这时，吴发奎站出来说：“傅先生，我带着这些河北移民向傅先生和金先生道歉，对了，还有石满仓兄弟。”说着，吴发奎把石满仓从簇拥着的人群里拽了出来。接着吴发奎又说：“我们凑了些钱，备下一些薄酒，想请傅先生和金先生到我们住的地方喝几杯，以谢傅先生的救命之恩。”

傅知章笑着说：“好，一定去，另外，我想说，在这新村里大家都是兄弟姐妹，咱就别分什么山西、河北、河南的，你们说好不好？”

大家立即喊道：“好，咱都是兄弟姐妹，是一家人。”

将军站在远处，摸着胡子，他忽然间觉得，他把傅知章和金浦达挽留在新村，这确实是一个正确的选择。

第十章

移民新村已经初具规模。夏秋时节，过去曾经荒芜的土地上，麦浪翻滚，一片金黄。开镰在即，新村的男女老幼，正享受着一年收获的欣喜和欢娱。一批又一批沿着雁门关，或是杀虎口，走到河套来的流民，他们望着那一片金黄的收成和成排的房子，便停下了自己西进的脚步，留下来做新村的村民。村长敞开自己开阔的胸襟，接纳了这些“走西口”而来的流民。

流民与日俱增。原来的新村一连和二连，已经无法容纳那些不断涌入的新移民。村长遂进了一趟县城，把扩建新村的设想和刘县长谈了。刘县长对大量移民涌入县境，到底是好事还是坏事，一时难以决断。因为冯将军的誓师，五原一下成了全国关注的地方，可这里并非富足之地，破旧的县衙，经历了多年的风雨，早该修缮了，只是苦于经费不足，而未能如愿。村长似乎理解了县长的苦衷和想法，便环视了一下县衙的院子说：“县长大人，这院墙上的杂草该揣，房舍也该修缮一下了。”县长说：“在别人眼里，县衙该是钱银充足之地，其实不瞒你说，也是寅吃卯粮，入不敷出。”村长笑了笑说：“过几天，我派些劳力过来，帮你把院子平整拾掇一下，至于款项，你就不必考虑了。”县长一怔，他似乎没想到村长会给他修缮县衙，且资助银两，笑了一下说：“想必你是有事求我帮忙。”村长当即说道：“是呀，无事不登三宝殿。我来是想求你帮忙和蒙古王爷交涉一下，我想再租买些荒地，现在关内的移民又来了一百多户，我们让他们把地开垦出来，既有利于增加库银、粮饷，又能起到屯垦戍边的效果，这岂不是一举两得的好事吗？”县长沉思良久，答应由他牵头，把那几个蒙古王爷一起找来，劝说他们把土地租出去，争取再购买一千亩荒地，建立第三个移民新村。在县长的周旋下，将军如愿以偿，一千亩荒地划给了新村，但此时将军已经倾尽了全部的积蓄。

新开辟的村子总算建起来了。那些等待土地耕种的近四百口人总算有了落脚之处。村长对新村的前景充满了希望。接下来,他要筹划一个更大的计划。

新村三连的移民住进新居后,配套的学校教室、礼堂也相继落成。这村还建起一座小学校,傅知章被调来担任小学的教员。本来村长想委任傅知章担任校长,再安排从西安来的两个学生做教员,让这所移民学校也和内地的新学堂一样,像模像样地成为一所正规的小学校。傅知章把校长的头衔让给了村长夫人。因为他知道,村长夫人才是移民新村教育事业的奠基人,移民新村刚建立起来那会儿,夫人亲自为移民新村的教育编写了教材,亲自给那些村民讲课,她还在新村创办了妇女学校。所以傅知章再三推让,没接受校长的委任。但夫人被妇女夜校牵扯了大半的时间,几乎脱不开身,后来还是傅知章担任了小学的校长。没多久赵晋文也来到了小学校。

这天,傅知章捧着那本《共产党宣言》看得十分投入,所以赵晋文进来站到他的身后时,他竟浑然不觉。

赵晋文说:“知章,什么书呀,有这么大的吸引力,你专注的连我进来都不知道。”傅知章吓了一跳,第一反应是先把书藏起来,他胡乱地把书塞到床头的被子底下,这才转过身来,惶恐不安地说:“没……没看什么书。”后又觉得难以圆说,便又说:“咳,是一本就是那种不该看的书。”赵晋文知道傅知章指的是什么,反而又故意和傅知章开玩笑说:“你读的是《金瓶梅》吧。”傅知章脸窘得通红,结结巴巴地说:“也不是。哦,是。咳,不是。”赵晋文看着傅知章难堪的样子,笑了笑说:“我也看过。”傅知章瞪大了眼睛:“哦,你看过《金瓶梅》?”赵晋文含混地说:“看过。咳,我们不说这个了。”傅知章忙附和道:“是,不说这个了,多无聊呀。对了,你来找我有事吗?”赵晋文说:“也没什么事,就是过来看看你。”后来赵晋文想了想说:“浦达,怎么没和你一起过这边来。”傅知章说:“浦达说他在那边住习惯了,换地方他睡不着觉,他这两个月,可能有些神经衰弱,睡眠一直不好。”赵晋文犹豫了一下说:“你觉得浦达这个人怎么样啊?”傅知章愣怔了一下,他不知道赵晋文指的是什么,或者说,他没读懂赵晋文想问什么。他担心赵晋文可能想故意挑拨他和金浦达的关系,所以就伸了个懒腰,打着哈欠说:“我困了,咱们改日再聊吧。”赵晋文便起身告辞了。

过了四五天,也是傅知章快要入睡时,赵晋文又来了。他进来后,从衣服里掏出一本书说:“这也是一本禁书,你读一读吧。这本书对于你理解你读的那本书很有帮助。”说完,赵晋文说:“我明天还有课,要回去备课,我就告辞了。”

赵晋文走后,傅知章迫不及待地打开书。这是一本杂志,书名是《新青年》。那天晚上,他窗子上的灯光亮了一整夜。

第二天,傅知章一整天都没见着赵晋文。下午放学后,赵晋文回来了。傅知章走到赵晋文身边,低声说:“吃过晚饭,我去找你。”赵晋文心领神会地点点头,便走了。

晚饭后,傅知章走进了赵晋文的宿舍。村长考虑到学校教员备课的需要,在移民新村宿舍并不宽裕的情况下,给移民村小学的教员安排了单间。但单间的面积并不算大。但相比之下,条件倒比那些垦荒的村民们优越一些。赵晋文坐在床上,把备课和批改作业用的小木凳让给了傅知章。俩人见面后,倒沉默了。

沉默了一会儿,傅知章问:“《庶民的胜利》是李大钊先生的文章吗?”

赵晋文点点头,没说话。

傅知章又问:“李大钊先生在哪儿?”

赵晋文眼圈红了,有些哽咽地说:“今年春天,大钊先生牺牲了,是被敌人活活绞死的。”

傅知章呆住了,呆愣了好半天才说:“他们为什么呀?”

赵晋文愤慨地说:“因为他们害怕共产党,害怕人民,今年的四月,上海的反动派向共产党人大开杀戒,制造了骇人听闻的‘四一二’反革命政变,屠杀共产党员,就在前几天,武汉的汪精卫又制造了‘七一五’反革命政变,大批的革命者被杀害。”

说到这儿,赵晋文说不下去了,压抑了许久的悲愤,在这时得到了释放。

傅知章犹豫了一下,问:“你是共产党员吗?”

赵晋文点点头说:“我观察你好久了。我认为你是一个有理想、有良知、有信念的知识分子,而且那天你看的那本书叫《共产党宣言》,所以我才把这本《新青年》介绍给你。”

傅知章很奇怪:“你怎么知道那是《共产党宣言》?”

赵晋文笑了笑说:“因为我也读过。我和你一样,最早读到的书也是《共产党宣言》。”

傅知章急切地说:“我能加入你们的组织吗?我想加入中国共产党。”

赵晋文说:“你愿意加入党组织,我们当然欢迎,但你必须接受党组织的考察和考验。”

傅知章站起来说:“你现在就考察我吧。”

赵晋文笑了一下说:“不急,知章兄,加入这个组织是要经过组织程序的,但我相信,你会成为这个组织中的一员的。”

傅知章有些失落地坐下来,又问:“你今天去哪儿了?”

赵晋文说:“我去看鲍春燕和何春雁去了。对了,我在那儿见到了金浦达。”

傅知章也很奇怪:“他去哪儿干什么呢?”

赵晋文打趣地说:“我看金浦达对鲍春燕好像有点那个意思。”

傅知章天真地问:“哪个意思呀?”

赵晋文笑了:“咳,那个意思你也不懂,就是……咳,你这么一问,我也不知道该怎么说了。”

傅知章恍然大悟:“哦,我明白了。金浦达不对呀,他在家可是跟人家成了亲的呀。”

赵晋文也很奇怪:“是吗?他在家结婚了?”

傅知章解释说:“哦,是这样。其实浦达也不能说是结婚了。是他爹为了不让我们来河套,强迫他跟一个女子结婚,但刚进了洞房还没把新媳妇的盖头给揭下来,就被我给拽出来了。”

两天后,村长骑马到小学校来了。傅知章和赵晋文认为村长来学校视察,村长却说:“你俩跟我找一个人去。”

傅知章问:“到哪儿找呀。”

村长把手中的马鞭一摇说:“我也不知道,就在这一带吧,我们出去找着看。”

傅知章和赵晋文纳闷了,不解地看着村长。他们也不敢多问,跟着村长出了学校。学校门口,村子里的人,已经备好了两匹马。

路上,傅知章和赵晋文急切地想知道村长带他们找的是什么人。便又问:“我们到底找谁呀?”

村长哈哈一笑说:“咱们要找的这个人呀,是一个精通水利的专家。”

傅知章越发糊涂了:“村长,你搞错了吧,我们只会教书,也不懂水利呀。”

村长拽住马缰绳,勒住马,转过头问:“你读过《论语》吗?”

傅知章一脸迷茫地点点头,但仍然迷惑不解地问:“《论语》和水利有什么关系?”

村长说:“这水利专家有个怪癖,他除了研究水利,还喜欢读《论语》,你找他谈水利,他偏先和你谈《论语》,谈完了《论语》的事儿,再谈水利,如果《论语》没谈好,那后面水利的事儿也免谈了。”

傅知章和赵晋文听完，点点头。赵晋文说："这还真是个怪脾气的人。"

傅知章却又问："那他到底是精通《论语》，还是精通水利？"

村长毫不犹豫地说："当然是精通水利。这有些能耐的人，个性也强。所以常人就觉得他们不正常。"

傅知章刨根问底地又问："那农民不懂《论语》，还怎么找他请教呢？"

村长说："农民找他就不谈《论语》了。"

赵晋文也好奇地问："不谈《论语》谈什么？"

"谈男人和女人。"

说完，村长一打马，那马便飞奔起来，卷起一阵的尘土。

还真让村长说准了，水利专家找得极其费力。有人说，水利专家在永通渠，追到永通渠，又说去了二分地，到了二分地，又说去了老牛湾，一路赶到老牛湾，说专家回了永通渠，再折到永通渠，说专家刚走。总之，他们找了一天，倒没见着专家。

傅知章问村长："怎么办？"

村长擦了一把脸上的灰尘和汗水，说："明天接着找。"

傅知章说："学校还一大摊子事儿呢。"

村长说："找专家比学校的事儿大，学校的事儿，你先放一放吧，什么时候找到专家，你们什么时候回去。对了，找到还不行，还得请到，人家答应去新村，你们俩才算完成任务。就这样。"

村长的坚韧一下让傅知章和赵晋文理解了村长，为什么会脱下戎装，穿上农民的汗衫，情愿把自己的家财和幸福交给这片刚刚开垦出来的土地和正待开垦的荒原。

第二天，天不亮，村长和傅赵三人就起床了。在天刚蒙蒙亮时，三个人已经到了水利专家的门口。他们没敢惊动专家，蹲在离专家院门不远的井台子边等候着。昨天，专家马不停蹄地跑了四五个地方。四五个地方，合起来也有七八十里地，一个壮汉一天跑下七八十里，也累得够呛，据说这水利专家是个快六十岁的老头。井台附近的公鸡叫头遍时，三个人都站了起来，叫二遍时，又站了起来，再叫时便没人站起来了。直到全村的公鸡挨个叫了一遍后，不再打鸣时，专家出来了，没见着专家时，倒满心欢喜，盼着专家出来，待看见专家，傅知章和赵晋文倒失望了，也不是失望，是与想象中的专家差距甚大。看到的专家穿着打扮和农民没有区别，或者还不如老农穿着利索。水利专家到井台子上绞水，见着三人，愣了一下。村长便主动介绍，又把傅知章和赵晋文介绍给专家。

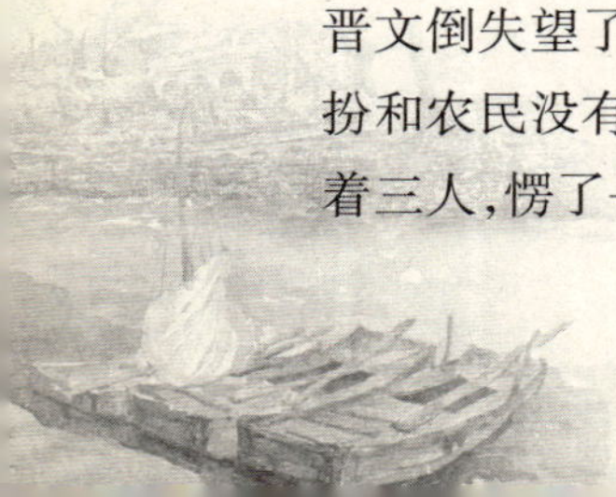

专家在井台子上绞水，村长向赵晋文递了个眼色，赵晋文便主动抢着要替专家绞一桶，专家拒绝了。

专家边绞水边说："从昨天到今天，这是隆中对哩。"

村长客气地说："你就是诸葛先生呀。"

专家没接话，提着水回家。放下水桶，洗了脸说："走吧。去你们新村。"

三人没想到专家竟痛快地答应了。村长要专家骑马，专家说，从来就没骑过马。说完，一转身，竟从仓房里推出一辆半新半旧的自行车。这自行车是教堂里的瑞士籍牧师送给专家的。牧师骑着自行车到处传教，路上总能遇着专家，牧师骑自行车时，专家是步行，见了面，还打声招呼，有时也唠几句，牧师说信主的事儿，专家说修水渠、说挖井的事儿，有时也说《论语》，俩人各说各的，便说不到一起，说不到一起，就成不了知己，但牧师打心眼里又佩服专家。后来牧师买了头高头大马，据说这马是英国血统，是在别处传教的牧师送给瑞士牧师的，牧师便弃了自行车，改骑高头大马传教，自行车便闲置起来，牧师骑马时，依然总能遇着专家，索性把自行车送给了专家，此后，专家便改骑自行车。

专家骑自行车，三人便不好意思骑马，牵着马跟在专家的后头。后来，专家也不骑了，推着自行车走，四个人便边走边说话。说的是些跟水利无关的话。傅知章边走边想《论语》，怕被专家问个措手不及。专家却也不提《论语》。

为《论语》的事儿，村长也急。实在忍不住了，便提醒专家："该说《论语》了。"

专家笑了笑说："说完了。"

三个人都蒙了。村长不解地问："啥时说《论语》了？"

专家说："一个将军和一个小学校长天不亮就在井台边等一个所谓的水利专家，这就是《论语》。"

三人想了想，似乎有些道理。

专家提出的方案和村长的设想竟然不谋而合。接下来要做的就是勘探地形，绘制图纸。这是一项"引黄入田"的浩大工程，他们计划修筑一道渠，把黄河水引导到开垦出的田地里，进行引黄灌溉，增加农业产量，有效地抵御了干旱。

这些日子，村长和傅知章、赵晋文戴着草帽陪着专家，沿黄河边一直到新村的田间，四处勘查、测量。学校那边的事儿，村长让他俩先放下，把鲍春燕从新村二连调来，负责小学的教学和日常管理。

后来，又调来了吴发奎和石满仓协助做水利勘察设计的事儿。一天，吃过晚饭，他们和专家在院子里聊天。这时，天还亮着。几个村民过来，说想在村子

里挖口井,请专家看看哪里可挖出水。专家也没推辞,起身,背着手,沿着村子四周转。走到村东,专家站住了,然后盯着一个老鼠洞看,看了一会儿,专家说:“就在这儿挖吧。”

村民们似信非信。但第二天还是在专家指的地方开始挖。没挖多久,果然见着了水。

下午。专家勘察回来时,顺道去看挖井。村民们连说:“神了,太神了。”

又问专家:“你怎么看出来的。”

专家说:“我看老鼠刨出的土是湿的,就推断出这水头肯定浅,你就挖吧,肯定能挖出水来。”

石满仓说:“要这样看,我也能当专家。”

“你去毬吧。”吴发奎骂着,随即笑着踢了石满仓屁股一脚,石满仓嬉笑着躲到一边去了。

麦收、打场。把麦子全部归进粮仓后,勘察和绘制图纸的工作已告一段落,接下来要做的,就是按照新村的建制,组织人力,开挖灌溉新渠。

开挖灌溉渠的过程中,三个移民新村,由村长主持召开了第一次村民代表大会。开会对于那些原先是流民的村民来说,是陌生的。他们甚至不懂开会所代表的含义,但是被选做代表的村民,还是高高兴兴地走进了会场。为了开好会,赵晋文事先和傅知章作了深入的沟通,他要把村长倡议的这个会,作为一次试验。所以,会议召开前那几天,赵晋文和傅知章忙得团团转。平时,在学校里,赵晋文一般是听傅知章的,可这次开会的事儿,傅知章是在尊重和配合赵晋文的决定和设想。但是所有的筹备工作都是事先征求了村长的意见。赵晋文的意见是,先不要急着把村民发动起来,我们只是想看一看,搞这样的形式,开这样的会,到底能达到一个什么样的效果,会产生怎样的影响。傅知章由这件事倒看出了赵晋文的能力,他更加佩服这个比自己年长一岁的人。读那些书之前,他以为和金浦达是志同道合,可是他越来越觉得,或许,真正能志同道合的,倒是赵晋文。

村民代表大会上产生了一个村民的组织,村长听从傅知章和赵晋文的意见,把这个组织叫自治会,后来又设立了一个良心省察会。这个意见是一个老学者提出来的,据说这个学者还是中国最后一个状元。他给村长写了一封信,建议村长搞一个良心省察会的机构,以填补移民新村自身制度和法规的空白,这省察会似乎带有纪律和法规约束的意思。通过这些措施来规范村民的言行、教化和举止,比如村长说,他要在这片漠北荒原上,通过垦荒,建立一个与众不同的卫生文明的新村，村子里的村民不可随地吐痰，不可随地便溺，不可衣着不整等等。

这些日子，鲍春燕也成了忙人。除了管好小学校的事儿，她只要有空便来帮着赵晋文和傅知章做一些会议的准备工作。鲍春燕和傅知章负责写标语，所以俩人在一起的机会就多一些。这天忙完后，鲍春燕没有离开的意思。傅知章开始没在意，等他把那些笔墨纸张和砚台收拾利索，一扭头，看见鲍春燕还在那儿站着，而且似乎在想什么。

傅知章便说："鲍老师，你咋还没走呀？"

鲍春燕一激灵，回过神来，说："傅先生我给你织了一副手套，过几天，就要开挖灌渠了，你兴许用得上。"

傅知章没多想，以自己的判断说："哦，你这支抓笔的手，也会织手套？"

鲍春燕故意板起脸来，嗔责道："你这是偏见。看不起人，就兴村子里那些妇女们会织手套，我就不会吗？"

傅知章听出鲍春燕有些生气了，便赶紧说："好，好，我有偏见，我改，那把你织的手套拿出来吧。"

鲍春燕从布书包里摸出一双白羊毛的手套，傅知章接过来，戴在手上试了试。那手套大小还算合适，只是织得稀稀拉拉的，手套的形状也有些歪斜。傅知章一转脸，竟看到了一双灼热的目光，那目光柔情似水。傅知章吓了一跳，顿时又明白了，这歪斜稀拉的手套，似乎是一种寓意，或者没有寓意，只是一种简单的暗示。

说实在的，傅知章打心眼里也喜欢这个身材高挑，皮肤白皙，生着一双水汪汪大眼睛的姑娘。在他眼中，鲍春燕是一个有能力又心地善良的女性。她有时又透着一股天真和一股温婉的柔性。他想接纳鲍春燕传递来的信号，他想，在这贫瘠的荒原上，或许，对于这种信号的接纳，倒能给艰苦的生活增添一份暖暖的情愫。

鲍春燕主动打破沉默说："你不喜欢吗？"

傅知章窘迫地点点头说："谢谢。谢谢你。"

鲍春燕的脸反倒红了。她表达了自己对傅知章的情感，她喜欢这个戴着眼镜的大个子年轻人。以前，吴发奎对傅知章所做的那些低级的恶作剧让鲍春燕觉得这个男人是软弱的，不敢去抗争和面对，后来她理解了。这不是软弱，恰是一种智慧，这个戴眼镜的男人，正以自己的方式和策略，在化解着这场表面看似是吴发奎和傅知章，其实是以人数众多的河北移民和少数山西等外省人，以及农村流民和知识分子的矛盾。后来的效果证实,这种方式和策略是有效的。于是她对傅知章有了新的更加深刻的认识。

傅知章对于手套的接纳,让她感动。她出生在北平,是皇城根下的女学生。赵晋文是和她一起来到这西北的荒原上的,但她并不喜欢赵晋文。而且据赵晋文自己说,他在学校里读书时,已经有了一个女朋友。他们都有着相同的信仰和信念。

而且,鲍春燕并不喜欢赵晋文做事谨慎的样子。赵晋文不像傅知章那么乐观,又没有金浦达的朝气,倒像一个未老先衰的小老头。但她承认,赵晋文所做的每一件事,都是那么的认真踏实,那么的有章法。

离开了傅知章的小屋,鲍春燕回到自己的屋里。这一夜她失眠了。

接下来的日子,他们还是忙。尽管村子的各项工作正在有条不紊地推进,但毕竟所有的工作,都是在尝试和不断的探索中进行。村长越来越离不开他们了。

傅知章和赵晋文仍然在灌渠开挖的工地上忙着。鲍春燕打算替他们整理一下内务,洗洗衣服。当然她主要是想为傅知章做些事儿。她以一颗少女情窦初开的心,去追寻和拥抱自己的情感追求。她打开房门,打开柳条编织的小筐,这里是傅知章堆放换洗衣服的储物筐。她打开柳条盖,最上面是她织的那双手套。显然傅知章并没有戴着这双手套去工地。鲍春燕皱起了眉头,她一时无法理解,又很难猜测得到,这双手套,傅知章到底是不愿意接纳,还是不舍得戴。

天阴沉了一天,像是有下雨的意思。河套的秋末早就有了寒意。即便是下雨,也大概是今年的最后一场秋雨了。果然,下午睡过午觉,天上开始淅淅沥沥地飘起雨滴,后来那雨越下越大,雨滴打在泥土地上,溅起一层的水雾,那团水雾就如鲍春燕此刻的心境。鲍春燕托着下巴,凝望着窗外的雨雾,雨雾中夹着一股凉意,透过窗棂钻进屋子里来了。鲍春燕感觉身上寒意阵阵,遂找出一件毛衫,披在身上。毛衫还是离开北平时买的。说是毛衫,其实就是一件棉线织成的线衣,但颜色红红的像一团火。鲍春燕喜欢红色,是因为母亲也喜欢红色。母亲说红色预示着健康,预示着日子过得红红火火。母亲是北平一家绸缎庄的大家闺秀,父亲的家族和皇宫里有些关系,所以母亲才嫁给了父亲。然而父亲玩了一辈子的碎瓦字画,别人玩古董,越玩家底越厚,日子也越过越红火,父亲玩古董,总是走眼,结果把祖上的家业全换成了一文不值的赝品,也不是一文不值,是贵的东西,全是赝品,真的又是些不值钱的小玩意。父亲玩古董,到了痴迷的程度，母亲便总是和父亲吵闹。有一天，母亲一气之下，砸碎了那些一文不值的瓷瓶，父亲几乎疯了，揪着母亲的头发，把母亲几乎打了半死。所以鲍春燕一气之下，离开京城，到了漠北。她在火车上，认识了何春雁，那个胖胖的丫头。何春雁的家在河北保定，父亲是一个银匠，专打女人的手镯和耳坠子。何春雁离开家，是因为家里有四个弟弟，父母微薄的收入已无力养她，而且父母又重男轻女，是叔叔供她上的大学，所以她出来想自己闯天下，想离开那个没有温情的家。

鲍春燕还在沉思时，她的房门被人推开，闯进一个浑身湿透的男人。鲍春燕吓了一跳，几乎惊叫出来。仔细看了，那人竟是金浦达。金浦达站在地上，地上便淌下一片水渍。

鲍春燕问："你怎么来了？"

金浦达哆嗦着嘴唇说："我来看你的。"

鲍春燕大感意外："你为什么来看我？"

"不为什么，就想看你一眼，看着你，心里就踏实了。"

"这么大的雨，你不要命了。"

"吴三桂敢为红颜一怒，这雨能奈我何！"

"你傻呀。"女人的心总是善良和温柔的，金浦达冒雨走了七八里路来看她，鲍春燕不能不为所动。这时，金浦达从怀里掏出一把被雨水浸湿了的沙枣，哆嗦着手递过来说："你不是想吃沙枣吗，这是西北才有的东西。我看着它熟透了，就摘下来给你送来。"鲍春燕伸出双手去接，沙枣掉进了鲍春燕捧着的手心。就在这时，金浦达冰冷的手抓住了鲍春燕温暖柔嫩的手，鲍春燕一惊，下意识地抽了回去，随后又说："你看你的衣服都湿透了。你去傅先生那儿找件干衣服换上吧。"金浦达说："我要向你求婚。"鲍春燕更加地慌乱，脸窘得通红，勾着头说："我还是去给你找衣服吧。"说着，鲍春燕擎起一把油纸伞，走出屋子，到了前面那排傅知章的校长办公室兼宿舍。她再次掀开那个柳条筐，又看到了那一双，她第一次亲手织成的白羊毛手套，她的手停在柳条筐上。这时，她的内心是矛盾的。她的情感的天秤面对一种新的取舍和选择。金浦达在追求她，这事她还没到小学来就已经感觉到了。那个时候，金浦达总是以这样或那样的借口到她在二连的夜校宿舍。她对金浦达并不反感，但她那时感情的天秤倾向于傅知章，可傅知章对她的冷漠，又让她的自尊心受到了伤害，所以这时她的天秤开始向金浦达倾斜，她开始动摇了。

这时，她猛然又想到金浦达还在那儿湿漉漉地站着呢？急忙抓起傅知章的衣服,走了出去,到了她的宿舍,把衣服放在床上,然后转过身走了出去。她打着油纸伞,站在雨雾中,冰冷的秋雨夹着凉风,又让她感到了一阵阵的寒意。

金浦达换好了衣服,走了出来。鲍春燕这才转回身,走进屋里,把金浦达换下的那身湿漉漉的衣服放进木盆,要去给金浦达洗衣服,金浦达说:“我自己洗吧。”便抢夺木盆。俩人争夺中,金浦达一把拥抱住了鲍春燕。鲍春燕麻木地抱着木盆,任由金浦达拥抱着。她闻到了一股男人阳刚的气息,他感受到了她剧烈的心跳。

一场秋雨,让金浦达和鲍春燕确立并逐渐地公开了恋人的关系。

这是傅知章和赵晋文都没有想到的。当然,同样是金浦达和鲍春燕的恋爱,傅知章和赵晋文的认识又不同。傅知章和金浦达是同学,俩人一路千辛万苦地走到这河套来,可以说是死生之交,这份感情,山河为证,苍天可鉴。所以,尽管傅知章同样喜欢鲍春燕,他把那双白羊毛手套贴在胸前,闭上眼睛,把失落的滋味和痛苦默默地承受了。他甚至无法理解,鲍春燕既然送了他那双手套,又为什么选择了浦达。那双织得稀拉、粗糙的手套,他把它珍藏在了柳条筐里,不舍得戴上,他只要看着就温暖了,惬意了。但是金浦达和鲍春燕真的走到一起,他又感觉到了欣慰。赵晋文似乎对金浦达有些看法,他并不喜欢金浦达,他也为傅知章和鲍春燕没能走到一起而惋惜。他说:“知章,你这人最大的缺点就是缺少勇气,你的性格倒不像是赫赫有名的傅家茶庄的少爷。”

傅知章说:“哈哈,我早把少爷这事儿忘了。”

赵晋文又问:“鲍春燕知道你的家庭背景吗?”

傅知章摇摇头说:“不知道,除了你和金浦达,对了还有那个石满仓,别的人都不知道,连村长也不知道。”

赵晋文一语双关地说:“那也好,我倒是希望你能走出自己的家庭,到一个更加广阔的家庭中来。”

傅知章激动地说:“我愿意走到你们中间来,你做我的入党介绍人吧。”

赵晋文说:“嗯,我也希望那样。”

这时,傅知章又不解了。他说:“冯将军在五原誓师以后,连他的士兵都集体加入了国民党,成为国民党中的一员,你们的组织为什么要经过那么严格的程序和考察呢?”

赵晋文严肃地点点头说:“这就是我们共产党和国民党的区别。这就是中国共产党为什么是工人阶级先锋队的真正含义。”

傅知章似乎懂了，他攥紧了拳头，一脸凝重地说：“说实在的，我读你那本杂志的时候，就想，为什么李先生会写那样一个论题，庶民的胜利，现在我理解了，我理解了什么叫庶民的胜利 。”

赵晋文转过脸望着窗外，那秋色的金黄已渐渐地退去，冬天就要到了。

第十一章

"九·一八"事变后,日军的铁蹄早已把山海关外的那片土地践踏得千疮百孔、满目疮痍。此时,略显平静的河套平原,将军投入心血,精心侍弄的这块儿新农村建设的"试验田",经过几年如火如荼地垦荒种植,到处显现出勃勃的生机。

转眼,傅知章他们在新村已经五年了。五年的岁月,已经把他磨炼得更加成熟,脸上多了一些沧桑感。当初,开挖灌渠时,傅知章对村长故意把支渠向东挪移了十多里很是不解,这十多里的反"厂"字形弯子,在修筑时,明显属于"绕道",比预想的工期延长了一倍多。那时不仅村民不理解,连水利专家也纳闷,水利专家说:"无厘头的绕道修渠,从隋炀帝开凿大运河,到现在几百年了,这几百年,我还是头一次听说故意绕着道修渠的。"村长没有解释,只说:"就这么修吧,以后你会说,我这渠这么修就对了。"

支渠修好后,黄河水被疏浚到了灌渠。但这灌渠,开挖河水浇地时,总是让人觉得别扭。灌渠修建完成的两年后,村长又开始组织人力,在本应该修支渠的地方,修筑战壕和碉堡,构筑军事工事。村民们对村长的做法,不是惊诧,而是震惊,继而又开始怀疑村长大概是离开军队太久了,想在村子周围修筑些战壕、碉堡,当游戏解闷。战壕和碉堡修成后,村长利用他在军队里的朋友,购置了一些枪支弹药,挑选年轻精干的村民,组建了一支自卫团,并开展军事练兵。十年后,就是这些军事、工事和碉堡,在阻击来犯的日本兵上发挥了巨大的作用。那时候,人们才读懂了什么叫远见卓识,什么叫将军村长。

金浦达和鲍春燕谈了四年的恋爱,几乎成了马拉松式的恋爱。不是他们不想结婚,是中间出了岔子。金浦达向鲍春燕求婚,而鲍春燕想把结婚的事儿,先对父母讲了,待父母同意了,再说结婚的事儿,可她的父母都在北平,也不是说讲就能讲的。鲍春燕给父母写了一封信,把金浦达的情况通过这封信介绍给了父母。信发出去后,想着再怎么晚,一两个月总差不多能收到回信,结果这封回信,走了一年。一年后,收到的是母亲的回信。母亲告诉鲍春燕,父亲于半年前去世了。虽然说,鲍春燕离开北平是因为生父亲打母亲的气走的,可不争气的父亲死了,却又让鲍春燕痛心不已。她对金浦达说,要为父亲守孝三年,然后再谈婚论嫁。这结婚的事儿就像岸边的船一样搁浅了。

这天,金浦达一脚踢开傅知章宿舍的门,以嘲弄和怨恨的口气,气呼呼地质问道:“我和鲍春燕的结婚的事儿,你是不是非常的嫉妒,所以故意制造麻烦,设置障碍。”

“你说的是什么呀?”傅知章一头雾水地望着金浦达,又说,“你越说我越糊涂,你和鲍春燕都快四年了,四年来,我也没说什么,而且也为你们能走到一起而感到高兴,怎么说我设置障碍呢?我确实搞不懂你说什么。”

金浦达看着傅知章的样子,也糊涂了。他毕竟是了解傅知章的,在找上门来打算和傅知章理论时,他满腔的怒火,但这时,他看着傅知章的表情,犹豫了,也迷茫了。可他又难以排除心中的疑虑,又盯着傅知章的脸问:“我爹逼婚,让我和那个温玉儿成亲的事儿,你是不是对鲍春燕说了?因为,在村子里,只有你知道这件事。”

傅知章明白了。但是傅知章没有为自己辩白,而是说:“你和温玉儿的事儿,也不该对鲍春燕隐瞒,我想你把事情的缘由解释清楚了,鲍春燕是能理解你的。你不说,日后倒要在你们的婚姻上,是会埋下隐患的。”

“你还是说了?!好吧,我没你这个同学,你以后不要再提咱们是同学了,我为你感到可耻。”金浦达嘴唇哆嗦着,说完这话,拉开门,愤愤地走了。

傅知章大声地喊道:“浦达,你真的误会了,我确实没说过。”

但金浦达还是走了。傅知章不知道金浦达听清他最后这句话没有,他想是听清楚了。

傅知章坐在木凳子上,沉思了很久。他猛然想到,鲍春燕可能知道了金浦达在家里已经和一个女子入过洞房,而且这件事确实是只有他傅知章最清楚、最了解,所以金浦达怀疑是他在背后捣鬼,也是可以理解的。但傅知章在这个问题上,确实选择了沉默和回避,他尽可能不去触及这个敏感的话题,可是在移民新村,除了他,谁还知道这件事呢?

想来想去,傅知章想到了一个人,就是石满仓。他们带着石满仓从四海客

栈走到巴丹牧场，再渡过黄河，一路走来，那些日子，石满仓对他和金浦达已经有了很深的了解，这其中包括对他们过去生活和经历的了解。想到石满仓，傅知章决定去新村一连一排一班，去找石满仓问问情况。

一匹马病了，石满仓正帮着兽医给马灌药，在巴丹老爷家做牧马人的经历，让石满仓对马匹有了特别的情愫，他喜欢马，也爱马，于是村长便让石满仓负责马场的事儿。

傅知章在马场找到了石满仓说："走吧，我有事找你。"

石满仓便跟在傅知章的身后离开了马场。俩人到了石满仓宿舍的门口，傅知章站住了。石满仓说："进去吧，眼镜哥。"傅知章说："就在这儿说吧，屋里还有别人吧。"石满仓探头向屋子里瞅了瞅，说："没人，进去说吧。"傅知章便推开门进了石满仓的宿舍。石满仓以为傅知章会说刚才马场的事儿，一开口，却说金浦达。

傅知章问："金浦达在家成过亲的事儿，你对别人说过吗？"

石满仓想了想说："说过，但我只对鲍春燕讲过，别人没讲过。"

傅知章责怨道："跟别人说或许倒没啥，这话你怎么能和鲍春燕说呢！"

石满仓说："鲍春燕整天粘着浦达哥，我知道浦达在家已经成过亲了，我这是想帮浦达哥，别让鲍春燕缠着浦达哥了。"

傅知章被弄得哭笑不得，叹了口气，本想说石满仓你这是添乱呢，可话到嘴边，说出的却是："你咋就知道是鲍春燕缠着浦达？"石满仓说："浦达家里有老婆了，他还能缠着鲍春燕？"傅知章说："就是金浦达缠着鲍春燕，也不是浦达缠着，是俩人互相爱恋着对方，所以也不存在谁缠谁，以后你千万别给添乱子了。"石满仓瞪大了眼睛："咋，听你这意思，我又闯下祸了？"傅知章点点头："也可以这么理解吧，总之以后对谁都别提浦达在家成亲的事儿。"石满仓还是不能理解，满脑子的疑问："可浦达成过亲也是真事儿呀。"傅知章说："那是他爹逼他成的亲，而且刚入洞房就被我给揪出来了。所以这事就不要再说了，烂在肚子里。"石满仓说："你们读书人就是和我们不一样。"

弄清楚了事情的原委，傅知章又嘱咐了石满仓。傅知章想把这事儿和金浦达解释一下，走的路线，却是村长一家住的房子。

他见了村长，说的头一句话是："村长，咱这村子里男女比例悬殊太大，不像一个安居乐业的村子，还是个军营。"

村长说："这些日子，我也在琢磨这事儿。"

又问："你咋突然提男女比例的事儿？"

傅知章想说马场的事儿，可总觉得难以启齿，便绕开马场的事儿，单说男女的事儿，他说：“村子里单身汉多了，日久天长，难免会生出事端来。”

村长暗想，这件事傅知章倒和他想到一起了，就说：“这就叫阴阳失调。我听说，村子里有些光棍汉，夜里不睡觉，跑到人家有老婆的人家的窗子底下……咳，真是羞于出口。照此下去，这村子将成何体统。”

傅知章说：“得想些办法哩。”

村长说：“我已经在考虑了。”

两个月后的一天，村长突然派人唤来傅知章说：“你准备一下，陪我出趟远门。”

傅知章问：“去哪儿？”

村长说：“北平。”

傅知章愣住了。他从太原出来，沿着走西口人踏出的路线，一路向西，目的地是河套，到了河套，本来是投奔国民革命军的，中间又出了岔子，落脚在了移民村。几年过去，现在国民革命军早就变了样子，已不是当初他梦想的那样了。现在突然又要掉头向东走，向那个曾经是皇城的北平走。尽管村长说得很明白，只是出趟远门，还要回来的。可毕竟也是迢迢千里。

赵晋文和吴发奎、石满仓等人把傅知章和村长，以及村长夫人带着的孩子从包头火车站送上了开往北平方向的火车。

火车路过大同时，他知道，自己又回到了山西。尽管离太原还有数百里，可毕竟是回到了山西。这时，天已向晚，外面渐趋漆黑，但他的脸依然贴着车窗，努力地把山西的地貌，记载在脑子里。那沟沟坎坎，那房子树木，他心里默诵着游子吟，脸上却扑簌簌地掉下眼泪。傅知章想家了。村长理解地看着傅知章，没去打扰他，也和傅知章一样，望着窗外的夜色。其实，夜色下的土地，朦胧的什么也看不到。

火车走走停停，三天后，终于到了北平。站在火车站的月台上，村长和夫人一脸惆怅，百感交集。他们过去在北平时，住的也是大宅门，谈不上声名显赫，也算富足之家，可再回来，曾经的大宅门早已换了主人，他们在这里已经没有一砖一瓦了。为了开发新村，他卖掉了大宅门，罄其所有，换来了大片的荒地。

走出火车站，他们叫了三辆人力车。三辆车的车夫们像赛跑似的，一个个你追我赶，不到一个小时，就把他们拉到了一家旅店的门前，结算了车钱，把带的行李搬进旅店，安顿住下来。

村长问：“知章你是第一次来北平吧？”

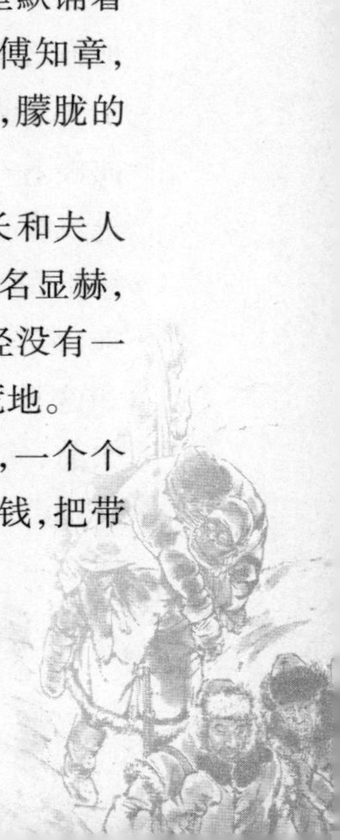

傅知章一边整理行李，一边点点头道：“以前没来过。刚才看了，进了北平这样的大城市就是让人眼花缭乱。”

“你是在村子里住得太久了，也是我们的村子小，跟北平比，就显得太清静了。不要说你，我这次回来，也有点眼花缭乱。”村长说，“你先别忙着收拾，我记得这附近有家‘爆肚王’，也不知道这么几年，还在不在了，我还就得意这口，今儿咱就尝尝去。”

拐过街角，走过一条街，那“爆肚王”居然还在。村长以为开店的还是原来的掌柜，进去一问，早在三年前就换人了。所以吃完后，村长说，这味道也不是当年那味道了，一切都在变。回到旅店，因为坐车劳顿，他们便早早地睡了。第二天一早，村长和夫人就离开了旅店，傅知章留下照看三个孩子。村长临走时，对傅知章说去拜会几个朋友。傅知章想，村长过去是将军，要拜会的也定是北平的军政要人，他这次拜会的目的大概是为漠北新村的事儿，求那些老朋友帮忙。

连着三天，村长和夫人总是早出晚归。每天回来，又总是一副疲惫的样子。傅知章也不便多问，他这几天就像个忠实的男仆，耐心地照看着村长的三个孩子。

到了第四天，一大早，村长说：“不能把你们像动物园里猴子似的，再囚在屋子里了，今儿咱们出去玩玩儿。”

孩子们一听很高兴。叽叽喳喳地吵闹着，老大说去天桥看杂耍，老二说刚才爹说我们是猴子，就去公园看猴子，老三喊着要去大栅栏买棉花糖。村长摸了摸三个孩子的小脑袋，慈爱地看着，笑了笑说：“好好，带你们去，不过去这些地方之前，我们得先去一个地方。”三个孩子忽闪着眼睛，似乎对父亲的答复表示了一点怀疑。傅知章也没弄明白村长到底是想去哪儿。几个人出了旅馆，外面停着一辆黑色的汽车。村长招呼大家上车，孩子们看到有汽车坐，高兴地钻进汽车里，新奇地打量着车里的物品装饰。汽车开了很远，拐了数不清的街巷，终于到了一个僻静的院子门前。门前早有人等在那里，汽车一到，那人忙走过来，客气地拉开车门，迎接他们下车。门口还有两个警察站岗，那人事先可能已和这两个警察打过招呼，警察也没盘问，那人直接把他们带进了这个院子。进去前，傅知章心里直嘀咕，这里既不像大宅门，也不像政府办公机构，更不像戒备森严的监狱。等进了院子，傅知章才看清他们到的这个地方是北平救济院。傅知章望着村长的后背，有些发懵了。他想，偌大的北平城，可去可玩的地方有的是，但村长却偏偏选了救济院这么个地方。

他们径直到了院长办公室。院长个子不高，却有一张肥胖的大脸，一笑，把本来就小的眼睛，挤成了一条缝。领他们进来的那人像是救济院的办事员，毕恭毕敬地对院长说：“宋先生到了。”院长站起来客气地说：“久仰先生大名，快请坐。”村长矜持地摆了摆手说：“不坐了，先看看吧。”院长立即应道：“那就先看吧，先生这边请。”说着，院长伸出手谦让着，陪着村长和夫人一起走出了办公室，那位办事员陪着傅知章和孩子们走在后面。傅知章不知村长来救济院的意图，也不便多问，办事员也很小心谨慎，都没说话，跟着前面的人慢慢地走着。

他们走进了一个教室一样的地方。里面摆了六排长条凳子，凳子上坐满了年轻的女子，大约有四五十人。这些女子最大的有三十岁左右，小的十四五岁，身材也是形态各异，模样大部分还算周正，谈不上十分的俊俏，也许是和打扮，和这里的环境气氛有关，再说，傅知章还没明白怎么回事，别说让他去审视这些女子，那数十双盯着他的异性的目光，早令他面红耳热，不敢正视了。

村长在院长的陪同下，走上了讲台。看样子，这儿果然和移民新村的夜校差不多，也是给这些女子们讲授文化的地方。村长清了清嗓子，开始介绍他的新村，讲新村的生活，讲新村的变化和新村的人。

傅知章这时才明白了村长到北平来的目的。他是为了村子里那些没有女人的男人。

村长介绍完了新村后，接着切入正题说：“我们新村里有好多未婚的好小伙子，他们一个个勤快能干，人品也没的说，你们愿意嫁给他们，到我们的新村去过幸福的生活，就和我一起到河套去。我希望你们可以去看看，如果不满意那里的地方和那里的人，你们还可以再回来。但我想，你们去了会和我一样，喜欢上那个地方的。”

傅知章承认，村长的这番讲话极有蛊惑性，不少女子低下头，开始窃窃私语，似乎在商量着去还是不去。

这时，傅知章悄悄地拽了一下那位办事员的衣角，伏在耳边低声问道：“这些女子都是从哪儿来的？”

办事员小声答道：“这里什么人都有。有逃荒到北平来的，没地方落脚，就流落到这儿了；还有的是在大户人家做使女，受不了人家的折磨和虐待，跑出来的；有的是从小在救济院长大的女子。”办事员沉吟了一下，又说：“还有……还有的做过妓女。”

村长讲完，夫人就在救济院一个女管理员的陪伴下，走到了那些女子中间。一边询问，一边在小本上记着。她时而含笑地点点头，对询问她的女子说着什

么,时而侧着头,认真地听着,再仔细地瞅瞅那女子,微微地摇摇头。走完了一圈,从那些女子中穿梭回来,夫人的本子上已记下了巧玲、兰花、梅子、吴灯花等二十个女子的名字。她把本子交给自己的丈夫。村长拿着本子看了看,又把本子交给了院长。

院长说:“我就不必看了,只要夫人看好的,我想也错不了。”

村长说:“那我就谢谢你了。”

院长倾了下身子说:“要说谢的是我们救济院,你也是在帮我们的忙,也是帮我们给这些女子们找出路。”

村长便笑了笑说:“那择日我就把这些女子带走了。”

院长说:“秦市长吩咐过,只要是先生看中的,我们一个不留,全给你们。”

村长又笑了笑说:“我可不是拉郎配,这前提是人家女子愿意嫁到河套去,我才能带着人家离开你们这儿。强拉硬拽,那不是成了人贩子了。”

院长忙附和道:“那是,那是。”

傅知章听清了两人的对话,才知道,村长为了帮村民促成和这些北平救济院女子的婚姻,竟找了北平市长,是市长亲自出面协调,救济院才肯主动配合村长选人。也是有了市长的口谕,救济院无条件地支持了村长。

后来,秦市长以这二十个女子家长的身份,给每个女子准备了一套嫁妆。

离开北平的那天,村长担心这二十个女子,在上火车时出现什么意外和闪失,又委派傅知章做联络员,与救济院做好交接联系,提前为这二十个女子和他们一行买好了回绥远的火车票。

这天,他把二十个女子从救济院接出来,到火车站与村长会合。进入那个并不算大的候车室后,他突然觉得队伍中好像有什么异样,他仔细看了,似乎多了一个人,他停住脚,查了一遍,不多不少,是二十个人,再走几步,他还是觉得有什么异常的地方,猛然回过头来,就发现队伍中多了一个瘦小而陌生的小女孩,再查一遍,果然多出一个。他走到这个女子面前,问道:“你是怎么回事呀?”那女子下意识地往后躲闪,想躲进他带着的这些女子中间。这时,那队伍中有人推了她一下,她便被挤了出来。这女子看年龄,也就十七八岁,眼睛里满是惶恐惊惧之色。他又问:“你到底怎么回事呀? 快走吧。”

这女子哀求说:“叔叔,求求你带着我走吧。”

傅知章摇摇头说:“我哪能随随便便地带着你走呢。”

这时,进站口突然进来三个男人,像是在找什么人,其中一个人突然看见了那女子,喊了一声:“她在那儿呢。”

三个人便向这边跑来。那女子听见喊声,扭头一看,吓得浑身哆嗦,突然跪倒在傅知章面前,环抱着傅知章的双腿,声音发抖地说:“你救救我。”

她刚说完,三个人已经到了。其中一个便要拽那女子。傅知章喝道:“你住手,你们是她什么人?”

其中一个三十多岁的男人说道:“我是什么人?我是她男人。这是我们家自己的事儿,你管什么闲事?”说着,又看看站在傅知章身后的那些女子们,逼视着傅知章,冷笑了笑说:“你是人贩子吧,带这么多女人,你这次可要发大财了。怎么,想连我老婆一起拐走?”

傅知章克制着说:“你别胡说八道,是她跑到我们这儿来的。”

说着,傅知章便低下头对那女子说:“你松开我,跟你男人回去吧。”

那女子流着泪说:“他不是我男人,我是被他们从人贩子手里买来的。叔叔,你救救我吧。我不跟你们走,就活不了了,他们要把我卖到妓院里去。”

后面的女人们听了,也开始同情这女子,便说:“傅先生,你救救她吧,你看她多可怜。”

傅知章抬起头,激愤地对那三个人说:“你们这是伤天害理,灭绝人性,你们还是人吗?”

三个人恼羞成怒,那个自称是女子男人的伸手拽住傅知章的衣领,另外一个人冲着傅知章的胸前擂了一拳。那二十个女人中一个叫梅子的尖着嗓子喊了一声:“有人动手打人了。”

村长闻讯过来,见此情景,也大喝一声:“住手。”

那三人先是被这一声断喝吓了一跳,扭头一看,是个农民打扮的中年人,倒更大胆了,又冲着傅知章的脸上擂了一拳,傅知章顿时感觉眼前似有无数朵金星在跳跃,鼻腔里闻到了一股血腥味儿。代表市长来送村长的秘书见状,便立即吩咐身边的随从,把附近的巡警找来。

有俩巡警正好路过这里,便被喊了进来。市长秘书亮明了身份,两个巡警不敢怠慢,把那三人挡住,加上秘书和随从已有五六人。秘书担心人手不够,又跑进火车站站长值班室,给警察局打了个电话,要警察局派离火车站最近的警署里的警察赶来增援。

过了二十分钟,又来了十多个警察,将三个人团团围住。这时那三人早已面如土色,吓呆了。一个像是头儿的警察训斥说:“孙子唉,你知道你打的是谁吗?刚才不是挺凶的吗,接着打呀。”

三人忙求饶道:“不敢了,是我们有眼无珠,得罪了大爷,求各位饶了我们。”

警察头儿“哼”了一声道:“饶了你,那就太便宜你了,这次要治你们一个拐卖妇女罪。”

说完,警察头儿一摆手,让巡警把那三人带走了。这时,警察头儿巴结地问秘书:“还有什么事儿,您只管吩咐。”

秘书板着脸说:“没事了,谢谢。”

警察头说:“不谢,不谢,要没事我们就撤了。”

秘书摆摆手,警察都撤走了。

傅知章把刚才的事儿向村长说了。

村长想了想,指着那女子问傅知章:“你打算怎么处理?”

傅知章说:“我听将军的。”

村长笑了一下说:“你这是把球又踢给我了。我是问你是怎么想的。”

傅知章试探地问道:“带上吧。”

村长转过身走了,走了几步,又转过脸来说:“你还愣着干什么,走了。”

傅知章拽了下女子的胳膊说:“走了。”

上了火车,傅知章坐在座椅上,半倚着靠背,闭着眼睛假寐,他的鼻孔里流出的血已经结痂。这时,他忽然感觉鼻孔和嘴唇边凉凉的。猛然睁开眼睛,见是他救下的那个女子,正用一块儿手帕沾湿了水,给他擦鼻孔和嘴唇上方的血痂。他用手挡了一下,那女子羞涩地停住了手。

傅知章直起身子问:“你叫什么名字?”

“我叫香梅。”

“你多大了?”

“十七了。”

“你家在哪儿?”

“在山东。”

“香梅,我们这是要到漠北的河套,离你家会越来越远,你愿意到漠北去吗?”

“我愿意。愿意。”香梅一迭声地说道,又调皮地问,“我是该叫你叔呢,还是该叫你大哥呢?”

傅知章一下喜欢上了香梅,便说:“你在火车站不是叫叔吗,那就接着叫叔吧。”

香梅摇摇头,正色地说:“不,我叫你哥,大哥。”

说完,咯咯地笑出了声。傅知章这时想到了石满仓。他想,将来石满仓和

香梅倒是能组成一对。他想到这儿，连自己都觉得好笑，便情不自禁地笑了。香梅看着傅知章的脸问：“你笑什么？”

傅知章故意板起脸来说：“没笑什么。”

香梅一扭脸，背向了傅知章说：“你笑了，是笑话人哩。”

火车上，还有一个由北平的学者和大学生组成的考察团。他们被村长邀请到了新村去做考察。去北平时坐了三天的火车，回五原新村倒走了一个星期。七天后，这支随着考察团的加入，逐渐壮大了的队伍终于到了新村。

二十个女子在新村的出现，立即引来了无数双好奇、猜测和惊喜的目光。不是二十个，是二十一个来自北平的女子。尽管她们以前的家并不一定在北平，但她们是从北平接回来的。在新村人的眼里，她们就是北平人。

对于接下来的相亲见面会，村长做了慎重的对待和处理。除了他和夫人，以及傅知章外，又找来了鲍春燕、何春雁、金浦达和赵晋文。几个人本着对二十个女子负责任的态度，根据每个女子的具体情况，列出了一个派对名单，也就是男性对象的候选名单。对于这个名单，他们也动了一番脑子，哪个男人和哪个女子在一起有可能能成，哪个的条件性格和哪个又比较合适般配。讨论了一天，才把初步的相亲见面方案确定了。但成不成，还不是这份名单能解决问题的，要看明天的见面会。

名单定下后，又做了分工。因一路走回来，傅知章已和那些女子们熟知一些了。所以，村长便安排傅知章带着鲍春燕和何春雁，介绍给那些女子们，以便明天做好沟通。金浦达和赵晋文分头找那些要相亲的男人，连夜准备一些新衣服，没新衣服，旧的也要干净整洁，该剃头理发的，连夜要准备利索。

吴发奎也在相亲见面的范围里。他把烟灰在鞋帮子上一磕说：“这太复杂了吧，弄得跟过年似的。”

村长马上沉下脸训斥说：“发奎，你还嫌麻烦了。这能跟过年一样吗，过年年年都过，娶老婆能年年都娶吗？你要是嫌麻烦，明天的见面会，就别参加了，换别人吧。”

“别，别，我还是回去准备去。”吴发奎摆着手，转身跑掉了。

第二天的相亲见面是在夜校的教室和旁边的办公室进行的。候选人被集中到了教室里，村长先把女方叫进办公室，再把男村民叫进去。把俩人的情况介绍了，先让俩人互相看了。出来，村长问男村民：“怎么样，中吗？”

男人说：“中，有啥不中的。看人家的吧。”

再回到屋里问女的：“这个看对了吗？”

女的羞涩地点点头，这一对就算成了。然后进行下一对。给吴发奎介绍的是梅子。梅子是个孤儿，从小在救济院长大的。本以为这一对也不会有问题。吴发奎一见梅子便被梅子俊俏的面容吸引了。梅子在这些女子里也算是一个漂亮的姑娘。村长和夫人问梅子，这小伙子怎么样？梅子两只手揉着衣角，摇摇头。这倒出乎村长的意料。村长还是想促成梅子和吴发奎的婚事，便问梅子："你对他哪儿不中意。"

梅子吭哧了半天，嗫嚅道："他是秃子吧。"

村长恍然大悟，明白了之后，推开门出去了，不一会儿，拽着吴发奎的耳朵进来，指着吴发奎光秃秃的脑袋说："你成心想打一辈子光棍吧。让你理发，你把自己的脑袋剃成了秃驴，你让人家梅子姑娘把你当成了秃子，你说你到底想不想成了这门亲事。"

吴发奎忙说："我不是故意的，是石满仓他们几个故意和我捣乱，才给剃成了这样。我的头发多好呀。你看这是那天在包头照的照片。"

村长接过了照片，骂道："去吧。你这辈子也别想娶老婆了。"

吴发奎出去了。刚走去，又推门进来，走到梅子面前说："我是看上你了，我向你保证不是秃子，你实在看不中我，我也没办法，但我确实想娶你。"

村长故意不耐烦地摆摆手："行了，你走吧，你让人家梅子姑娘好好考虑考虑。"

吴发奎走了。村长把照片交给梅子说："你再考虑考虑，你看照片，他确实不是秃子。你还中意吗？要是不中意，就再见一个。"

说着，村长便准备再喊来一个。梅子红着脸说："不看了。"

村长舒心地笑了。

二十个女子都选中了自己的意中人。村长便筹划在新村搞一次集体婚礼。这在三十年代的中国，在漠北高原的河套，也算是一次前卫举动。

这天，新村礼堂布置得格外喜庆。新娘子四人一组，坐上了用绸子和马兰花、野花扎成的彩车，车底板上铺着崭新的席子。新娘子们穿着白底碎花的旗袍，手里捧着村子里，那些成年妇女们采来的豌豆花，透出扑鼻的清香。

金浦达和鲍春燕与那二十对男女一起也在今天参加集体婚礼。但村长说："金浦达和鲍春燕是新村里的先生，和他们一样，也要有所区别，以体现新村对先生和女知识分子的尊重。"鲍春燕披的是母亲给她买的那件红色的线衣，像一团燃烧着的火。鲍春燕在第一辆牛车上。她气质高雅地坐在车上，牛车走到傅知章身边时，傅知章的眼睛模糊了。他急忙侧过脸去，装作被风眯了眼睛，偷偷地抹了把眼泪。

村长毫无悬念地被推举为证婚人。婚礼的主持本来是想让傅知章担当，可傅知章推辞了，改由赵晋文担当。也不是改的，是赵晋文毛遂自荐主动要求的。他理解傅知章此时的心情。包括金浦达和鲍春燕，二十一对男女站在一起，先拜天地，后拜了新村和北平，最后是夫妻对拜。

傅知章回来后，有意让石满仓和香梅多在一起接触了解。果然石满仓和香梅，竟然十分地投缘，俩人很快便形影不离了。傅知章想让石满仓和香梅也参加这次集体婚礼。可村长不同意，说香梅还小了点，再等一年吧。一年后，石满仓和香梅单独举行了一次婚礼，他俩成了亲。

集体婚礼进行时，石满仓一个人跑到了后面的土丘上，却不知道，香梅也跟了出来，石满仓站住，香梅也站住了，石满仓望着遍野的油菜花，望着山西老家的方向，流着眼泪，扯开嗓子大声地吼着：

哥哥你走西口，
小妹妹我实在难留，
紧抓住哥哥的手，
送哥送到大门口——

第十二章

卢沟桥事变，日军全面侵华战争爆发。战争的阴云也同样开始笼罩着河套。

这天晚上，赵晋文把傅知章请到了自己的屋里。他把门锁死后，又在窗帘子上加了一层更加厚实的棉被，把房子里挡得严严实实。做完这些，他走到桌子前，把那盏油灯的灯捻，向上拨了拨，油灯噗地一下，闪烁着火苗，亮了许多。拨亮了油灯，赵晋文从铺底下抽出一个蓝色的布包，打开布包，还有一层用碎花布包裹的东西，再打开，里面是一块儿红色的绸子一样的布，展开红绸子布，竟是一面有镰刀斧头图案的红色旗子，旗子不大，像一张小报。赵晋文把红色的旗子挂在墙上，转过身来，看着莫名其妙地望着他的傅知章。这次赵晋文既没有称呼他校长，也没喊他傅先生，而是称呼傅知章为同志。傅知章愣住了。

赵晋文说："傅知章同志，经绥西特委批准，从今天起，你将成为一名正式的中国共产党党员。现在开始宣誓。"

宣誓完后，傅知章激动地说："这是真的吗？"

赵晋文说："是真的，抗日战争全面爆发，党中央在陕北发出了建立抗日民族统一战线的号召和决定，所以我们将面临更加复杂的斗争形势和更加严峻的考验，你要有这个心理准备。"

傅知章神色严峻地点点头："我会的。对了，我想应该考虑把金浦达也吸收到我们党内来，我们是一起从太原师范出来的，我想让浦达和我们一起共同战斗。"

赵晋文说："我们可以列入发展计划，但目前你还不能告诉他你的党员身份。这是纪律，你一定要记住。"

傅知章郑重地点点头。

没有多久，村长突然把傅知章和赵晋文找来。村长表情冷峻地说："我找你们来是有一件非常重要的事要告诉你们，我要离开新村了。"

傅知章愣怔了一下，脱口问道："为什么？"

村长叹了口气说："我接到命令，要让我重新回到军队，重上战马，重返战场。"

傅知章哽咽地说："将军，我们真不舍得你走，你不走行吗？"

将军的眼泪也出来了，痛苦地摇摇头说："我虽然已经卸甲归田，但我的骨子里还是军人。执行命令，乃军人的天职，不走不行啊。村子就交给你们俩了，我最大的心愿就是看着你们把新村建设好，你们放心，战争结束了，我还会回来的。另外，我走时，不要惊动村子里的人，你俩知道就行了。"

赵晋文问："将军什么时候走。"

将军说："明天一早。"

赵晋文和傅知章同声说："我们送你。"

将军点点头说："你们俩来就行了，千万记住我的话，不要惊动其他人，明天一早，村子外面见。"

傅知章和赵晋文几乎一夜没合眼。他们谈了这些年和将军建设新村的一幕幕的往事，又谈了将军离开后，村子怎么管理，怎么把新村继续管好。

天刚蒙蒙亮，俩人便起床了。他们走到村子东面的路边。这里离村子已经很远了。将军还没来。等了一会儿，一辆军用吉普车驶过来，在他们身边停下来，将军已经换上了一身戎装，透着威严和英武之气。将军和两人分别拥抱了一下。将军说："村子就托付给二位了。"说完，含泪登上了汽车，汽车卷起一片尘土，走远了。

一年后，日军攻克了归化和包头，逼近五原。曾经安逸平静的村庄，很快将成为抵抗日军进攻的前沿阵地。这时，绥远的傅将军已经撤到了五原。根据中央和绥西特委的指示，由赵晋文和傅知章组织和发动一百多名村民参军入伍，进入了傅将军的军队。傅知章、金浦达扔掉了教案和粉笔，走上了战场，石满仓和吴发奎也进了军队，成为军人。鲍春燕经过战地救护培训，被分配到野战医院工作，也穿上了军装。赵晋文根据组织需要，仍然留在了村子里。

金浦达穿上军装后，对傅知章说："咱俩出来就是奔着投军来的，可是没做成军人，倒留在村子里当了教员，谁想，现在又重新选择，还是做了军人。"

傅知章说："这次穿上军装是为了消灭侵略者，消灭小鬼子。也许随时都有

可能为国捐躯啊。”

金浦达正了正军装说:“当军人就不怕流血牺牲。我从穿上军装那一刻,我就有了这个心理准备。”

傅知章拿出一本油印的小册子说:“你看看这本书吧。”

金浦达接过来,看了看说:“哦,是毛泽东的《论持久战》。嗯,我要认真地读一读。”

傅知章很欣慰地看着金浦达。他想,他和金浦达从同学到成为同志的日子可能不远了。这不是他盼着的那一天吗?

1939年冬天,一场大雪过后,整个河套平原,覆盖了一层厚厚的皑皑白雪。部队奇袭包头后,傅知章和金浦达分别晋升为五团三营六连和七连的连长。休整了一个月,突然接到任务,两个连被调到了一个叫乌镇的地方设伏,阻击从包头出来向西进犯的日军。奇袭包头的消息传到日军蒙疆驻屯军集团司令部,司令官冈部直三郎疯了似的把手里的电报撕成了碎片,扬撒在地上,气呼呼地在地上转了几圈,抓起电话,命令师团长黑田重德亲自带领三万日伪军,在飞机的掩护下,分三路纵队向河套进发。

“鬼子这次来头不小啊。”傅将军站在地图前,和各师长、团长部署阻击任务。

傅知章和金浦达他们团的任务是阻击乌镇以南的日军,团部根据乌镇的地形,决定布一个口袋阵,而六连和七连的任务是提前到达预定地点,诱敌深入,然后再关门打狗。大胡子刘团长亲自给傅知章和金浦达下达命令,刘团长说:“能不能扎紧这个口子,就看你们这两条腿了,给你们12个小时的时间务必到达乌镇,跑不动就走,走不动就爬,就是爬也要在天黑前,爬到乌镇。”

石满仓在傅知章的六连,吴发奎在金浦达的七连。吴发奎当了排长,石满仓还是个班长。两个连跑在大道上,一个个头上冒汗气喘吁吁。傅知章戴着眼镜,跑起来就有些碍事,他索性摘下眼镜,揣进口袋里。刚摘掉了眼镜,脚下就像两条腿突然短了一截。石满仓边跑边对傅知章说:“哎,眼镜连长怎么不见了,不会是掉队了吧。这连长丢了,仗还怎么打呀。”

傅知章向石满仓招了招手,石满仓靠近了傅知章的身边,傅知章说:“唉,石满仓班长,连长丢了,这下是不是该轮着你来当连长了。”石满仓一本正经地说:“连长丢了我心里着急死了,没了连长,我还当什么兵呢,所以我一着急,哪还有心思去想当连长的事儿。我一门心思,就琢磨怎么把连长给找回来。这万一真把连长给弄丢了,别说别人,我媳妇香梅都不干呀。”然后石满仓转身就要向后面跑，傅知章说："你不往前跑，到后面干什么去？"石满仓说："找连长去。"傅知章把石满仓拽了回来，俩人便都笑了。傅知章又说："石满仓你到七连去吧。"石满仓愣了一下："为啥呀，你怕我把你这连长的位置给挤了？"傅知章板起脸说："你严肃点，我现在不是和你开玩笑，我说的是真的，七连补进了不少新兵，都没有作战经验，我怕浦达那边吃不消，你看这阵势，恐怕有一场硬仗要打，所以我想把你调到七连去，帮一帮浦达。"石满仓噘着嘴说："我不去，我不离开六连。"傅知章严肃地说："这是打仗，这是命令。"石满仓无奈地叹口气，离开了队伍，转身向七连的方向走。这时，傅知章又喊住了石满仓。石满仓又返回来说："你改变主意了，我不用去了？"傅知章说："你要活着给我回到六连来。"石满仓鼻子一酸，扭头走了。

石满仓到了七连，见到金浦达，把傅知章派他到七连的意思转达了。金浦达很高兴，压低了声音说："你来还真帮了我的大忙。我还正发愁这连里没几个老兵，压不住阵脚呀。"

吴发奎看见了石满仓，就说："连长，让石满仓到我们排吧。"

金浦达一边跑着一边笑了笑说："石满仓先就待在我身边，等打起仗来再说吧。"

这时，团部传令兵骑着马飞奔而来。传令兵下马后说有新的命令。团部命令金浦达的七连改去乌图河一线，金浦达问："为什么呀？"传令兵说："不知道，你们执行命令吧。"金浦达又问："那六连呢？"传令兵说："团部命令六连提前两小时到达乌镇。"金浦达便带着人转道改去乌图河。原来，日军突然改变了行军的路线，这样一来，布好的口袋阵，就失去了意义。所以团部决定改变作战计划。

金浦达带着七连走了。向乌镇行进的队伍一下少了一半。傅知章带着自己的六连，加快速度，向乌镇急行军。因为按照指令，他们必须提前两个小时到达乌镇，原想着就地休息一下，歇口气再走，现在看来，不仅不能歇息，还得比现在跑得更快一些。有些士兵便跑不动了。队伍后面出现了三个掉队的士兵。傅知章命令全连，除了弹药干粮，其他的像被子一类的东西全部扔掉。炊事班连行军锅都扔掉了。扔掉了那些东西，速度明显地快了。他们刚进了伏击点，山那边枪声就响起来了。这边却安静的连鬼子的影子都没有，傅知章开始担心七连，担心金浦达那边遭遇了鬼子。

山那边枪声和炮声响了很久，这边依然没有动静。有的士兵便开始抱怨，说不该扔了那些棉衣棉被，早知道鬼子到不了，这会儿还能靠那些被子棉衣挡挡风寒。傅知章说,坚持一下吧,等打了胜仗,回去还会给你们补充的。

埋伏到夜里,公路上先是有了隆隆的汽车马达声,接着有了亮光。鬼子可能担心暴露了目标,车灯光开得很暗。副连长孙传奇一拳砸在地上说:“小鬼子,老子可算把你等来了。”接着又对傅知章说:“连长,看这阵势少说有一个大队的鬼子。”傅知章转过脸,小声地下达命令:“听我的口令,放近了再打。”

日伪军的汽车驶到了沟底后,埋伏在山顶的傅知章他们几乎能看到日军那闪着寒光的亮闪闪的刺刀。日军站在车厢里,对埋伏在山上的中国军人毫无察觉。傅知章喊了一声:“打。”山上便枪声大作,鬼子毫无防备,当场便有十几个鬼子毙命,这些鬼子,还没来得及下车,头和半截身子就像被刚刚宰杀了的羊一样,斜搭在了车厢壁板上。但跳下车的鬼子,很快便组织起了冲锋队,喊叫着,一窝蜂地向山上冲来。

傅知章指挥着战士们,顽强地坚守在阵地上,不时有士兵在傅知章的身边倒下。士兵的血溅在傅知章的眼镜上,他摘下眼镜,擦去了镜片上的血迹,抓起那个牺牲了的机枪手的机枪,向山下猛扫。

鬼子的第一次冲锋被打退了。这时,因为天黑,鬼子不清楚有多少部队,所以便停止了冲锋。傅知章看到有几个像指挥官模样的日军,打着手电在看地图。他知道,这会儿是不能贸然组织反冲锋的,因为双方的实力他比鬼子清楚,而且他们的任务就是阻击鬼子不再前进,后面的关门打狗行动,将由一营来完成。

正如傅知章判断的,金浦达的六连本来是去策应一营,可是由于鬼子走错了路,与七连遭遇了。七连遭遇到的是师团长黑田重德亲自指挥的中路军的先头部队。本来,金浦达他们打算先埋伏起来,待摸清了敌情之后,再决定打还是不打,但已经晚了。日军也同时发现了他们,双方便开枪交火,金浦达观察了一下地形,立即带部队退到左侧的山顶,山的右侧是平整的河套。

这时,他们和傅知章的作战情形几乎相似,也是他们守阵地,鬼子冲锋强攻。但和傅知章他们不同的是,鬼子撤退后,并没有停歇下来,而是调来了山炮,向金浦达他们的阵地上猛轰。金浦达大声地喊着石满仓和吴发奎:“石满仓、吴发奎,你们赶快组织大家找地方隐蔽。石满仓,你快带你们班的人注意观察敌人。”金浦达刚喊完,一发发的炮弹就在阵地上落下来了。顿时,那些经验不足的士兵便中弹倒下了。

这时的团部指挥所里。他们刚刚收到了金浦达发来的呼叫。团长沉思了片刻,把铅笔丢到了地图上,焦急地说:“金浦达的七连一定是遭遇了日军的主力，也就是黑田重德的中路军。这是日军走错了路，走到黑山峡谷里去了。”为此团长也是百思不解。他不知道黑田为什么放弃了南面的平地，走到北面的山谷里来了。团长立即把这一变化报告了师部。师长说：“我命令二团去增援你们，你告诉金浦达，让他一定要坚守阵地，务必等到其他部队扫清侧翼后，再组织撤退。傅知章那儿你命令一营开始关门打狗，这样也能给金浦达减轻点压力。”

一轮密集的炮火后，阵地上尘土飞扬，浓烟滚滚，金浦达的七连有二十多人伤亡。吴发奎的左臂也挂了彩。

炮声停止后，日军又开始了冲锋。金浦达喊着：“瞄准了再打，节省子弹。”石满仓一边打，一边嘱咐着那些第一次参加战斗的新战士，给他们鼓气。

一团在增援的路上遇到了以伪军为主的骑兵团。这些骑兵，倚仗着骑兵速度快的优势，跟一团交织在了一起。一团长孙长风要求大家快速出击，甩开这些骑兵，迅速去救援金浦达。

师野战医院里，一批批的伤员被送到了这里。鲍春燕一边忙着救护伤员，一边打听着你们是哪个部队的，有五团六连的吗？你是七连的吗？被问的伤员都在摇头，开始鲍春燕还暗暗自喜，她虽然在关心六连，也在牵挂着七连，想从这些伤员中得到一些有关七连和六连的消息，可问来问去，没有一个伤员是六连、七连的，她忽然觉得，这两个连一个伤员都没有，或许倒不是什么好消息。有战斗就有伤亡，可到现在他们一个伤员都没有转移下来，这说明了什么呢？

伤员越来越多。她已经顾不得再想了。

后来，她实在太累了，便坐在临时手术室外面的石碾子上想歇一会儿。野战医院警卫排的战士忽然跑进来喊她：“鲍护士，外面有人找。”她的心咯噔一下，不知道发生了什么事，便问：“谁找我？”

“是两个村子里的小媳妇。”警卫战士答道。

鲍春燕的心这才放下了一些，因为她已经猜到是谁了。走出野战医院的大门，被哨兵挡在门口的两个女人果然是梅子和香梅。她们也是不放心跑到鲍春燕这儿来打听消息。

鲍春燕嗔责道：“前方正在打仗，你们不在家待着，跑到这儿来干啥。”

梅子说：“正因为打仗才来看看，有我们家发奎的消息吗？”

香梅一筹莫展地说：“我家石满仓和你们男人不在一个连，他和傅大哥在一起，也不知道他们怎么样了。”

鲍春燕说：“都挺好的，你们快回去吧。”

这时,香梅凑到鲍春燕的耳边低语道:“梅子姐有了。”

鲍春燕转脸看着梅子问:“你怀孕了?”

梅子点点头,默认了。

鲍春燕又问:“他知道吗?”

梅子摇摇头说:“我还没来得及告诉他,他就上前线了。”

鲍春燕高兴地笑了笑:“嗯,你们家发奎要是知道了,一定会高兴坏的。”接着,鲍春燕又问香梅:“你呢?”

香梅脸红了,扭捏着身子,摇摇头。

鲍春燕说:“那香梅你还不快点把你梅子姐搀回家好好休息着。”

俩人还是不肯走。鲍春燕说:“他们没事,都好着呢。我们家金浦达不是也和他们在一起吗。要没事,他们都没事,你们快点回去吧。”

俩人转身走了。

鲍春燕也转回身,回到医院里面,又想起了梅子怀孕的事儿,竟无意识地摸了下自己扁平的肚子,可能想着自己怎么就没怀孕呢。她这么一想,脸又红了,偷偷地瞟了一眼四周,见没人注意她,这才匆忙地进了病房里,去照顾那些伤员去了。

梅子回到了家里,她对香梅说:“这几天你就住在我家吧。咱俩也算有个伴儿。”

说着,梅子叹了口气:“咳,这刚过了几天安稳的日子,就打起仗来了。你说这小日本鬼子能打到咱村子里来吗?”

香梅说:“打不进来,有咱男人那些小鬼子们打不进来。”

梅子撇了撇嘴:“咱男人顶个屁用,他们就是些小兵,连傅大哥和金大哥也不顶用,他们呀,都是小人物,能不能守得住,那得那些大人物说了算,他们说守就守,他们说撤就撤,从归化撤到包头,从包头又撤到了五原,看这阵势,连五原他们也不想守了。他们想守就守,想撤就撤,到头来,倒霉遭殃的还是老百姓。”

香梅闪动着那双水灵灵的眼睛,似乎觉得梅子有些太悲观了,又似乎觉得梅子的话还真有些道理。她没想那么多,只是觉得,她和石满仓没能参加上那次热闹的集体婚礼,真是一件遗憾的事情。她能理解村长是觉得她还小,那么早结了婚,怕石满仓欺负她,石满仓才不会呢。她倒觉得石满仓比吴发奎,比金浦达更懂得疼爱女人,那天在北平火车站如不是遇上了傅大哥,她还不知道过得是什么日子呢。

乌镇前沿阵地。傅知章的脸上和身上满是尘土和硝烟的印记。他的军衣袖子破了,眼镜被炮火震裂了一个镜片。他们还在阵地上坚持着,子弹已经越来越少,但伤亡还不算大,他们六连都是一些作战经验丰富的老兵,作战勇敢,但也会机敏地保护自己。

这边的日军休整了一夜。夜里他们没敢冒险冲锋,天一亮,又开始行动了。这时日军已经感到,山上的兵力并不算多,再冲几次,就能彻底消灭山上的对手。

经过几次抵御,副连长猫腰顺着掩体跑到傅知章身边说:“连长,子弹快用尽了。我们撤吧。”傅知章抹了把脸上的炮灰说:“没有上面的命令,我们就是打到最后一个人也不能撤。就在这危机时刻,鬼子突然开始向后撤退了,傅知章用望远镜观察着,发现是自己的增援部队来了。傅知章喊道:“上刺刀,弟兄们准备冲锋。”战士们唰唰唰地插上了刺刀准备冲锋,可没等冲锋,一营那边的炮连支起了迫击炮筒,一阵炮火,炮弹准确无误地落在鬼子的头上,傅知章又喊了声:“打!”鬼子受到了两面的夹击,顿时慌了,阵脚大乱,一溃到底。解决了乌镇的鬼子,接下来,团部命令他们即刻去增援七连。

傅知章最担心的就是七连的安危。那里有金浦达、石满仓、吴发奎,还有那么多的新战士。一营留下两个排的战士押送俘虏,打扫战场,其余的人也去增援七连,给七连解围。

打到现在七连已经伤亡过半。几轮炮火过后,七连活着的士兵几乎都受了伤,连报话机也被打坏了。他们已和团部失去了联系。金浦达的腿上中了一块儿弹片,临时包扎了一下,瘸着腿,继续指挥战斗。

这时,已经有十几个鬼子摸到了阵地的前沿。金浦达大吼了一声:“石满仓、吴发奎还愣着干什么,跟小鬼子拼刺刀。”金浦达这么一喊,提醒了石满仓和吴发奎,只要近距离地跟鬼子纠缠在一起,鬼子的大炮就没有了用武之地。这些鬼子受武士道精神的影响,也是拼刺刀不含糊的主,他们哇啦哇啦地喊叫着,冲到山顶上来。石满仓将刺刀扎进了一个鬼子的胸膛,另一个鬼子冲背后冲过来,石满仓侧身一躲,再回脚一踹,鬼子被踹到了,吴发奎随即又上去刺了一刀,鬼子哼了一下,吐出了一口鲜血。

这时有三个鬼子大概看出金浦达是指挥官,一起端着枪围住了金浦达。金浦达处在三面受敌的危险境地。正在与鬼子拼刺刀的石满仓看见后,先开枪打死了金浦达身后的鬼子,剩下那两个他不敢开枪了,怕误伤了金浦达。石满仓甩开与他拼刺刀的鬼子,转身端枪去刺围住金浦达的鬼子,把刺刀扎进了金浦达右侧那个鬼子的后背。这时,刚才与石满仓拼刺刀的鬼子,也把刺刀扎进了

石满仓的后背。吴发奎举枪打死了刺入石满仓后背的日本兵。金浦达也刺死了他对面的鬼子。

冲到阵地上的日本兵,被全部解决了。石满仓这时倒在地上,他的头枕着吴发奎的腿,看了看吴发奎和金浦达,断断续续地说:“浦达哥,我想回山西老家,想把香梅一起带回去,对了,我还想把埋在四海客栈山后面我妈的坟也迁到老家的祖坟里去。可惜,我回不去了。”金浦达安慰说:“你没事,你能回去。”

石满仓把目光转向了天空。他想看看大雁,可惜天上一只飞鸟都没有,那些大雁早飞回南方了。他感到整个大地在旋转,他像风筝一样地飘飞了起来。他飞过了黄河,看见了巴丹牧场他骑过的那匹枣红马;他飞过了杀虎口,落在了他家的屋檐下,他的哥哥牵着马,走西口回来了,那马背上驮着一大袋子的洋钱,足够他们买下好多的土地。一只鸟飞来了,那鸟变成了香梅,接着香梅又变成了鸟,飞进了那大团白白的云朵里不见了,他伸出手想抓住香梅,但是他的眼前黑了,什么都看不见了。

傅知章带着六连赶到时,二十多个士兵背着受了重伤的吴发奎已经撤出了阵地。

傅知章看了看吴发奎的伤情,又焦急地问:“你们连长呢?”

一个士兵哽咽地说:“连长阵亡了。”

傅知章根本不信:“不可能,你说阵亡了,他的尸体呢?”

士兵说:“打乱了,打散了,根本找不到了。”

傅知章一阵眩晕几乎要倒下去,副连长孙长发抱住了他。

六连整整坚守了三十多个小时,牵制了黑田重德的中路军。由于黑田重德的中路军走错了路线,使得整个战场的格局一下发生了巨大的变化。六连的坚守为重新调整和调动兵力赢得了时间,也为确定这次绥西阻击战的最后结局,发挥了至关重要的作用。一个月后,黑田撤出了绥西。

吴发奎被送到了师部野战医院。鲍春燕正忙着给担架编号,安排伤员的救治和手术。两个士兵抬来一个伤员,她拿着本子,登记士兵的姓名和部队番号,她扫了一眼担架上的伤员愣住了。担架上躺着的是吴发奎,满身是血,仍在昏迷中。鲍春燕立即安排吴发奎手术,等安排完了,才想起来找那两个抬伤员的士兵问一问六连的情况,可等她出去,那儿除了担架,早没人了。她的心像被什么揪了一下,空荡了。

三天后,吴发奎醒了。醒了之后,发现右腿没有了,仅剩下了空荡荡的裤管。他懊丧地大哭了起来。梅子和香梅两个人守了他两天两夜。鲍春燕说:

“这里有医护人员，用不着你们守着，有什么事我再喊你们，再说，梅子你的身体要注意休息，你万一有个好歹，我们怎么向发奎交代。”

但梅子坚持要留在医院里陪护。香梅已经知道石满仓牺牲的消息。梅子知道吴发奎被截肢后，饭也不吃了，只是低着头哭泣。香梅忍着悲痛反倒宽慰梅子。她说：“梅子姐姐，发奎哥虽说残废了，可他还能陪你说话，你还能看着他，石满仓要是这样，那该多好，我们兴许还能生个孩子，可现在呢，我怎么就不争气，怎么就不能像你一样也怀上孩子。”

梅子仰起脸来，扑倒在香梅怀里，香梅搂住了梅子，两人相拥而泣。这时，外面进来一个护士埋怨说：“你们不要哭了。这里是医院。你们这么哭哭啼啼的，既影响你的丈夫，也影响别的伤员的休息和心情。”

俩人用手掩住嘴，忍着止住了哭泣。

吴发奎伤口愈合后，梅子和香梅用一辆牛车把吴发奎拉回了村子里。傅知章本来是要派几个战士和他一起把吴发奎送回家，可是梅子和香梅坚持要她们自己把吴发奎接回去。傅知章便尊重了俩人的意愿。

那天，傅知章和送伤员的士兵一起把吴发奎送到了师部野战医院。他知道鲍春燕就在里面，但是他没有跟进去，而是停在了门口，他不敢面对鲍春燕，不知道该如何告诉鲍春燕金浦达阵亡的消息。

从医院出来，他也没回营房，转身进了村子里。到了村部那间熟悉的房子前，他又有些后悔，心情不仅没有得到释放，反而更加的沉重。因为这里留下了太多的回忆。这些年来，他和金浦达一起经历了那么多的磨难。尽管最近一段时间，确切说，他们来到移民新村之后，在一起谈论争执得越来越少，不像在学校时，因为一个问题可以辩论得面红耳赤，可是彼此的心里，感情依然是真诚和真挚的。这一点，俩人都毫不怀疑。可现在呢？金浦达却牺牲了。这一切似乎来得太突然了。

平静之后，傅知章去了赵晋文那里。他向赵晋文汇报了这次阻击战，汇报了石满仓和金浦达的牺牲。

赵晋文的心情像他一样沉重。他说：“不把小鬼子赶出中国，还要有更多的人流血牺牲。就在一个月前，晋察冀根据地的八路军在太行山进行反扫荡，击毙了日寇的名将之花阿部规秀，大大地鼓舞了根据地军民的士气。”

“哦，太好了，这确实是一个振奋人心的好消息。”傅知章搓了搓手掌，不知是因为天冷，还是激动。

赵晋文却没有表现出明显的兴奋，话题一转又说：“就在一个星期前，你的老乡国民党顽固派晋绥绥靖公署的阎锡山公然制造了十二月事变，也叫晋西事变。阎锡山派陈长捷故意制造摩擦，袭击共产党和山西牺盟会为主的新军二纵队的一九六旅部，而且还袭击了我八路军的后方医院，制造反共摩擦。我一千县乡干部和后方医院的伤员被杀害。”

傅知章感到了震惊。他说：“现在不是国共合作、共同抗日吗？为什么还会出现杀害共产党干部的事件。”

赵晋文说：“越是在这种复杂的局面下，我们越要保持清醒的头脑，中央采取‘有理、有利、有节’的方针，妥善处理了这次事变，打击了山西顽固派的妥协投降阴谋，发展了抗日武装力量，巩固了山西的抗战局面，并争取到阎锡山继续留在抗日阵营，维护了统一战线的关系。”

傅知章赞道：“党中央确实有远见卓识。我们在这里也要保持警惕，也要维护好团结。”

赵晋文说：“我想提醒你的也是这个意思，你能认识到这一点，说明你已经成熟起来了。”

傅知章很高兴。他望着赵晋文由衷地说：“能和你老赵并肩战斗，我心里感到踏实，我原想让金浦达和我们一起并肩战斗，可是他却牺牲了。老赵，我听七连的人说，浦达在这次战斗中，沉着勇猛，是个有血性、有骨气的中国军人。”

赵晋文安慰说：“我知道你和浦达的个人感情，但我也希望你振作起来，立刻投入到新的工作和战斗中。我们不是冷血动物，可是战争的紧迫，已经容不得我们儿女情长，这就是战争的残酷。”赵晋文越说情绪也越激动了起来。

就在阿部规秀“陨落”在太行山的四个月后，在河套平原，日军的皇族水川中将在一片芦苇荡边被击毙了。

傅知章躲着不敢面对鲍春燕，可总还是要面对的。

其实金浦达七连的事儿早在师部传开了，尽管那些好心的同事总在鲍春燕面前回避着，不谈七连，不谈金浦达，可是越是这样，鲍春燕就更加坚信了自己的猜测和怀疑。

伤员很多，每天换药、清洗绷带的量很大。忙完了一天，鲍春燕累得精疲力竭，浑身像散了架一样。可是回到宿舍，却难以入眠，她脑子里想着金浦达，想着那次集体婚礼，想着她和金浦达在一起生活的所有难以忘怀的细节。

她的眼圈黑了，脸色也很憔悴。

金浦达牺牲一个星期后，傅知章在鲍春燕下班的路上等着她。他见鲍春燕过来了，忙喊道：“鲍护士。”

鲍春燕愣了一下，抬起头，看着傅知章，眼泪就下来了，她哀怨地说："你怎么躲着我？"

"我没有。"

"还没有，你们回来一个星期了吧？"

"对了，我等你是想告诉你，浦达会回来的。"

"你别自欺欺人的安慰我了，你当时不是也在前线吗？你知道前线战斗的惨烈。"

傅知章还想安慰鲍春燕，就说："师部并没有把浦达定为阵亡，他们定的是失踪人员，就是说，还有希望回来。"

鲍春燕叹了口气说："但愿吧。"

傅知章说："你也要休息好，可能我们很快就要撤出五原了，你要准备一下。"

鲍春燕点点头，俩人便告辞了。后来，傅知章去找了香梅，除了安慰香梅，还托付香梅多去陪一陪鲍春燕。

一个月后，在撤离五原前，傅知章又一次找到了鲍春燕。他流着泪说："要撤了，我也必须面对现实了，你把浦达的衣服给我找一套。"

鲍春燕怔了怔，问："你要衣服干什么？"

傅知章流泪了，他凝视着鲍春燕，犹豫了一下说："我想给他立个衣冠冢。"

鲍春燕又一次哭了。傅知章一直耐心地等着鲍春燕从抽泣中回过神来，安慰了几句，和鲍春燕一起来到河滩上，挖了一个小坑，把衣服埋了进去，傅知章把那本《论持久战》的小册子郑重地放在了衣服上。很快河滩上，堆起了一个土包。

这时，梅子和香梅推着吴发奎来了。吴发奎看了看，说："你们立衣冠冢是不是早了点，我觉得连长不会死的。"

傅知章和鲍春燕知道，吴发奎这是在安慰大家。他抬起头，看见了天上，那南去了的大雁，又飞了回来，那大雁里有石满仓，有金浦达……

第十三章

部队沿着五原周边和日军周旋，昼伏夜出，机动灵活。傅作义将军站在地图前，对那位将军村长所构建的碉堡和那个反“厂”字形的宽大的支渠大加赞赏，这条灌渠，成为阻碍日军前进的屏障，所以日军前进的脚步停留在了支渠的一侧，形成隔岸对峙的局面。

村子里，战争的阴云始终萦绕在村落之间，吴发奎拄着双拐，在梅子的搀扶下，孤寂地站在渠边，风儿吹拂着他那条空荡荡的裤管，像一根在风中摇摆的芦苇。他凝视着对岸的膏药旗，又盯着自己亲手一锹一镐挖成的大渠。修渠时，是打算灌溉麦田，现在却成了抵御日军的屏障。再回过头，看那些伏在渠边的碉堡，这是村长和他的村民们的杰作。

于是吴发奎便又叹服村长的远见。他想起了村长，那个捎信让他带人来屯垦的将军，他不知道他此刻在那里，他想他了，眼泪在微煦的清风中沿着脸颊淌了出来。

这天晚饭后，傅知章查完哨，香梅突然来军营里找他，说赵先生让他去一趟。傅知章听了，便猜想赵晋文一定有急事找他，急忙脱下军装，换了套便衣，跟着香梅去了村子里。

路过梅子家门口时，香梅说想进去看看梅子，就与傅知章告别了。望着香梅走进梅子家，傅知章竟又想起了石满仓。他暗自懊悔，觉得对不起香梅，假如那天他不把石满仓派到七连去，或许石满仓也牺牲不了。香梅孤独的背影，像秋后麦田里的芒刺，刺痛了他的心。香梅是他从北平带到河套来的，石满仓也是他和金浦达从黄河南岸的盐碱滩，一路带到新村来的。石满仓是为了寻找他走西口的哥哥，离开山西老家，过了杀虎口，一路到了口外，也算是走西口的人吧,可香梅呢?香梅是不是也是走西口呢?不是。或者也算是,坐着火车,从北平离开,一路走来,过了大同,过了长城关隘的雁门关,就算出了西口。

他把思绪拉回来,直奔赵晋文的宿舍。

赵晋文在宿舍等着他。他急问:“你找我有事吗?”

赵晋文说:“没事,就是想找你聊聊天。”

“哦,你把我找来就是聊天,可我看香梅那样子,像是有什么急事似的。”傅知章有些不满了。你老赵这不是捉弄人了嘛。

“呵,我以为火烧眉毛的,原来就是聊天啊,你说清楚啊。”傅知章把憋在心里的火发了出来。

赵晋文平静地笑了笑:“来,坐下,你看你,咋还生气了?也不是一点没事,你先坐下,咱慢慢聊。”赵晋文指了指木凳子,示意傅知章坐下。接着又展开一个棋盘,说:“好久没摸过棋子了,来,咱杀两盘。”

傅知章又要起身。他说:“连部还有好多事儿呢,不行,我得回去了。”

赵晋文不疾不徐地拉了下傅知章的胳膊,说:“来坐,杀完棋你再走。来,我先走,跳马。该你了。”

傅知章心不在焉地抓起棋子,随便地走了一个卒子。赵晋文说:“你该支炮呀,你怎么带的兵呀,先把炮支起来才有威力。”

傅知章推乱了棋子说:“不玩了。”

赵晋文沉吟了一下说:“有个事我想跟你了解一下,原来没问你是觉得你还没有正式成为党员。现在你已经是一名正式的中共党员了。所以我把你找来,是想了解一些情况。我好像听你说过,你的那本《共产党宣言》是在西风渡得到的。你能告诉我是谁给你的吗?”

傅知章这才知道,赵晋文找他来的确是有事,便认真起来。他想了一下说:“是西风渡一个毡匠送给我的,他的名字叫邱海。现在看来他也是一名共产党员吧。”

赵晋文皱起眉头,想着,思索着。沉默了一会儿,赵晋文说:“我现在还很难说邱海是不是党员,但我告诉你,我们在西风渡没有党的地下组织,所以邱海的身份是不是共产党员,我现在还很难说。”

傅知章觉得不可思议。邱海是他走上革命道路,进入党的队伍的启蒙老师,他始终坚信邱海就是共产党员,现在依然如此。

赵晋文问到这儿,再没说什么,傅知章离开赵晋文的宿舍回到了连部。他和衣躺下,翻来覆去怎么也睡不着,他脑子里琢磨着,赵晋文怎么会突然提到了邱海，提到了西风渡。他明白了，赵晋文说聊天，那是托辞，说下棋，更是借口。他的真正的意图是了解西风渡的情报，可是他不明白，赵晋文的关注是西风渡，还是邱海。赵晋文对这件事，似乎也很小心谨慎，他的肚子里隐藏了很多没有说出来的话。但傅知章知道，这个组织是有纪律的，不该他知道的事儿，他也不能去问。

两天后，部队要到离营区二十多里的一个小镇上去拉练，是针对攻城和爆破的野外训练。傅知章从这些信息预感到，那个和他同姓的将军，大概是在为收复五原或者包头做准备。傅将军听说五团六连的连长和他同姓，不仅同姓，还是山西老乡。最重要的是傅将军得知这个连长还是太原师范学校的学生，在新村做过小学的校长，就认定这是个不可多得的人才。傅作义将军便打算见一见这个小老乡，说是见面，其实是面试，他想看看这个人到底是块什么料，如果确实是人才，打算把傅知章调到他身边做参谋。可惜，这几天军务繁忙，一直没抽出空来。

而傅知章却突然出现在了团部，所以连团长也很纳闷，团长便怪怨傅知章："你怎么不打招呼就来了，连队情况怎么样?"傅知章说："团座，我要请假回一趟山西老家，十几天就回来。"团长不想准这个假，不准假不是说傅知章不该回家，是担心傅知章在回家的途中有了闪失。他回家要走的这段路，都是沦陷区，到处是鬼子和汉奸，还有特务奸细。所以就没批准，但第二天傅知章脱掉军装不辞而别了。傅将军通知团长带傅知章来见他，团长派传令兵去找人，才发现人已经走了。

事实上，傅知章确实想家了。当他知道太原已被鬼子占领，老家已成了沦陷区，开始为父母和兄弟姐妹们担心。离开家快十四年了，这十四年，彼此几乎音信全无。金浦达牺牲后，他突然感到了孤独，这种孤独感，让他想家的念头越来越强烈。

从团部回来，傅知章直奔赵晋文住的地方，赵晋文望着傅知章说："知章，这次你还是回不了家，我心里也觉得愧疚啊。"傅知章说："等抗战胜利了我再回去。你布置任务吧。"

赵晋文点点头说："那天和你谈过话后，我请示了绥远特委，他们答复说，绥远特委掌握的地下党名单中确实没有邱海这个人。所以他究竟是不是我们的人，或者说是不是共产党员，现在我们根本无法知道，但他能送你一本《共产党宣言》，说明邱海和我们的党组织，有着某种我们目前还无法知道的联系。所以中共绥远特委研究，决定派你去一趟西风渡，一是调查核实邱海的身份；二是我们想在西风渡建立党的地下交通站。不用我解释,你也知道,西风渡的地理位置非常特殊。它是连通晋绥的要道,其实杀虎口只是一个通关的卡子,真正复杂的地方是在西风渡,而且掌握了西风渡,也可以辐射到杀虎口。”

傅知章插话说:“是哩,西风渡确实在杀虎口的位置非常特殊,在西风渡的那几天,我已经感觉到了。”

赵晋文说:“这一路要冒很多的风险,但是派你去,特委也是经过了慎重的研究,也是考虑了你和邱海这种关系,所以觉得你去最合适。”

傅知章问:“那什么时候动身?”

赵晋文说:“越快越好,你尽快准备一下。”

傅知章又问:“那连里的事儿怎么办?”

赵晋文说:“你请个假,就说回老家看看。傅家在太原是很有实力,说回家的理由还是可信的。另外你先过黄河,去找巴丹老爷,我们已派人和巴丹老爷联系过了。让你走南线,是考虑南线还在我们手里,可以避开沦陷区,而且巴丹老爷还可以给你提供一些帮助。”

领了任务后的当天,傅知章便准备动身去西风渡执行这项特殊的任务。他换上了一件棉袍,戴了一顶礼帽,拎了一只略显考究的柳条箱,独自一人,走到了黄河岸边的简易渡口。由于日军的袭扰,黄河渡口已看不到大船,皆是些小皮筏子。傅知章上了皮筏,两个艄公,快速地把皮筏子向对岸划去。下了皮筏,就到了南岸的盐碱滩。这次再踏上南岸,傅知章百感交集。十四年前,他和金浦达从这里走向北岸时,那时他们还是一腔热血的青年,在懵懂中,凭着满腔的激情,来到了这片土地上。十四年后,傅知章已经成熟了。他这时的身份是包头“茂福行”的二掌柜。赵晋文把包头“茂福行”的经营范围、掌柜的关系以及与“茂福行”经营项目有关的一些常识,给傅知章准备了一份资料。傅知章背了一整夜,早晨临走时,把那些资料全部烧掉,才离开了连部。他从兵营里出来,一边走,一边反复体味着自己的新身份。

过了黄河南岸,走了没多久,远处来了两个骑马的牧民,其中一个牧民还牵着一匹马。傅知章猜想这两牧民可能是巴丹老爷安排来接他的人。但他又不敢冒失地招手。待那俩牧民走到他身边,一个牧民用不太流利的汉话问:“你是从北面来的吗?”

傅知章矜持地点点头。

那牧民说:“你是傅先生吧。”

傅知章再次打量了一下这俩人,反问道:“你们是……”

那牧民急忙解释说:“是巴丹老爷让我俩来接你的。”

说着,把马缰绳丢给了傅知章。傅知章上了马后问:“你怎么知道我就是傅先生。”

牧民说:“巴丹老爷说了,见到一个戴着眼镜,身材瘦长的人就是傅先生,所以我们一看就是你了。”

傅知章笑了:“这么说我这特征还挺明显。”

牧民没有听懂“特征”这个词的意思,就打岔说:“巴丹老爷说你骑马不行,怕你从马上掉下来,就让我们找了一匹老实一点的马,这样你就不会掉下来了。”

傅知章说:“哎呀,十多年了,你们老爷这事儿还记着呢。”

巴丹老爷在蒙古包前,准备了哈达和奶酒,等着傅知章。岁月已让巴丹老爷显得苍老了许多。他的胡子全白了,脸上的皱纹更深了一些,但精神还不错。脸色还是那么的红润。鄂尔多斯高原的风沙,让这位蒙古族老人的性子和身体更加的强壮。十四年后,巴丹老爷仍然以蒙古族人的最高礼节,接待了傅知章。

由于巴丹老爷的盛情,考虑到将后,还要依靠巴丹老爷,傅知章在巴丹老爷的蒙古包里住了一夜。这一夜,他同巴丹谈了很多,从茶叶谈到了牧场,从牧场又谈到了北岸的日军。巴丹老爷一边喝着奶茶一边听着。他虽然并不十分清楚傅知章现在的身份,但他猜到傅知章肯定是和中共有关的人。因为绥西特委已提前派人把傅知章的情况作了简单的介绍,目的是想请巴丹老爷配合傅知章顺利地到达西风渡。毕竟这儿是巴丹老爷的领地。

早晨起来,告别了巴丹老爷,傅知章准备出发了。除了昨天那两个牧民,巴丹老爷又加派了一个牧民护送傅知章。这三个牧民,年纪和他差不多,身体却强壮得很,一个比一个剽悍。有两个牧民还背着钢枪。这是巴丹老爷自己的武装,据说有十几个人,为巴丹老爷看护牧场。

上马前,巴丹老爷给了傅知章一把银白色的左轮手枪。巴丹老爷说,这枪是王爷庙的人送他的,他也没什么用,就送给傅知章做防身的武器吧。傅知章说:“我是出来要账的,带着枪,那叫什么身份呢?别人会怀疑的。”

巴丹老爷说:“一支短枪哪能暴露了你的身份,带着吧。”

傅知章接过枪,很利索地把枪掖进衣服里面,又抻了抻棉袍,尽量别让人看出腰间的手枪。

到西风渡的路途还很遥远,傅知章和三个牧民一道,策马疾行,走了多半天，傅知章隐约觉得，有个骑着一头黑驴的男人，始终在身后跟着他们，傅知章便打马跑起来，那人也加快速度。开始傅知章以为甩掉了骑黑驴的男人，一个时辰过后，那人不知从哪儿冒出来了，又撵上了傅知章，像是随意聊天似的搭讪道：“你这是去哪儿呀？”

傅知章说：“哦，到杀虎口去。”

那人便说：“正好同路，我是去西风渡。”

傅知章担心暴露了身份和目标，选择了沉默，他不再接那人的话了。骑驴人好像粘上了他们，跟在后面，一步也不落。但驴总比不了马快。到了天黑时，傅知章和三个牧民在一个客栈住下了，打算第二天再接着赶路。没多久，骑驴人也进了客栈。

到了夜里，整个客栈静悄悄的。傅知章不放心的便是这个骑驴人。他一直没有睡着，躺在炕上假寐。午夜以后，他隐约地听到房间的门有了一丝响动。他开始也没在意，以为是护送他的牧民起来撒尿，便没动身子，可随后，他又觉得地上窸窸窣窣地有人在走动。撒一泡尿也不该是这动静呀。傅知章突然警觉了。他斜睨了眼睛，看见头顶上方，有人在他的柳条箱里摸索着，再细看，黑暗中那人的轮廓很像白天的那个骑驴人。傅知章正琢磨怎么对付这人，一只猫突然从黑暗中窜了出来。这是一只在外面游荡够了，打算窜到热炕上睡觉的猫。骑驴人吓了一跳，傅知章随即故意咳嗽了一声，骑驴人赶紧溜走了。之后，傅知章再也睡不着了，他判断着骑驴人的身份。如骑驴人是贼，他倒不怕，贼无非是想偷点钱，如是贼以外的，比如奸细、特务，问题就严重了。他是第一次执行这样的秘密任务，总是觉得背后有一双眼睛在某个隐秘的角落里盯着他，窥视着他。

他心里更清楚，这种感觉虽然能让自己谨慎一些，避免出现纰漏，可这种心态和感觉又是做地下工作的大忌。因为久而久之，会出现杯弓蛇影、投鼠忌器的心理反应，会影响对问题的正确分析和判断，难以做到沉着冷静，遇事不慌。

后来那个骑驴人再没有进来。第二天，再赶路时，那个骑驴人仍然像尾巴似的跟在他们后面。傅知章不动声色地观察着他，到了下午，快到一个酒家门前时，傅知章和护送他的牧民宝音耳语了几句，宝音心领神会地点点头。于是他们下马，走进酒家，坐下，要了酒菜，开始吃喝。骑驴人也在旁边的一张桌子坐下，宝音扭头说：“朋友，咱们一路走着，坐在一起吧。”骑驴人摆手说：“不了，你们喝。”宝音便上前把他拽了过来，骑驴人便退让了几下，坐到了一起。喝了

几杯酒后，傅知章说出去撒尿，骑驴人眼睛转了转，也站起身来，说也尿急了。宝音把他拽住说，喝完一杯再去。骑驴人只好坐下了。傅知章出来，站在那头驴边，看了又看，也没看出什么问题。他把注意力集中到了驴鞍子上，摸了摸，觉得鞍子下面好像有个暗巢，掀开，里面竟是一张日军颁发的特别通行证。傅知章明白了，把特别通行证放回原处，回到了酒家。见傅知章没一会儿便回来了，骑驴人也不提撒尿的事儿了。吃过饭，傅知章说继续赶路吧。宝音便先出来，牵出马来，四个人继续赶路，骑驴人这次和他们走在了一起。

走到一处荒芜的盐碱滩，傅知章捅了下宝音的胳膊，宝音侧身从驴背上，像抓小鸡似的把骑驴人夹在了腋下。傅知章赞道："好力气，好身手。"宝音翻身跳下马说："开那达慕的时候，我抓羊比赛全旗第一。"

骑驴人被宝音和那俩牧民捆了起来。傅知章一审，果然是被日军收买的特务，他跟着傅知章，就是想摸清傅知章的根底，想在日军的主子那里讨点赏钱。

宝音咬着牙根说："他是巴拉特旗人的败类，交给我们处置吧。"

傅知章说："也好，快到西风渡了。你们回吧，我自己走就行了。"

宝音指着那个年龄最小的牧民说："让赛夫送你到渡口吧，这是老爷吩咐过的，再说，你那马我们也得牵回去，蒙古人不能把自己的马丢掉了。"

傅知章笑了笑说："好吧。"

宝音和一个牧民押着那个奸细走了。傅知章和赛夫继续赶路，第二天中午才到了渡口，对岸就是西风渡。

渡口有一条木船，能载下十五六个人。傅知章上了船，同赛夫挥了挥手，船便向北岸划去。上岸后，傅知章拎着那个柳条箱，徒步向西风渡镇子里走去。

十四年了。西风渡这座小城，又多了一些房子，人口也比原来多了。他凭着十四年前的记忆，找到了邱海的住处，推开门。邱海正在炕上躺着，他见有人进来，一时竟没认出来傅知章，傅知章因激动而变了声调，他颤声叫道："邱海大伯，你不认识我了。"邱海这时也认出了傅知章，激动地叫道："哦，你是傅知章。"说着，翻身从炕上起来。傅知章看到，邱海尽管老了，但身体还是那么硬朗，行动还是那么的敏捷有力。

邱海看着傅知章说："十四年了，一直没你们的消息，你和浦达还在冯玉祥的队伍里吗？"

傅知章说："我们到了五原就没找到冯将军的队伍，他们已经开拔到了陕西。我们去的时候，他们的部队正围住了西安城。"

邱海说:“哦,你们就没找到国民革命军。对了,现在也不叫那个番号了。那你们在哪儿落脚呢?”

傅知章便把到新村做教书先生,一直到参军,做了傅将军部队的连长,都向邱海讲了。

邱海听完,叹了口气说:“你们这俩孩子,这十多年也不容易啊。尤其像你这样家庭的孩子。”

傅知章说:“我觉得挺好的。”

邱海又问起了金浦达,傅知章把金浦达阵亡牺牲了的消息告诉了邱海。因为有和金家的特殊感情,邱海对金浦达的牺牲,一时沉默无语,但邱海没有落一滴眼泪,把悲痛埋压在了心底。

沉默了很久很久。邱海点了一袋烟,吸完了,磕掉了烟袋里的烟灰,恢复了平静。他问:“咳,你看,只顾了说以前的那些事儿,我一直没来得及问你,你这次来西风渡是干什么呢?是路过这里?”

傅知章说:“我是专程来找你的。”

“找我?”

“对,找你。”

“邱大伯,你还记得你送我的那本书吗?”

“《共产党宣言》?”

“对,就是那本《共产党宣言》,那本书我现在还珍藏着,本来想带来的,我担心路上不安全,就把它放在家里了。”

邱海没再说话,陷入了沉思。他想了一会儿,试探地问:“你现在是……”

傅知章立即答道:“对,我现在是……邱海同志,是家里派我专程来找你的。”

邱海突然伸出手来紧紧地握住了傅知章的手,一声久违了的“同志”的称呼,让邱海顿时老泪纵横。

邱海抹了把眼泪说:“我总算找到家人了。”

傅知章严肃地问:“邱伯伯,你是中共党员吗?”

邱海点点头说:“我是,我是1925年加入的中国共产党。”

傅知章说:“哦,你是老党员了。”接着傅知章话题一转,仍然用很严肃的口气问:“可是,在绥远特委的组织名单里,没有你的名字,你用的是化名,还是你的组织关系在别的地方。”

邱海想了想说:“你跟我来。”

傅知章疑惑不解地看着邱海。邱海加重了语气，又说：“你跟我到里边来。”

傅知章跟着邱海进了里面的套间。邱海移开一个水缸，扒开上面的一层土，露出一块潮湿的木板，掀开木板，木板的下面是一个地窖，地窖里还放着一口小缸，打开缸盖，里面竟是满满的一缸银洋。

傅知章懵懂地问：“这些钱是什么意思？”

邱海说：“这就是我的党费，每月一块，我放了十五年。我以为这些党费到死也交不到组织上了，现在终于能让它到了它该去的地方了，傅知章同志，谢谢你，太谢谢你了。你问的没错，我和组织已经失掉联系整整十五年了。这十五年，我是天天盼着能见到家里人。”

傅知章说：“我明白了，先把这些钱继续藏好，我会帮你交给组织的。”

“谢谢。”邱海说，“我在最困难的时候都没舍得动用一块儿，我把这钱放进这个缸里的那一刻，这些钱就不是我邱海的了，它是党的，是组织的钱，所以我不能动用一分一块儿。”

傅知章问：“你是怎么加入中国共产党的？”

邱海说：“十四年前，我已经暗示过你。”

“十四年前你就暗示过我？”傅知章难以置信。

“对，十四年前，你还记得你们从独臂王的匪窝里逃出来，在我家的那一晚上，你睡不着觉，就和我说话，你谈黑格尔和辩证法，我给你讲了地主、资本家、阶级和剥削，那时你用奇怪的目光望着我。你的意思我读懂了，你是想说，一个毡匠，怎么能懂得这些。”邱海说着，看了看傅知章，傅知章点点头笑了。

邱海又说：“那天，你问我，你怎么弄懂的这些东西？我说，我在草地里做活的时候，也认识了一个读书人，他要去恰克图，结果在路上病了，我给他借了马，又给他蒙古喇嘛的蒙药。那个人就是黄先生，我没对你说的是，我们临分手时，黄先生问我，你读过书吗，我说读过几年的私塾，认得几个字，他就送给我一本书，就是我给你的那本《共产党宣言》。他不是去恰克图做生意，是去苏联学习。两年后，我在西风渡的一家酒馆里，见到了黄先生，他刚从苏联学习回来，要在西风渡住些日子，开展革命工作。我就让他住在了我家里。他到了我家后，问我，读了那本书了吗？我说，读了。他问我，你读了之后，有什么体会呢？我说，我跟着你干吧。后来，黄先生就介绍我加入了中国共产党。”

傅知章认真地听着。邱海的介绍，证实了他在来西风渡的路上的判断。可是他要继续弄明白的是，邱海怎么和组织失去了联系。于是他问：“那后来你怎么和黄先生失去联系了？”

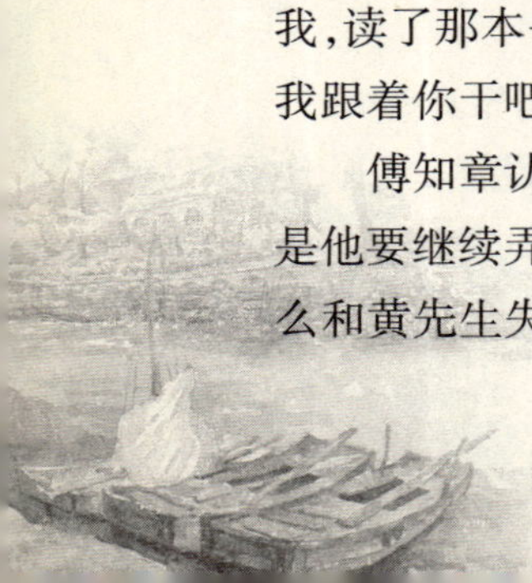

邱海说:“黄先生在西风渡住了半年,我也给他送了几次信,但都是藏在渡口的桥下,然后别人来取。黄先生临走时嘱咐我,等他走后,要我去找在西风渡小学堂教书的杨先生。黄先生走后,我就去了,可是学校里的人说,杨先生出门了。正好那几天,后草地的一个大牧主请我去草地做搭蒙古包用的毛毡子。我去草地做了半个多月的活儿,等我回来,才听说,西风渡出了一件大事,杨先生被军阀的人抓去杀了,人头就挂在杀虎口的城门上,我带着徒弟于泽水去杀虎口看了,果然城门楼子上挂着一颗人头,我就和徒弟于泽水商量,把那颗挂在城门楼子上的人头,偷摘下来,找到身子后,埋了,哪能让我们的同志身首异处。我就和于泽水买通了站岗的哨兵,趁着黑夜,真的成功了,把杨先生的人头偷了出来,又在城里找到了身子,埋在了西风渡的后山上,杨先生是埋了,可我和组织从此断了联系,这一断就是十五年,可在我心里,我就是党员。那天遇见你,听你谈话,觉得,你这孩子倒是一个有志向,有抱负的年轻人,所以我就把那本书送给了你。还好,我邱海幸运啊,十五年的铁树终于有了果实,我找到家了。”

傅知章心中的疑云解开了,他再次握住了邱海的手,说:“邱海同志,其实,也是你把我带进党里来的。”

邱海说:“弄点菜,咱爷俩喝几杯,庆贺一下。我三年没喝酒了。今天,也痛快一回。”

傅知章说:“不忙喝酒,你的事儿比较复杂,我回去还得向组织汇报,要恢复你的组织关系,还得有个重新考察核实的过程。邱海大伯,还请你能理解。”

邱海呆住了,他的表情有些失落。眼神因失落而变得空洞茫然。傅知章不知道该怎么安慰这个老人,这个党龄比自己还长的老共产党员。

傅知章抛开了邱海组织关系这个话题,郑重地对邱海说:“邱海大伯,我这次来还有一个任务,就是我们要在西风渡建立我们党的秘密交通站,交通站的任务就是负责晋察冀根据地和绥远、河套一带的地下党和大青山抗日根据地联系。”

邱海一听,忘掉了刚才的不快,兴奋地说:“交通站建在西风渡是最合适的选择,这儿的地理位置非常特殊,也便于收集掌握敌人的情报。”

傅知章说:“交通站就靠你邱海大伯了。”

邱海思忖了片刻说:“我有个想法,于泽水刚开了个茶楼,交通站就建在他的茶楼。”

傅知章问:“于泽水可靠吗?”

邱海毫不犹豫地说:“于泽水是我一手带出的徒弟,十四年前,在黄河边给你书的就是于泽水。他也读过那本书,而且我也想介绍他加入共产党。”说着,邱海自嘲地笑了笑:“我都是找不到组织的人,还有什么资格介绍别人入党呢。”

傅知章不想再提及邱海伤心的话题,就说:“那咱们去看看。”

邱海说:“他见了你肯定高兴地不知怎么好了。”

俩人从邱海家出来,直奔于泽水的“昊海茶楼”。

这茶楼是一座二层小楼,装修的古香古色,显得古朴典雅,别具一格。邱海叫来正招呼客人的于泽水,说:“泽水,这个人你认识吗?”

于泽水看了看摇摇头。傅知章摘下礼帽,于泽水认出来了:“哦,傅知章,哎呀,十多年没见了吧,你现在在哪儿发财呢?”

傅知章说:“发财不敢说,就是混口饭吃。”

邱海说:“傅先生现在是包头‘茂福行’的二掌柜,这次来西风渡是催账来的。”

说着,用眼神向于泽水暗示了一下。于泽水便不再问了,把邱海和傅知章请到楼上一张靠窗户的桌子边坐下,楼上很清静,除了他们,再没有别的客人,于泽水这样安排,也是为了说话方便。

于泽水先上了一壶上好的红茶,又介绍说:“我这里还有一样东西就是绥远归化的稍美,也是茶楼的招牌茶点,喝茶时,再品点稍美,那是很讲究的。”

于泽水还要说什么,傅知章按住于泽水的手臂说:“下面的话,我知道你要说什么,你看我说的对不对。这稍美还有个典故,是关于乾隆爷的。说乾隆爷到了归化城,也去一个茶楼喝茶,茶楼的掌柜就给乾隆爷上了一小笼屉稍美,乾隆爷那是游遍大江南北的人,什么名茶名吃没见过呀,可乾隆爷就没见过这稍美,茶楼卖稍美乾隆爷头一次听说,就问,你这玩意儿叫什么呀?掌柜说,是茶点,就是客人喝茶的时候,除了喝茶,捎带地再弄点小玩意。乾隆爷说,你这‘捎卖’算怎么回事呢,你看这褶子多好看,就叫‘稍美’吧。所以就有了稍美这么个叫法。”

于泽水说:“傅先生果然知识渊博。师傅,你先陪着傅先生,我招呼一下楼下的客人,随后就来。”

傅知章看于泽水走了,便把脸转向窗外。街面上的行人、商贩,尽收眼底。傅知章对邱海选的这个地方十分满意。他把脸转回来说:“看来,这西风渡确实不太平。”

邱海说:“现在西风渡基本上是被日伪汉奸控制着,所以这里的情况非常复杂。”

傅知章说:“越是这样,越要小心谨慎。”

说话间,楼下突然有了嘈杂声。接着是皮靴踩踏楼梯的声音。两人循着声音望去,一个戴着墨镜、挎着手枪的人,后面跟了五个同样挎着手枪的人上到了楼上。

第十四章

上到昊海茶楼二楼的这伙人是日军驻西风渡特务机关侦缉队的。戴墨镜的这人就是队长宋宝清。此人原是西风渡警察署的一个警长。日本兵占领了西风渡口后,宋宝清投靠了日军驻杀虎口宪兵队小岛队长。他想依靠和借助日本人的势力,在西风渡继续站住脚,为自己获取利益。而小岛也是看中了宋宝清曾经是西风渡的警长,对这里的住户人员非常了解,所以便利用宋宝清来控制和掌握西风渡。

有小岛撑腰,或者说有日本兵在背后撑着,宋宝清当队长后的腰杆,比当警长时要直很多。虽然他知道,人们不是怕他,是怕小岛的宪兵队,但宪兵队不管街面上的事儿,街面上的事儿小岛委托宋宝清来管。

宋宝清看见了傅知章,一开始他也没打算注意傅知章,有一个面孔陌生,倒引起了宋宝清的注意。宋宝清便起身走到邱海和傅知章坐的那张桌子。于泽水急忙过来介绍:“这是我师傅。”

宋宝清摆摆手:“这个还用介绍吗?整条街,谁不知道你于泽水是邱海的徒弟。”

于泽水便介绍傅知章:“这是我师傅的朋友包头‘茂福行’的二掌柜傅先生。”

宋宝清有意推了推鼻梁上的眼镜,看着傅知章,故意反问道:“你是包头‘茂福行’的二掌柜?我看像反日分子。”

傅知章笑了笑说:“这位大哥真会开玩笑,那反日分子,有我这模样的吗?”

于泽水忙说:“傅先生,这位是侦缉队的宋队长。”

傅知章急忙一抱拳,说:“幸会,幸会,我确实是包头‘茂福行’的,这次到西风渡来，还承蒙宋队长关照。”

宋宝清仍端着架子，以一种怀疑的目光继续盯着傅知章，看了一会儿，见傅知章看他的眼神，并没有显出慌乱和惊恐，这倒让习惯于怀疑一切的宋宝清心里没底了，但他似乎并不想放弃，或者说想从傅知章身上挖出点什么，也好在小岛面前表一下功。自从做了侦缉队长，他还没弄出个像样的案子，或是抓出几个有分量的人物，他抓的皆是些和他当警长时没什么区别的小偷、窃贼一类的人，最得意的是抓过两个贩卖烟土的，但小岛对烟土显然没什么兴趣，对那些小偷、窃贼更是不屑一顾。所以宋宝清走到街上来，也是想弄出点成绩来，也让小岛对他另眼相看。所以宋宝清便开始盘问傅知章。他问：“我只听说过包头有个‘复盛公’，可没听说过还有‘茂福行’这么一个商号。”

傅知章说：“‘复盛公’确实比我们有影响，它是祁县乔家历经一百多年的努力，才发展起来的。‘复盛公’现在主要是以经营票号为主，我们‘茂福行’主要是以经营皮货为主。掌柜也是山西人，是忻州的董茂福。”

“哦，你也是山西人？”宋宝清像审讯似的又追问，“那你家是贩卖皮毛，还是加工皮毛呢？”

傅知章沉稳地答道：“当然是贩卖和加工一体的皮货行。货源，既有牧区草地的皮毛，还有宁夏的，而且我们‘茂福行’还有自己的驼队，往来于宁夏和库仑、恰克图。”

宋宝清似信非信地说：“哦，听你这口气，你们这生意做得还确实不小啊。”

接着又问：“那现在皮毛的行情咋样？”

傅知章一脸愁容地叹了口气说：“现如今这皮毛生意越来越不好做了，那价格简直就是在飞涨，一天一个价，上个月一张羊皮是三块五，没几天就涨到了六块，我出来那天八块都收不着了，一张牛皮，五天前是十块，一眨眼的工夫，就涨到了十五块，你说这生意还怎么做？”

宋宝清点了点头，又说：“那这皮子的成色怎么看呢？”

傅知章说：“单说羊皮，这羊皮呢，按季节分为春、夏、秋、冬四季皮子。按毛的根色，分为青根、雪根；按毛根与板的角度，分为直根、斜根。所以收皮子的时候，全靠着一双眼睛，还有着一双手，能不能赚到钱，就凭这眼睛和手掌，看皮子的季节，毛的颜色，板的薄厚，花弯的多少，张页的大小，这些全靠着眼力。你比如说，假如人家拿来的是冬皮，只要青根、斜根、板厚、张大、弯多，这就是一等品。春皮也就算个二等品吧。它的特点是，色泽洁白，手感柔软，自然弯曲，穿起来轻便、舒适，飘逸潇洒。”

开始，邱海和于泽水为傅知章捏了把汗。宋宝清很显然是在故意找茬刁难，他们担心傅知章答不出来，或者说话间露出什么破绽，让宋宝清抓住什么把柄，弄不好还会节外生枝。可是后来，连邱海和于泽水这两个老毡匠都被傅知章的话给打动了。他俩几乎异口同声地赞叹道："说得好，说得太好了。"

邱海随即又说："不愧是包头'茂福行'的二掌柜，我做了一辈子的皮毛活儿，也不一定能讲出傅先生这番话来。今儿还真是见着明白人了。嗯，这壶茶没白喝。"邱海很激动，所以说话的口气，也很有气力。

傅知章说道："邱师傅过奖了。我就是在做生意时，留意了一下。对了，宋队长，你在西风渡可是鼎鼎有名的，我倒想结识宋队长，我看这样，咱换个地方，点几样好菜，喝几杯酒。"

宋宝清见傅知章说得头头是道，又找不出什么理由和破绽，只得信了。他回到自己的座位，和那五个随从，喝了一会儿茶，也就是进来歇了歇脚，便离去了。

待送走了宋宝清，于泽水返回到楼上。他已经预感到了傅知章的身份，这也是师傅一直以来给他灌输的那些思想。他倒了一杯茶水，喝了一口水说："真是有惊无险啊。"

傅知章便把在茶楼建立交通站的想法说了。于泽水说："我和师傅早盼着这一天了。在黄河边把书交给你的时候，我和师傅就开始盼啊，这一盼就是十四年。我以为师傅等不到这一天了，现在好了，师傅总算能了却这份心愿了。"说完，于泽水潸然泪下。

傅知章的眼睛也湿了。邱海按住了傅知章和于泽水的手，说还是谈交通站的事儿吧。不过，最后怎么建站，怎么确立和上线的联系，还有待特委的进一步指示，现在只是把建立交通站的地点人员确定下来，具体任务和方案还得等。谈完这些，傅知章又提出了一个更加大胆的想法，他的想法是，可以利用一下这个侦缉队长宋宝清，借他这种特殊的身份，为下一步的工作提供一些帮助。于泽水说，宋宝清是个贪婪、无耻的汉奸，而且非常狡猾，求他通融都难，想利用宋宝清，那几乎不太可能。邱海也认为这个宋宝清很难利用，这件事就不再提了。

在西风渡住了两天，该做的工作基本做完了，而且也实现了特委在傅知章临行前让赵晋文给他传达的所有指示要求。傅知章决定离开西风渡，回河套去。邱海和于泽水本来还想挽留他几日，考虑到傅知章任务在身，也没再说什么。临走时，宋宝清到访，并提出要单独约见傅知章。

他见了傅知章还算客气，他把傅知章约到了一个像私宅的院子里。进去，傅知章才看明白了，这外表像一座宅院的房子，其实是侦缉队的一个秘密据点。屋子里没有别人，看样子，宋宝清已经提前作了安排，把屋子里的人支走了。

宋宝清说："我把你请来，是想同你谈笔生意。"

傅知章吃了一惊，他随即问道："哦，宋队长有这个想法倒是傅某的荣幸，不知你要做哪方面的生意？"

宋宝清说："我还能和你做什么生意。你随我来。"

说完，离开这个院子。宋宝清带着傅知章到了相邻的一处院子，这个院子里没有住人的房子，而是相向而建的两排库房，打开其中的一间库房，里面堆满了羊皮。

宋宝清指着那些羊皮说："再不弄走，虫吃鼠咬的，就一文不值了。"

傅知章皱起眉头，悻悻地问："这库房里全是吗？"

宋宝清摇摇头："只有三间房子里有，一百多张皮子吧。"

傅知章想了一下说："收没问题，可是现在不比往常了，这一百多张皮子我运不出去呀。"

宋宝清说："只要你们'茂福行'能出个好价钱，这桩买卖就能成，至于运输问题，路上没问题，你们就用汽车直接拉回到包头，路条我来开。"

谈到了这一步，傅知章已无退路。也是宋宝清急于要出手这些羊皮。他很清楚，再存放一个夏天，这些皮子真的就不值几个钱了。可是傅知章和宋宝清做生意，只能是纸上谈兵，要真刀真枪地做，他连包头"茂福行"在哪儿都不知道，怎么去做收购羊皮的事儿。但是走到了这一步，他只得硬着头皮答应了下来。说："两三天后，我来提货。"

宋宝清说："好啊，傅先生不愧是包头'茂福行'的掌柜，做生意倒是干脆利索，以后咱这买卖就算做下去了。"

傅知章故意讨好地说："能和宋队长做生意，也是我傅某的福气。"

俩人客气了一会儿，便定下了三天后提货。宋宝清也是想脱手这些羊皮，只要了一千块儿大洋。拉运羊皮的汽车他来安排。

回到邱海的住处，傅知章犯愁了。且不说到目前为止，他和包头的"茂福行"毫无关系，那一百多张羊皮装上车后，运到哪里？就说那一千块大洋，他从哪里筹措呢？

傅知章找来邱海、于泽水商量对策。邱海认为，这次宋宝清主动和咱们做生意，倒是一件好事，有了宋宝清这层关系，交通站能更安全一些。他们最后商定，由傅知章快速写封信，让于泽水手下的一个可靠的伙计，把信送到五原赵晋

文手里，请赵晋文通过关系，让包头的“茂福行”把这些羊皮先收购下来，然后再做打算。因为汽车司机是宋宝清的人。他派这人的目的也是为了进一步考察傅知章的身份，所以这批货，还必须进了“茂福行”的院子。至于那一千块儿大洋，邱海说，那一缸大洋差不多有六百块儿，剩下那四百块儿再想办法筹措一些吧。傅知章坚决不同意。他说：“这些钱是你的党费，是你十几年来积攒下的全部积蓄，我不能动用，也无权动用。”

邱海说：“这些钱就是党费，我放进缸里的那一时刻，这钱就属于党的了。现在党需要这些钱，也是用这些钱的时候了，你就收着吧。”

于泽水说：“剩下的那四百块儿，我认识‘丰盛庄’票号的掌柜，先从他那儿支出来四百块儿，以后我们再想法办法给他还上。”

邱海问：“有把握吗？”

于泽水说：“我试一试吧。”

随后，傅知章给赵晋文写了一封信，交给于泽水，又不放心地问了一句：“你那伙计可靠吗？”于泽水说：“我心里有数。”

于泽水走后，邱海和傅知章把大洋挖出来，查了一遍，是六百一十一块。他们把这些大洋藏好了，便等着于泽水的消息。傍晚，于泽水回来，先说送信的伙计下午就已派走，让他坐汽车，路经厚和，直接到包头，再转道去五原，估计五六天差不多能到吧。四百块儿大洋也有了眉目，“丰盛庄”票号同意先借给我们四百块儿大洋。

故意拖了三天，比和宋宝清约定的时间推后了一天。他们推后的目的是为了给送信的伙计多留出一些时间。伙计把信送到赵晋文的手中，赵晋文接到信，再和包头的“茂福行”联系，又得两三天的时间，假如在这里装上货，到了包头，赵晋文还没到，那该怎么办？不仅一千块钱打了水漂，落入了汉奸的腰包，最重要的是，他那“茂福行”二掌柜的身份就露馅了。到时候，这几天所有的辛苦都将白费，也许还会连累到邱海和于泽水的安危。

第四天上午，傅知章从侦缉队把宋宝清约出来。走到街角的一个僻静处，这里停放着一辆马车，傅知章指着马车上的口袋说：“一千块儿，你查查数吧。”

宋宝清下意识地看了看四周，对车夫说：“你把马车赶到牛角街 7 号，交给三姨太。”

见到了钱，宋宝清喜不自禁，回头对傅知章恭维道：“傅先生果然是做大生意的，痛快，你什么时候装车？”

傅知章说：“你的车和路条准备好，就装车。”

说好了第二天一早装车运货。到了晚上，干旱多日的西风渡下了从开春到入夏以来的第一场雨。雨是午夜后开始下的。淅淅沥沥，下了一夜，到了第二天，雨还没停。

傅知章和邱海、于泽水相视一笑。

傅知章说："老天爷也在帮我们哩。下雨装皮子，那皮子容易发霉，只能再等一两天装车，这样就又给我们争取到了一些时间。"

邱海说："自从黄先生离开了西风渡，十多年没做过这样的事儿了，我老了，能在有生之年，为党做些事情，我死了也能闭上眼睛了。但我还有一个心愿，那就是能重新回到组织里来。"

这时，于泽水也说："我也向傅先生提个请求，把我也吸收到共产党的组织里来，我要和你们并肩战斗。这么多年，我和师傅做梦都想着跟党组织取得联系，可这一天，我们等了十四年。"

傅知章被两人感动了。他不知道他走进共产党的队伍里，到底是因为邱海，还是因为有了赵晋文在他身边，可是没有那本书，他会信赵晋文的吗？也许会信的。他望着邱海和于泽水说："我想会很快的。"

因为下雨，又耽搁了三天才把那些皮子装上了一辆卡车。傅知章怀疑那开卡车的司机，也许就是侦缉队的一个特务。他之所以怀疑是因为宋宝清把那张特别通行证给了司机，而不是给了他傅知章。两个小时后，车装满了。傅知章便招呼司机上车出发。他进到了卡车的驾驶室，宋宝清竟也拉开车门登上了卡车。傅知章紧张了，他莫名其妙地回头看了眼宋宝清。

宋宝清说："双集镇据点新换了一个保安团团长，我担心他为难你，扣了你的货，所以我把你送过双集镇据点的卡子。"

傅知章显得很感激的样子问："能绕过去吗？"

宋宝清摇了下头说："双集镇据点是进入厚和和包头的要塞，那儿的盘查非常严，只有一条路可走，绕不过去。"

西风渡离双集镇据点一百多里。汽车开了四个多小时，才进了城内。这是一个小县城，也是绥远省府厚和（日军占领前为归化城，后改为厚和）的南大门。双集镇据点由伪保安团守卫。进城时，几乎没怎么盘查，司机向入城的岗哨出示了通行证，便放行了。

宋宝清说："你们俩坚持一下，出了城再到路边找个地方吃饭吧。"

傅知章问："你怎么回去呀？"

宋宝清扬了扬手说："这个你就别操心了。"

傅知章就想，宋宝清这么辛苦地把他送过卡子，不是担心那些皮货被扣后，“茂福行”的利益受损，是担心被扣了之后，把他牵扯出来，所以才不放心地要把傅知章和这车皮货安全地送出双集镇据点。

到了出城的卡子。果然城门口的士兵比进城时多了一倍。七八个穿着黄色保安团军服的士兵站在城门洞里。卡车在那些士兵面前停下来，和进城时一样，依然是司机把通行证交给了守城的士兵。一个士兵接过通行证，转身走到左手的一个房子门口，交给了那里的一个排长。那排长仔细地看了看，打算放行。这时城门楼上，突然有人大声地喊道：“慢着！等一等，先不要放行。”

傅知章听着声音有些耳熟，透过驾驶室的玻璃，向城楼上望去。这时，那人已向城楼下走来，他只能看到一顶军帽在甬道上移动。那人在甬道口一出现，傅知章“呀”地叫了一声，声音不大，但足够驾驶室里的人听见了。

宋宝清侧过脸来，狐疑地望着傅知章问：“你认识那个团长吗？”

傅知章稳定了下情绪，摇摇头说：“不认识。”

宋宝清有些恼火，骂道：“不认识你呀呀地喊个屁。”

傅知章说：“害怕。”

宋宝清白了他一眼，径自拉开车门下去了。

城门楼上，沿着甬道的台阶走下来的保安团长就是金浦达。傅知章先是震惊，后是迷惑，接着便是愤懑。金浦达胖了一点，身材显得更加的壮实。傅知章压低了礼帽，帽檐几乎遮住了半个脸，倾斜着身子，他担心被金浦达认出来。这时，傅知章的内心是矛盾的。他想跳下车，和金浦达见面，想问明白这到底是怎么回事？他日思夜想的金浦达，不仅死而复生，而且做了汉奸，替日本人扛起枪来去戕害自己的同胞。傅知章痛苦地垂下了眼睑。

他也听清了宋宝清和金浦达的对话。

金浦达问：“你车上拉的什么呀？”

宋宝清答道：“是杀虎口宪兵队押到包头的物资。”

说着，宋宝清递上了证件和路条。金浦达慢条斯理地接过来，看了看，还给了宋宝清，又抬起头，看了看车上那用苫布盖起来的货物。说：“既然是宋队长亲自押车，想必是重要物资，不过，你的人手少了点吧，就三个人押车吗？”

宋宝清忙说：“加上司机三个人。”

金浦达又看了看驾驶室，傅知章的心立刻提了起来。如果金浦达走到驾驶室来检查，他就有可能永远地走不掉了。金浦达只是看了一眼，大概也是不想得罪了宪兵队的人，摆了摆手，示意城门口的那些士兵们放行。

宋宝清坐上汽车,冲司机一摆手说:“开车。”

装满羊皮的卡车就开出了城外。离开城门后,傅知章下意识地扭过头看了看,但他已经看不到金浦达的身影了。

傅知章对宋宝清讨好似的吹捧道:“今儿还多亏了宋队长,那个团长还很识趣的。”

宋宝清撇了撇嘴,说:“侦缉队的人他敢不给面子。”

傅知章又问:“这个团长是新调来的?他原来在哪儿?”

宋宝清说:“他原来在国军那边,一次打仗,被皇军俘虏了,就投降了皇军。听说,在国军那边才是个连长,到了皇军这边,直接当上了团长。”说着,宋宝清又感叹:“还是为皇军做事好处多啊。”

傅知章大概知道了金浦达当上保安团长的过程。但他并不知道金浦达后来的事儿。

金浦达在阵地上坚守了一天后,七连只剩下了不到二十个人。石满仓牺牲了,吴发奎也受了重伤,他便放弃了阵地,打算带着剩下的这二十多人突围出去。刚撤出阵地,一伙鬼子又冲了上来。金浦达留下一个战士,一挺机枪,他和那个战士一起掩护大家撤退,后来机枪打坏了,留下的那个战士也牺牲了,后来他便什么都不知道了。等他醒来,已在日军的兵营里,他们审讯他,想知道这被打晕了的仗到底是怎么回事。金浦达这时还是坚强而勇敢的,他像那些描述了多少遍的英雄一样,咬紧牙关,拒不开口。日本兵便把盐水浇到他的伤口上,看着他痛苦的样子,而后大声地、歇斯底里地狂叫,高兴得手舞足蹈。金浦达恨透了这些日本鬼子,他只求早点死了,免受这非人的痛苦,但日本兵并不想让他死了,或者说金浦达不能死了,死了就麻烦了,他们的上司给他们的命令是不能让这个俘虏死了,他已经听说了这个中国军人在战场上的英勇表现。有时,英雄在某种意义上,或是在某种特定的背景下,与其说是坚强地与敌人对抗,不如说在挑战自己的极限。金浦达放弃了最后的挑战,他选择了向鬼子投降,然后交代了新村那个“厂”字形灌区的结构和兵力部署。随后金浦达被日军委以重任,不是他道出了多少情报,他只是个连长,知道的绝密情报实在有限,但金浦达在战场上的表现给俘虏他的日军指挥官留下了深刻的记忆。

汽车出了双集镇据点没多远,宋宝清就要下车了。他要在双集镇据点等候着来接他的侦缉队的汽车。

天将黑时,到了厚和,傅知章和司机找了一家客栈住了一夜,天一亮,继续赶路,到了下午,包头已近在咫尺。傅知章开始不安起来,他不知道于泽水的伙计是否把信送到了赵晋文手里，又是否与“茂福行”接上了头，汽车离包头那连成片的房子越近，傅知章的眉头越紧蹙，他只能走一步，看一步了。

进了包头城。傅知章这是第二次来这地方。第一次是和金浦达，随着赵晋文、鲍春燕来火车站接吴发奎带来的河北移民。这次他是孤身闯到这儿，也不是孤身，如果于泽水派出的伙计顺利的话，赵晋文现在应该在包头了。

汽车马达隆隆的轰鸣声，引来了一群孩子的围观，接着，这些孩子跟在尘土飞扬的汽车后头，追逐打闹，格外新奇。傅知章伺机向司机提出下车解决内急，司机停下车，傅知章下去，喊来几个孩子，装作问厕所在哪儿的样子，其实是向这些孩子打听去“茂福行”的路怎么走。如果，连他都找不到“茂福行”，那司机就该怀疑他的身份了。傅知章问清楚后，又按照孩子们指的路，到附近的厕所解决了内急。尔后回到车上，一边看着外面的路牌，一边给司机指着路，把车开到了“茂福行”的门口。

傅知章下了车，却不知怎么进去了。冒失地进去，万一被人家赶出来，那这一切努力都付之东流，但他也想好了，先进去见“茂福行”的掌柜，争取说服掌柜，先把这些货接下来。他刚跨进院门，房子里便走出一个人来，这人就是赵晋文。傅知章“吁”了口气，悬着的心总算放下了一些。赵晋文没说话，只是用眼神示意他跟着走，傅知章下意识地回过头看了眼汽车，那汽车里的司机正窥视着他。

跟着赵晋文进到了屋里。屋子里坐了三个人，其中太师椅上坐着一位五十岁上下，中等个头，穿着一套对襟黑布衫子的男人。傅知章猜想这就是“茂福行”的掌柜董茂福。赵晋文一介绍，果然就是董茂福掌柜。傅知章便想同董掌柜解释收购羊皮的事儿。董掌柜摆了下手，说：“赵先生已和我讲了，先把货卸进库房。别的以后再说。”

傅知章忙说：“谢谢董掌柜。”

董掌柜端起茶碗，呷了一口，说：“能为抗日做点事，我董茂福也是义不容辞，先卸货吧。”随后，董茂福指着傅知章，对一个端茶倒水的伙计说：“这是咱们‘茂福行’的二掌柜傅先生，你喊几个伙计，陪着傅先生把外面那一车货卸进库房里。”

那个伙计转身走了。刚走到门口，又被董掌柜叫了回来，董掌柜又吩咐说：“安排厨房给那个卡车司机准备点饭，人家大老远来了，咱不能慢待了人家。另外，你的嘴巴紧一点儿，没用的话，你就别说了，记下了吗？”

伙计点点头说：“记下了。”

傅知章走出去，温和地笑了笑，和那位司机客套了几句，便不再露面。司机吃过饭，董掌柜吩咐管家同司机结算了运费，打发司机走了。

夜里，傅知章和赵晋文就住在了“茂福行”董掌柜家的厢房里，他们计划第二天一起回河套。傅知章把西风渡的情况向赵晋文作了详细的汇报，最后，傅知章特别提出了对邱海组织关系的审查和恢复问题。赵晋文答应，尽快向绥远省委汇报，通过组织程序，对邱海的党籍进行审查，因为要恢复邱海的党籍，必须得找到介绍邱海入党的黄先生，现在黄先生在哪儿，还不清楚，所以得一级级地汇报调查。于泽水倒比邱海简单多了，只要条件成熟，可以吸收进来。后来，傅知章把在双集镇据点看到金浦达的情况也对赵晋文汇报了。赵晋文沉默了好长时间，只说：“先不要告诉鲍春燕。”傅知章理解地点点头。

第二天，吃早饭的时候，董掌柜笑着进来，脸上显得很兴奋。他向管家招了招手，管家递给傅知章一张一千元的银票。这时，董掌柜说：“从今儿起，你也别回后套了，留在我这儿做二掌柜吧。”傅知章站起身来说：“董掌柜就别开玩笑了，我什么都不懂，哪做得了二掌柜。”董掌柜说：“我昨天验了你送来的那批货，你猜怎么着，全是上好的羊皮，那毛色和皮质，属于一等品。”傅知章一听松了一口气，他说：“我还一直担心这些货呢，怕我运来的是一批破烂货，到时候，让董掌柜蒙受损失。”董掌柜说：“我看过了，确实是好皮货。所以我决定请你留在‘茂福行’做二掌柜。”傅知章转过脸向赵晋文求救，想让赵晋文帮他解围。赵晋文却说：“我同意你暂时先留下做二掌柜。至于为什么，吃完饭，我再详细地跟你谈。”傅知章便不吱声了，抓起筷子，吃早饭。吃过早饭，两人回到了住处。赵晋文说：“你还得回西风渡。有一批给后山八路军游击队的药品要从杀虎口运过来，你利用和宋宝清做生意的关系，把那批药品想办法运到厚和，那里有人接应你。”

傅知章挠了挠头：“这么说，我还得回西风渡？”

赵晋文说：“你就在包头休整几天，然后动身返回西风渡。”

说完，赵晋文又取出一张银票说：“这是给你的活动经费，五百块儿大洋，到了西风渡可以到票号兑换。就这么多了，不够你自己想办法吧。那一千给邱海和于泽水还回去。”

傅知章说：“邱海的那六百块是他攒了十四年的党费，你退给他，他会伤心的，我看倒不如先存你这里吧。于泽水的钱，我觉得他是从票号里高价借的，我回去后还给他。”

赵晋文想了想说：“这样也行，邱海的钱就由我先替他保管着，等恢复了组织关系，就把这些钱交给党组织。”

五天后，傅知章再次踏上了返回西风渡的路。陪他一起走的，还有那个给赵晋文送信的伙计。

宋宝清对傅知章再次出现在他的侦缉队，惊愕地张了张嘴，竟没说出话来。但宋宝清当了这几年的侦缉队长，很快便回过神来，他板起面孔呵斥道：“你来干啥，这是侦缉队，进来的还没有活着出去的。”

傅知章打着哈哈说：“宋队长可真会开玩笑，我可不是你们侦缉队抓进来的，是来拜会你宋队长的，我在红恩楼备下了一桌酒席，想请宋队长和你那些弟兄们赏光。”

宋宝清沉下脸说：“你没见我们正忙着吗？哪有工夫吃你的饭，你快去吧。”

傅知章转身出来。他回到昊海茶楼，和邱海、于泽水商量下一步的行动方案。

傅知章自我检讨说：“这次是我低估了宋宝清，也把复杂的问题简单化了，这充分暴露了我在斗争经验上的不足，甚至差点酿成大祸。”

邱海说：“这不是你的错，是我们对宋宝清了解得不够。我们不该去侦缉队找他，到家也不妥。宋宝清在西风渡有个相好，叫大白鹅，是怡红院的老鸨。大白鹅贪财，我们就在怡红院下手，找宋宝清。”

于泽水马上说：“这个主意可行。师傅和傅先生盯着宋宝清的行踪，我去和大白鹅谈，让她帮忙，给我们和宋宝清见面创造条件。”

商定好了，便分头行动。第二天晚上，宋宝清果然去了怡红院，傅知章和于泽水也跟过去，在大白鹅准备好的房间里，傅知章进去了。宋宝清正躺在床上，以为是大白鹅进来了，再抬起头，见是傅知章，吓得一愣，急忙从床头上抓枪，但枪已被傅知章握在了手里。傅知章说：“我找你还是生意的事儿，这么说吧，我想从那边弄点大烟板子，通过杀虎口运进来，你只要打个招呼，一半的利润给你，怎么样?”宋宝清坐起来，看着傅知章说：“你看着像个书呆子，胆儿可够大的，你知道贩运板子是什么罪吗?”宋宝清把手放在脖子上比划了一下。傅知章说：“所以才找你的嘛。”宋宝清沉吟了一会儿说：“三七开，我七，你同意就做，不同意就拉倒，也是看在你我交情的份上，不然，现在就能把你办了。”傅知章装作狠狠心的样子说：“就按你说的，三七开。”

还是那辆卡车，只是司机换了一个人。傅知章坐车过了杀虎口，宋宝清在关口等候，傅知章离开山西十四年后，又一次踏上了家乡的土地，尽管这里离太原依然还很遥远，但毕竟是回到山西了。按照接头暗号，他在小镇的一个酒馆里，等到了送货人。药品箱子的外面提前作了伪装，裹了一层白布，一共是十五卷。装上车后，有宋宝清接应，顺利地过了杀虎口。和上次一样，宋宝清把他送过了双集镇据点。傅知章想在这里再看到金浦达，却没有见着。和宋宝清分手时，傅知章给了宋宝清一张银票说："这是二百块，等出了货，一起给你结清。"宋宝清有些不悦，说："你真是奸商啊。"揣起银票，下车走了。

药品送到接货人手里后，傅知章返回了河套。他没回连部，先到村子里和赵晋文见了面，跟赵晋文在宿舍里挤了一宿。村子里乱糟糟的，村民们正忙着收拾家当，上面传出消息，说五原快守不住了，准备撤退，村民们便也打算向西转移。

傅知章扛了一把铁锹，走到他亲手筑起的那座衣冠冢前，拔掉了墓碑，铲平了已长出青草的土堆。他刚直起腰，一转身，见鲍春燕站在了他的身后。

第十五章

扫荡西垣村的日军，在一处山腰子里，堵截住了逃难的村民。体弱年迈的金柏坤实在跑不动了，伏在地上大口的喘息。他的女人满棠红，守在他的身边，用尽力气想把金柏坤搀扶起来。金柏坤努力了几次，挣扎了几下，泄气了。金柏坤支起脑袋，喊着长工王才的名字，说："王才，你带着太太，和少奶奶快逃命吧，别管我了。我老了，活够本了。"王才犹豫着，这时金柏坤拼力抓起一块土坷垃，投向王才说："你快带他们走，快！"王才便来拽满棠红，满棠红说："你别管我，带着少奶奶逃吧。"王才便拽了温玉儿的胳膊，钻进了青纱帐，一口气跑到他觉得安全了为止。俩人站在青纱帐里，喘着气。这时，他们听到了公路边传来了满棠红绝望地声嘶力竭的喊声，接着是几声枪响，温玉儿一怔，转身便要向外面跑，王才一把抓住了温玉儿，捂住了温玉儿的嘴巴。过了一个下午，黄昏后，待外面平静了，王才带着温玉儿走出青纱帐，金柏坤身上中了三枪，倒在了血泊中。满棠红却不知了去向。但他们猜到，满棠红肯定落到了日本兽兵的手中。

温玉儿晕倒了。等她醒来，已在王才的背上。她已年过三十，眼角已有了淡淡的鱼尾纹。她在金家一晃已有十四个年头。孤寂单调的生活，在一天天的日出日落里，在春夏秋冬的变化中，像门前的小溪一样静静地流淌而去了。她被人唤了十四年的少奶奶，而这十四年却像一个寡妇，在孤寂冰冷的被衾中，迎来一个个的落暮，又送去一个个的黎明。她没有得到过男人的爱抚，如不是她主动掀开盖头，她都不知道自己的男人长的什么模样，是高，是矮，是胖，是瘦。一开始那几天，金浦达那白净的面孔和那一副读书人的模样，时时在她的眼前和脑子里晃动，后来，越来越淡化，直至想不起什么样子了。

有一天夜里，她无意识地走到了嫂子满棠红和金柏坤住的正房的窗子底下，无意间听到了嫂子那娇喘快活的呻吟，呢哝颤抖的欢叫，她一开始以为嫂子哪儿不舒服，或者是病了，她打算呼唤嫂子的时候，猛然意识到了什么，羞怯地跑进了自己的房子里。后来，那声音竟像一块磁铁吸引着她。使她难以克制地又在某个夜晚，走到了正房的窗子底下，她又一次地听到了嫂子满棠红快活的呻吟。这次她还听到了那个老男人粗重的呼吸和咳嗽。她浑身燥热，呼吸急促，努力地隐忍着，悄悄地退回到自己住的厢房的炕上，闭着眼睛，躺了好久，那燥热才渐渐地退去了。

她伏在王才的背上，王才发际间冒着热气的汗腥味，浓烈地冲进她的鼻息。这是男人的气息，也是她第一次伏在男人的脊背上，近距离地贴近了一个成年的男人。小时候，她曾经伏在哥哥的背上，可那时她还是一个小女孩子，还不懂得异性之间的吸引和差距。她感到了羞涩，想呼唤王才把她放下来，可那男人宽厚坚实的脊背，又让她感到有一种说不出的沉醉和迷离。这个脊背在金家的院子里，曾经裸露在她的面前。她也曾无数次地想象着去抚摸这个坚实健壮的脊背。有一天，她站在窗子底下，呆呆地毫无生气地望着院子里，她的目光移向了东边的马棚。她看到了一个裸露的脊背，干完活儿的王才，撩着木盆里的凉水，擦洗着上身。水珠在他的脊背上闪着晶莹的亮光。那一幕，长久地留在了她的脑海里。后来的一个夜里，她做了个梦，梦见了一个男人钻进了她的被子里，抚摸着她，她也像嫂子那样发出了一阵阵颤抖的呻吟。可男人不是金浦达，是王才，第二天，在院子里，她见到王才时，脸竟然情不自禁地红了，她急忙退回到了屋子里。好久没敢再出来。

王才背了她好久，体力有些不支了，脚下开始拌蒜。她轻声道："放下我吧。"王才顺从地把她从背上放了下来，陪着她走进了金家的院子里。进了屋，王才说："我去套车，把老爷的尸体拉回来吧。"温玉儿说："你去吧。"

王才走了。走时，喊了两个邻居，在车上拉了一口金柏坤早为自己备下的寿材。去年，金柏坤雇请木匠打了一口寿材。早早备下，不是担心自己死了，而是备下寿材，倒能长寿，活着长久一些。金柏坤不想死，满棠红无论是在白天，还是夜里，都让他享受着活着的快乐。他最满足和快乐的事情，是享受着满棠红像猫一样，蜷缩在他已经松弛瘦弱的怀里，那时，他觉得他依然还是一个男人，还是满棠红渴望着的避风的港湾，所以他还要努力地活着。白天，满棠红依然用她那气韵不减的嗓音，为他吟唱《打金枝》。一般人唱没啥，给他唱的，恰是晋西北的名角儿满棠红。满棠红是谁？是他日夜相伴的女人。所以金浦达走后，金柏坤把所有的精神和活着的希望，全部寄托在了满棠红的身上，所以当日

本鬼子兵要抓走满棠红时,他拼尽全力站了起来,然后扑向了鬼子。

王才把金柏坤的尸体装敛进了棺材。按乡俗,死在外面的人,是不能进到院子里的,他和那两个帮忙的邻居,把棺材摆到了门口。进来请示温玉儿:"少奶奶,给三个姐姐和姐夫们报丧吧。"

温玉儿木呆地应了声,便没再吱声。嫂子被鬼子兵抓走,是死是活,还不知道,她的心也空了。

王才套好车要走时,温玉儿突然说:"明儿再去吧。"

王才迟疑了半天,解下了马套,把马牵回马棚。他猜想,温玉儿大概是害怕,要他留下壮胆。果然,吃过饭后,王才要回下房去睡觉,温玉儿说:"你别走,我怕。"

王才犹豫再三,蹲在了门口。温玉儿说:"你坐炕上来。"王才说:"我蹲这儿就行了,我是长工。"

夜很深了,温玉儿终于打了个哈欠,困了。王才说:"我回去睡了。"温玉儿说:"你就在这儿睡吧。"

王才蒙了。他不知道这是什么意思,是一种暗示,还是单纯地让他给壮胆。他知道,不管什么理由,对于他,是万万不能睡在这儿。睡这儿了,就在这村子里待不下去了,在周围的村子里也别想再找着揽长工的活计。他是长工,是要养家糊口的,于是他慌乱地逃出了屋子。

第二天,他起来请示温玉儿,去把金柏坤的三个女儿和女婿找回来,给金柏坤下葬,喊了半天,也没人答应。他想到了昨晚慌乱地逃出来的那一幕,他马上又想到了最坏的结果。于是,他顾不得考虑别的了,急忙推开房门。但屋子里,早已空无一人,炕上放着温玉儿脱下的衣服,和一团剪掉的女人的头发。

天亮时,温玉儿离开了西垣村。她换上了一身男人的衣服,剪掉了自己的发髻,戴了一顶金柏坤买来没有戴过的城里人戴着的礼帽。她向村子后面的小道走了。她走的方向是西北。她知道这西北面,有个杀虎口,过了杀虎口,就是口外。

到了路上,才发现,这路上并不寂寞。以前荒寂的小路,因躲避鬼子,便随处可见挑着担子、背着行李、推着小车或赶着马车逃难的人群。这时,她把自己变成了只会用手打着哑语的哑巴。但除非必须说话的时候,平时便是沉闷地低着头走着。她在路边遇到了一辆胶皮轮胎马车,车上坐了七八个逃难的男女,她坐了上去,车老板便拉住马车,跳下马车来驱赶她,她从口袋里,摸出一块儿大洋,递向车老板,车老板揣起大洋,不再吱声了。

她跟随着这辆马车，走走停停，沿着这条几代人走西口的路，走向了杀虎口。

此时，在后套那块黄河岸边的盐碱滩上，金浦达的衣冠冢重新堆了起来。这是金浦达的妻子鲍春燕的意见。在傅知章铲平衣冠冢时，鲍春燕说："别铲了，留着它吧，我想，金浦达会回来的，到时候，让他自己看看吧。"

傅知章转过脸时，看到鲍春燕一脸的泪水。她的心情是杂乱的。毕竟在一起生活过，毕竟是夫妻，可金浦达由烈士变成了汉奸，她可能是烈士遗孀的身份，骤然间变得微妙而复杂。赵晋文回来后，把傅知章看到的情况如实地告诉了鲍春燕。他觉得应该让鲍春燕知道事情的真相。这样，无论鲍春燕如何去认识这件事，如何去选择，对于她来说，都是自由和公平的。这对于鲍春燕以后的生活选择，或对幸福的重新选择，可能会有一些好处。

傅知章看得出来，在他来这儿之前，鲍春燕已来过这里，甚至已不止一次地来过。如果是这样，那这里就是扎在鲍春燕心头的一把剑。鲍春燕在用这把剑来折磨自己。傅知章不知道该怎么去宽慰鲍春燕。他知道，感情上的事儿，不是一句两句宽慰的话就能让一个人释然的。虽然说金浦达已经作了汉奸，在道义上，金浦达可以说，已被人唾弃和不齿，可在情感上呢？汉奸和丈夫，这个天平是不对等的。他傅知章不也一样吗？当他看到金浦达穿着保安团的军服出现在城门下的时候，他的心情不也一样是矛盾和复杂的。

待了好长时间，傅知章轻声道："回去吧。"

鲍春燕点点头，喃喃地说："嗯，回去了。"

回去的路上，两人一直沉默着。走回到小学校时，那两间简陋的教室里，依然传出了朗朗的读书声和赵晋文大声领读的声音，而远处却隐约地传来隆隆的炮火声。村子里的大人已开始慌乱地收拾着准备撤离的家当，能赶走的牛羊，已经套好的马车驴车上，堆满了能搬得走、抱得动的全部家当。大人们的心早就乱了，而那些孩子们，居然那么平静地读着也许是最后一课的课文。这种平静的心态，来自于那个一脸平静的老师。傅知章从心底佩服赵晋文。包头"茂福行"的董掌柜是怎样沟通，又怎样说服的，赵晋文没有解释，他考虑到组织纪律，也没再追问。从赵晋文的外表打扮，已经看不出这是一位来自北平燕大的学生。他穿着和河套农民一样的衣服，留着和农民一样的发型，你看不出他是站在讲台上教书的先生，他坐在农民里，你已看不到鹤立鸡群的赵晋文，他已把自己融入这些农民中，但又和这些农民有着太多的区别。他在启迪和引导着那些农民，用傅知章读过的书中的那些话说，赵晋文是在让那些农民觉醒和觉悟。

赵晋文还在上课,傅知章便和鲍春燕去了吴发奎家。这里也在收拾行囊。吴发奎基本是个旁观者,他看着梅子和香梅在忙活。梅子的身子已显现出了笨重,再有三个月,一个新的生命就要呱呱坠地了。看到香梅,傅知章再次想起了石满仓。石满仓的遗体最后也没能带回来,被战友们就地掩埋了。他们在石满仓的坟上,作了标记,为的是以后再回来好找得到,这一走,还不知道什么时候才能再回来。那里已被日军占领,至少在日军战败前,石满仓只能孤单地躺在那一片被鬼子占领的土地上。金浦达的事儿,可能他们也都知道了。他们似乎在鲍春燕面前小心地回避着什么,过去还提及金浦达在新村的所言所行,现在谁都不再提这个话题了。

赵晋文下课后,直接到了吴发奎家。

梅子取出面和肉,让香梅和鲍春燕拌馅儿,没一会儿,何春雁也来了。何春雁也和鲍春燕一样,离开学校,去野战医院做了护士。何春雁穿着肥大的军装,倒看不出胖了。她进来后的第一句话就说:“忙死了,野战医院也在收拾东西准备撤退,看来向西撤退已是定局。”

大家的心情有些消沉。吴发奎晃动着右面空空的裤管,叹了口气说:“撤退,我这腿,再撤,就是梅子和香梅的包袱,怎么撤啊。”

傅知章斥责说:“用得着这么悲观吗,怎么撤,我们怎么走,你就怎么走,大家还能把你和梅子丢下?”

赵晋文说:“煮饺子吧,这或许是撤退前的最后一顿饺子了。能吃上饺子,还得谢谢发奎和梅子。”

香梅马上不悦了:“你什么意思啊,照你这说法,这锅饺子,没我和春燕姐什么事了?”

赵晋文忙打着哈哈说:“我嘴里这个饺子就是你香梅包的,我先说香梅你这饺子好吃,再说谢谢香梅。”

众人被赵晋文逗乐了。

香梅似乎有意想撮合赵晋文和鲍春燕,就开玩笑说:“赵先生应该吃到春燕姐包的,那就更香了。”

鲍春燕捅了捅香梅说:“别胡说,饺子也堵不住你的嘴呀。”

也许是香梅怕扫了大家的兴,一开始,和大家开玩笑逗乐,有说有笑,见饺子吃得差不多了,香梅捡了个空碗,夹了几个饺子,一边流着眼泪,一边说:“石满仓,我们就要离开村子了。我们走了,怕你回来找不到我们,就给你夹几个饺子,这饺子可香啦,你吃了,别饿着。”

傅知章憋着没让眼泪流出来,他说:“香梅,我也许不该把你从北平带来。”

香梅说:“傅大哥,不是你不该把我带来,是我谢谢你把我带来,又让我和石满仓成了亲。”

大家见香梅说石满仓,又怕鲍春燕想起金浦达。赵晋文就说:“知章,我们出去走走,这饺子吃多了,撑得慌。”

傅知章便站起身,跟着赵晋文出来。俩人走在小学校后面的小路上,赵晋文说:“知章,你还得去一趟西风渡。”

“这次又是什么任务?”

“这次任务更特殊一些,对你来说也有危险。”

“危险倒不怕,就是怕我完成不了。”

“这个任务,我们考虑了很久,觉得你最合适。”

“你快说吧。”

“独臂王,你还记得吧。”

“嗯,怎么会忘了呢。对了,他还当土匪吗?”

赵晋文点点头说:“独臂王现在是活动在杀虎口和西风渡之间最大的一股土匪。我们想把他争取过来,让他加入到抗日的队伍中来。据我们了解,日本人也想拉拢收买独臂王,独臂王在这点上,还算是有良知的中国人,他拒绝和日本人合作,但也是井水不犯河水,也不去招惹日本人。国民党方面,也想把独臂王拉过去,所以独臂王处在犹豫和飘摇的状态中,我们把他拉过来,也许独臂王倒能成为抗日的英雄,从这点上讲,其实我们也是在挽救他。考虑到你在他的土匪窝里待过,和他也算相识,觉得你去可能更合适一些。”

傅知章想了想说:“按你分析的,我去还确实比别人合适一点。那我什么时候动身?”

“越快越好。”

“对了,邱海的组织问题有结果了吗?”

赵晋文摇摇头说:“省委查过了,那位介绍邱海入党的黄先生联系不到,也许在别的地方做地下工作,通过正常渠道,很难找到,也许……”

傅知章着急地问:“还有什么可能?”

赵晋文说:“也许黄先生已经牺牲了,那样就更难调查清楚了。”

傅知章失望地叹了口气说:“我不知道怎么面对邱海大叔。”

赵晋文说:“只有重新入党,等以后再慢慢查了。对了,还有就是邱海的党费,你看留在我这儿也不是个事儿啊。”

傅知章几乎是恳求道:“不,不,党费的事儿,还是你先留着,等以后再说吧。”

赵晋文也叹了口气说:“只能这样了。”

傅知章想起什么似的,又问:“连部的事儿怎么办?我超假已经好长时间了。”

赵晋文说:“六连那边你恐怕回不去了。我们已经通过渠道和关系向他们通报了你离开的意见,六连连长的位置,他们已经另外安排别人去接替你了。独臂王要是能拉过来,省委决定派你留在那儿工作,完成改编后,你留下来当政治委员。这个担子对你来说可不轻啊。”

这时,傅知章想起了他和金浦达在独臂王的匪窝里的那些刻骨铭心的日子。他不知道山猫、地鼠、二秃子这些人是否还活着,是否还在做土匪。他更不知道,依独臂王的狡诈的性子,是否会接受改编。这一切,他心里一点底都没有。想到这里,他犹豫了,不是害怕,是担心自己完不成任务。

赵晋文看出了傅知章的心思,就说:“不入虎穴,焉得虎子。我们只有一试了,成不了,那也是他独臂王甘愿一条道走到黑。”

傅知章在渐渐逼近村子的炮声中,离开了河套,再次踏上了去西风渡的征程。

邱海和于泽水对于再次见到傅知章格外地高兴。交通站已开始运转,关里关外的沟通,正通过昊海茶楼紧密地连接起来。晋察冀根据地和绥远的敌后抗日根据地,通过西风渡的中转,已成为一条秘密的物资和情报的通道。

傅知章和邱海商量怎么去找独臂王。邱海说:“巧了,独臂王正好给我的一个徒弟带话,让去给做毡靴,说两天后,山上派人来接他,我们正好利用这个机会,摸进独臂王的匪窝里。”

傅知章问:“那独臂王在哪儿?”

邱海说:“独臂王也不容易,他在国军和日本人的夹缝里生存。日本人和国民党的部队都想拉拢他。他是哪边都不去,但哪边也不得罪。不过,看样子,他还是倾向于国民党,恨小日本鬼子,要说,这独臂王还有点中国人的骨气。”

谈了很多,但邱海一直没提他组织关系的事儿。邱海越不说,傅知章心里越不是滋味。他几次想把实情告诉邱海,但犹豫了几次,都转了话题。

两天后,邱海的徒弟白丁成过来传信儿,说土匪派下山的人到了。白丁成和于泽水明显属于不同的性格。白丁成性格内向,不大爱说话,属于典型的老实厚道的手艺人。考虑到白丁成的安全,邱海没让他一起跟着走,白丁成却想跟着路上好照顾师傅，见邱海真的生气了，白丁成才没再坚持，望着师傅和傅知章跟着独臂王派下山的土匪走了。

他们是骑马去的。土匪兵对这条路很熟，也是尽量绕开有日军出没的地方。所以他们一直在绕着山湾子走。

走了多半天，然后下马牵着马上山。上山的路，又走了好半天。傅知章想起了青龙山。那时的地形和现在也很相似。这大概也是独臂王选择匪巢的习惯。

匪兵把傅知章和邱海带进了山寨。进到洞里后，他们见到了独臂王。独臂王也老了。长年久居山林，在枪林弹雨中穿梭，他的皮肤黝黑，也有了不少褶皱，还是满脸的络腮胡子，只是比十四年前更显得乱蓬蓬的。

独臂王好像忘了邱海是谁了，因为毕竟十四年没见了。自从搭救完傅知章和金浦达，独臂王再也没找过邱海。但他一眼便认出了傅知章。见到傅知章，独臂王腾地从太师椅上蹦了起来，指着傅知章大叫道："你他妈还有脸来见我，还有那个金浦达，我等了你们十四年了，不，是找了你们十四年，十四年没你们的信儿。前几天，金浦达刚走了，你他妈又来了，你们都是给日本人当说客的吗？"

傅知章说："我不是替日本人当说客，是请你出山打日本人。"

独臂王愣了一下，忙问："那你是哪部分的？"

傅知章说："共产党八路军。"

"你，你说你是谁的人？你再说一遍，我这耳朵是不是有毛病了？"独臂王手里抓着马鞭，转着圈儿神经质地问着。

"共产党八路军。"傅知章加重了语气，又重复了一遍。

独臂王笑了笑说："你和金浦达倒有意思，你们不是要去投奔冯玉祥吗？咋一个投奔了共产党，一个做了日本人的汉奸，有点意思，有点意思啊。"

傅知章忍住心中的火，克制着自己情绪说："共产党是抗日的部队，是站在民族大义的立场，提出建立抗日的统一战线，所以我希望马司令站在民族大义的立场上，接受我们的改编，我这是为你和你的弟兄们指一条出路，我们不想看着你被日本人吃掉。"

独臂王沉吟片刻，又问："你们的条件呢？"

傅知章说："接受八路军的改编，把你的队伍编为八路军新编独立营。"

独臂王问："那装备和经费呢？"

傅知章说："我们会想办法给你补充一些，包括兵员，但主要还是靠我们自

己在战斗中缴获补充。这在八路军里已经有很多的例子。”

独臂王冷笑了笑说：“你们八路军的装备，还不如我这山寨里的装备呢。我会过你们那个游击队，哎呀，那枪，包括军装，哪还像个正规部队呢。”

傅知章苦口婆心地劝说独臂王：“困难是暂时的，只要我们力量强大了，根据地壮大了，我们的日子会好起来的。最关键的是，我们一天不把日本鬼子从中国赶出去，我们都不会有好日子过，这才是大义和大道。”

独臂王不想听了，把手一摆：“不瞒你说，阎长官也想收编我，他给我开出的条件是团长，是五百条好枪和二十门迫击炮。我给他的答复是，‘再考虑考虑’。”

这时，有匪兵报告说，山下来了个陌生人，说要见司令。独臂王烦躁地摆了摆手说：“赶下山去，老子谁都不见。”

匪兵又说：“那人说了，他是温营长的人，说提了温营长，司令不会不见的。”

独臂王愣了，眼珠子转了转，思忖了片刻说：“带进来吧。”

那人被匪兵带了进来。那人衣衫褴褛，完全像一个叫花子。一脸的疲惫。

那人说：“马哥，我找了你整整一个月。”

独臂王问：“你谁呀？”

那人说：“我是温玉儿。”

独臂王吓了一跳，睁大眼睛看着温玉儿：“你不是男的吗？”

温玉儿变换了嗓音，恢复了女人的声音说：“我是你妹子。”

独臂王怔了怔，认真地打量着温玉儿，点点头说：“是，你是温玉儿，你怎么找到这儿来了？哦，你不用说了，我明白了，你是来找我要男人的吧？”

温玉儿咬着牙，愤愤地说：“是你让我守了十四年的活寡，独臂王，我恨你。”

独臂王一指傅知章说：“你该找他要男人，是他早在十四年前，就把你男人从我这儿给带跑了，你找他要。”

温玉儿转过脸来，看着傅知章，她仔细地瞅了瞅，认出来了。她自己掀开红盖头的那一刻，最先看到的男人不是金浦达，而是这个戴着眼镜的清瘦的男人。温玉儿所有的委屈，所有十四年的孤寂的日子，一下化成了一股怒火，她一步步地走近了傅知章，突然抬起手，一巴掌掴在了傅知章的脸上，傅知章的眼镜也被打飞了。傅知章没动身子，呆呆地站着，他理解这个女人这十四年来所承受的痛苦。温玉儿仍然逼视着傅知章，她问：“我的男人呢？你把他从我们的洞房里拉走，他人呢？”

傅知章表情痛苦，他无言以对，默然地站立在这个叫温玉儿的女人的面前。

邱海说:“你不要这样看知章,你男人现在在日本人的保安团里当团长。”

温玉儿又把脸转向邱海:“你谁呀?”

邱海说:“我是你邱海大叔,你公爹没和你们说过吗?金邱两家是世代至交。”

独臂王倒听明白了,也解开了十四年的谜团。他拔出手枪,打开机头,把枪口对准了邱海:“十四年前,我被打了伏击,丢了山寨,就是你捣的鬼吧。这就叫狭路相逢。还有傅知章,你不是八路军吗?你来得正好,我正好用你们的人头去祭山猫。”

傅知章问:“山猫怎么了?”

独臂王恶狠狠地说:“山猫被你们八路军给打死了。”

傅知章说:“你误会了吧,不可能是真的。”

邱海插话说:“知章,你可能还不知道,山猫确实是游击队打死的,但那是因为山猫打劫了游击队运输粮食的马队,我听说游击队始终很克制,也警告过山猫,山猫非但不听劝阻,还打死了我们的一个副队长。马司令,这该不会有错吧?”

独臂王挺了下脖子,说:“反正你们八路军打死过我的弟兄,这也算你们欠下山寨的一笔债。”

温玉儿转问傅知章:“金浦达是在保安团当团长吗?”

傅知章捡起地上的眼镜,戴上后说:“是,金浦达在保安团,就在离西风渡不远的双集镇据点。”

温玉儿遂又转过脸对独臂王说:“马哥,我还没吃饭呢,给口饭吃吧。”

独臂王一听,马上吩咐匪兵说:“快准备饭菜。”

席间,独臂王故意激傅知章,说:“你只要喝下这一大碗白酒,我就接受你的改编。”

傅知章端起碗,仰起脖子干掉了白酒。他喝完这碗白酒,就感觉天旋地转。待他醒过来,却发现他的手脚已被独臂王捆绑了起来,邱海也被绑了。他睁开眼睛,见邱海正盯着他。于是他便自嘲地笑了笑说:“独臂王就是这样招待我们。”

邱海苦笑地摇了摇头说:“不要对独臂王抱什么幻想了,这是个背信弃义的家伙。我们可能再也回不去了。”

傅知章叹了口气说:“我们努力了,也没啥遗憾的了。”

邱海说:“黄先生联系到了吗?我的党籍能恢复吗?”

傅知章违心地说："你的党费组织上已经收到了。"

这时，房门打开，温玉儿突然出现了。她从袖筒里摸出一把匕首，割断了捆绑在傅知章身上的绳索。边解绳子边说："独臂王要杀了你们，你们快走吧。"

傅知章懵懂地看着温玉儿问："你为什么要救我们？"

温玉儿边解绳子边说："因为我想和你们一起离开这里，你带着我走吧。马六子的一个把兄弟，以前也和马六子一样在我哥的手下当连长，他来劝说马六子投靠他们，收编为国军的一个团，马六子已经答应了收编，你们多待一分钟，就多一分危险。"

傅知章起身，解开了捆绑邱海的绳索，然后三个人摸出了囚禁他们的小屋。外面已近黄昏，天色黯淡了许多。摸出山门不久，在草丛里放哨的匪兵突然发现了他们。一拉枪栓，冲着这边就开了一枪，所幸子弹打偏，没伤到人。

三个人猫下腰，加快步伐，向山下跑。这时匪兵们都冲出来了。三人藏进了一片低矮的小树林子里，邱海快速打开做毡靴工具的包袱，里面摸出两支手枪。傅知章问："你啥时准备了手枪？"邱海说："走时就备好的。"说着递给傅知章一支枪，自己握着一支手枪，急切地说："你带着温玉儿从后面走，我把土匪引开。"傅知章说："你走，我来引开匪兵，我做过连长，我知道怎么对付这些土匪。"邱海说："别争了。"说完，跑出林子，向山的一侧跑去，边跑边向搜索的匪兵开了一枪，匪兵们掉转身，一窝蜂地涌向了邱海跑去的方向。

傅知章拽着温玉儿的胳膊一口气跑下山。黄昏中的密林子，他回过头，见邱海被匪兵逼在了山崖边，接着一声枪响，邱海像一只风筝，从山崖边上飘了起来，飘向了山涧……

傅知章的眼睛模糊了。他擦了一把涌出眼眶的泪水，转过身，带着温玉儿一口气走出大山，在天黑前回到了西风渡。他们把邱海牺牲的消息告诉了于泽水，于泽水咬着嘴唇，一句话也没说。沉默了良久，才说："明天我带人把师傅接回来。"

第二天，于泽水把邱海的尸体接回了西风渡。待安葬了邱海，傅知章与于泽水告别，打算回到河套去。

临走时，温玉儿说："傅知章，你把我也带到河套去吧。"

傅知章想了想，探问道："你出来不是找浦达的吗？我可以把你送到双集镇据点。"

温玉儿摇摇头，哀叹道："我已无处可去了。"

傅知章内心一阵隐痛，只得答应了带着温玉儿，可是到了路上，傅知章又后悔了。因为他想到了鲍春燕，他不知道等回到了河套，温玉儿见到鲍春燕后，到时候，他傅知章该怎么解释，该怎么办。他叹了口气想，这件事也只能走一步，看一步了。

进了双集镇，到了出城的城门下。温玉儿突然问：“金浦达在哪儿？”傅知章环视了一下，看见了城门楼上的金浦达，向上努了努嘴，温玉儿抬起头，也看见了金浦达。但离得有些距离，看不太清楚。她说：“我想见一见金浦达。”傅知章说：“还是不见了吧。”温玉儿说：“我只看一眼，也就了却了我的一桩心愿。”傅知章便停住了脚步。温玉儿还是那身女扮男装的打扮。她沿着傅知章指点的甬道，向城门楼上走去。

她走到城门楼上，离金浦达只有十几米远时，守城的士兵发现了温玉儿，便吆喝着向温玉儿走来。温玉儿转身下楼，那士兵便追赶。金浦达也跟在后面追了下来。温玉儿一口气跑到傅知章身边，那些士兵一窝蜂地追过来。傅知章便拉着温玉儿向城门口跑，那些士兵举枪瞄准了俩人。这时，金浦达突然看到了久违的熟悉的背影。他愣怔了一下，命令士兵们放下枪，然后又下令停止追击。

傅知章带着温玉儿出了城。

这一路，他们走了十天，等回到了河套。村子已被日本人占领。一个月后，他们辗转找到了已经西撤到了乌加河以西的吴发奎、梅子和香梅，随后又见到了赵晋文和鲍春燕。赵晋文交给傅知章一个柳条箱。柳条箱已在日军袭击村子时，被炮弹炸坏。傅知章打开柳条箱，鲍春燕给他织的那双手套，其中一只已被炮火烧焦。

转眼便到了秋末，赵晋文再次找到了傅知章，他说：“组织决定，你和鲍春燕、香梅和温玉儿，还有其他一些同志，渡过黄河，向南转移。”

傅知章问：“去哪儿？”

赵晋文说：“延安。”

“什么？延安！”傅知章几乎不敢相信。

“对，去延安！”

黄河岸边，一条船上，坐着鲍春燕、温玉儿、香梅，还有六个陌生的男青年，他们也是绥西特委安排去延安的同志。

在岸边，傅知章握着赵晋文的手，问：“你为什么不和我们一起走呢？”

赵晋文笑了笑说：“我留下来，还有更重要的工作。”

傅知章指了指一起来送他们的何春雁，又问：“你怎么不让何春雁和我们一起走呢？”

赵晋文说:“何春雁是我们自己的同志,而且是我的妻子,我始终没告诉你们,她的党龄比我还长。”

傅知章怔住了,他把脸转向何春雁,向她挥了挥手,何春雁会意地笑了笑。

船向着对岸摇去。天上,一行大雁“咕咕”地低鸣着,和他们一起向南去了。

这时,梅子说:“傅大哥,我能唱个歌吗?石满仓教我的。”

傅知章想到了什么,便说:“你唱吧。”

梅子坐在船里,凄婉的声音在黄河滩上回荡:

哥哥你走西口,
小妹妹我实在难留,
紧抓住哥哥的手,
送哥送到大门口——